么女的逆襲 1

昭華 著

風 文創 296

目錄

自序

昭華

想寫這本書，其實就是想寫一個姑娘有著金手指的重生之路，她是家中最小的女兒，也是家中最得寵的女兒，爹娘寵著，祖母寵著，哥哥姊姊們寵著，她只需要被寵養長大，在家有親人的疼愛，日後出嫁也會有丈夫憐惜，她或許會經歷許多，但是結局一定是美好的。

文中有疼愛她的家人，自然也少不了壞事的家人，一大家族住在一起，雖有許多是非，卻也從中培養出許多感情。女主角榮寶珠身為國公府的么女，一出生就比許多人尊貴，但她是不幸的——因為她從小就是個傻子，到了十歲才稍解世事，之後嫁給蜀王，可到底是鬥不過後院的妾室，她在蜀王登上皇位不久後身死。

可她也是幸運的，因為得以重生回到三歲，有了新的希望，這一世，她不再是個傻子，而是有著天賜仙露瓊漿的小女兒，因著家人愛護，凡事都不必她出頭。雖被人如此護著，可她還是希望這一世能夠由自己摸索，而不是這般輕易地被人護在羽翼下。

即使這一世，她不夠聰明，甚至有些心軟，但她有了能夠護自己周全的瓊漿——這是老天爺給她的禮物，如同神仙聖水一般，不僅能夠醫治絕症、解毒，還能延年益壽，無論人、植物或動物都可以用。她沒有把這東西私藏，卻也清楚這瓊漿不能被人知曉，就這樣默默地幫著家人調養身子。也因為這仙露瓊漿，她成了家中最美的人，擁有舉世無雙的容貌。

她心中始終有個隱憂，怕會和前世的夫君糾纏不清。因為怕命運回到原點，她同意跟盛家大哥訂親，可未承想盛家大哥會出事，致使她被盛母責怪。怎知親事沒了，又被暗暗妒忌她的堂姊劃傷了臉，最終被太后賜婚給蜀王。

她難過，不明白為何一夕之間所有的事情都回到了原點，是不是成親後，她又會在後院中虛度日子，被後院的女人暗暗害死？可她成親之後，發現蜀王不似前世的蜀王了，他不再對自己冷冰冰，他護著她、對她好，不在意她臉上的傷疤，這一切似乎和前世不一樣了。到後來，她也漸漸喜歡上蜀王，兩人之間雖有誤會和誤解，但到底是有情人終成眷屬。

今世她逆轉了人生，再也不是以前那個懵懂癡傻的么女，且這一生，終將恩寵加身。

第一章

佛曰：人生有八苦，生、老、病、死、愛離別、怨長久、求不得、放不下。

榮寶珠只知道自己經歷了生、病、死，至於後面的幾種，因為她曾經是個傻子，所以有些摸不透那是什麼感覺。對啦，她上輩子傻到十歲，後來因為福緣才整個人好轉，認得爹，認得娘，認得兄弟姊妹們了，即使如此，之前渾渾噩噩傻了十年，猛地醒悟過來也不可能太聰明。說實話，連說她是正常都有些勉強，反應總有些慢半拍。努力在家認了幾年字，被教了幾年的道理，可她還是懵懵懂懂的。

後來被爹娘寵著養到了十六歲，莫名就嫁了人，嫁的還是個親王——當今聖上的親弟弟。

再後來，她就被自己給蠢死了——不是做了蠢事，是真真正正蠢死的，傻死的。想想親王的後宅該有多鬧騰啊，她一個傻了十年的人，怎麼鬥得過後宅那些女人，嫁過去幾年就不行了。

明明死了，這會兒躺在淡黃色九華帳下的榮寶珠反應慢了半拍。扭頭去看四周的擺設，紫檀邊座嵌玉石花卉寶座屏風，房間裡床榻、桌椅、櫥櫃、几架全都是紫檀木製成的大件家具，桌上擺著紫銅鎏金香爐，裡面燃著清淡的熏香，仔細聞了一下，是最難得、最名貴的沉香。
依稀記得，這好像是出嫁前的閨房。
「哎，木棉，妳說這七姑娘也真是夠折騰人的，這都兩年了，四老爺跟四太太求了多少菩薩，拜了多少廟，就為了求一個福緣，前些日子不是還從得道高僧那裡求了個玉簡嗎？真當成眼珠子來疼愛著，結果這都三歲了，七姑娘還是什麼都不知。」這是榮寶珠身邊二等丫鬟芍藥的聲音。
「好了，七姑娘是主子，咱們做奴才的，別議論主子的是非，當心隔牆有耳。」接著二等丫鬟木棉的聲音跟著傳來。
芍藥嗤笑。「哪裡隔牆有耳？這都什麼時辰了，怕是都睡下了，就咱們兩個守夜的，七姑娘又是個傻的，哪裡聽得懂。也就這府裡把個傻子當成寶，還要每天晚上派兩個丫鬟不許睡覺整夜地守著，可真金貴。」
木棉低聲喝斥。「夠了，別說了。」
芍藥還想辯解兩句，耳邊就聽見了搖鈴聲。兩人都是一愣，聽出這是主子房裡床頭上的搖鈴。
每個主子房間裡都會有個搖鈴，這樣主子有什麼需要直接搖晃兩下鈴鐺就可以了，因此有搖鈴聲不奇怪，奇怪的是這搖鈴聲竟然是從屏風後面傳來的，而屏風後面就是七姑娘的閨房。她們伺候七姑娘三年了，從來沒有聽見過搖鈴聲。是啊，七姑娘是個傻子，日常的吃喝拉撒都不懂，怎麼可能會搖鈴？

芍藥顫顫巍巍地抓住了木棉的手。「木棉，不……不會是有髒東西吧。」

木棉也有些被嚇住了，強自鎮定地道：「胡說，我們快些過去看看，指不定就是七姑娘搖的。」

「怎麼可能。」芍藥撇嘴。

兩人到底還是起身手把手小心地繞過了屏風。

九華紗帳重重遮掩著，看不清床榻上的動靜，只能瞧見床頭的小鈴鐺不停動著，木棉下意識地喊了一聲。「七姑娘？」

芍藥忍不住多嘴。「妳叫什麼七姑娘，她哪兒聽得……」

後面的字還沒說出口，紗帳裡已經逸出一道聲音。「嗯？」

奶聲奶氣的「嗯」，兩個丫鬟都有些傻眼了。

木棉的心幾乎快跳出嗓子眼，巍巍顫顫地上前打開了九華紗帳，裡面的榮七姑娘正睜著圓溜溜的眼睛看著她，眼神雖然懵懂，卻不似之前的呆板、沒有半分波動。

木棉激動地道：「七姑娘？」

榮寶珠又嗯了一聲，繼續奶聲奶氣地說：「我渴了。」

芍藥瞪眼捂嘴。「天啊，七姑娘會說話了，七姑娘會說話了！」

木棉低聲喝斥。「小聲些，別嚇著七姑娘了，我在這裡伺候七姑娘，妳快去叫四老爺跟四太太過來。」

芍藥捂著嘴一臉不可置信地跑了出去，木棉去外間倒了一杯溫熱的水進來，上前扶起榮七姑娘，小口小口地餵她喝了水，又小心翼翼地問：「七姑娘還有什麼吩咐？」

榮寶珠搖頭，她就是渴得厲害想喝點水。

芍藥急匆匆地跑去四老爺跟四太太的院子，兩個主子因為擔心最小的女兒，就住在榮七隔壁的院子裡。芍藥一路跑一路擔憂著，她方才一直在說主子的壞話，七姑娘不會聽懂了吧？又安慰自己怎麼可能，一個傻子，就算突然清醒了，她才三歲，想聽懂閒話大概還難了點。

她再忐忑不安還是要把這事告訴老爺跟太太，一進到院子裡，她也顧不上什麼，拍起了正房的門，裡面的守夜丫頭最先出來。

柳兒低聲喝斥。「這麼晚了是做什麼？」忽地想起什麼來，驚慌道：「莫不是七姑娘怎麼了？」

不多時，榮四老爺跟四太太岑氏就出來了。岑氏嚇得不輕，她最疼的就是這個癡傻的小女兒，不管吃的、用的，全都是給她最好的。

「可是寶珠出了什麼事？」

「是……是七姑娘會說話了！」芍藥不敢喘氣，一口氣說了出來。

「寶……寶珠？」岑氏腦子嗡嗡作響，都有些結巴了，雙手顫抖著上前抓住芍藥的手臂。「寶珠會說話了？」

還是榮四老爺果斷，拉著岑氏就朝小女兒的院子走過去。「別耽誤了，咱們趕緊過去瞧瞧。」

岑氏幾乎是抖著身子來到榮寶珠的院子裡，推門而入，繞過屏風就瞧見小女兒正靠著軟枕，眼巴巴地看著她。

榮寶珠看著父母，心裡有些難受，奶聲奶氣地喊道：「爹，娘。」

「我的兒，我的兒啊。」岑氏哪裡還忍得住，上前一把抱住小團子一樣的女兒。這個場景她不知夢見了多少次，可醒來後癡傻的女兒依舊癡傻，只會呆呆地躺著，不會說話，沒有任何表情，每次醒來後都是一次次的失望。

岑氏哭了許久，她本是強硬的性子，很少哭鬧的，可這次實在是喜極而泣。整個院子的丫鬟都醒了，除了芍藥、木棉跟柳兒，其他丫鬟都站在門外猜測著這是怎麼了。

不一會兒柳兒出來給岑氏打水清理，外面的丫鬟們就問了起來。「柳兒姊姊，七姑娘這是怎麼了？」

「七姑娘會說話了。」柳兒道。「好了，妳們都快些去休息吧，別圍在這裡，明天有得忙了。」說罷，匆匆而去，剩下丫鬟們面面相覷。

主子在裡頭，這些丫鬟也不敢大聲議論什麼，都悄悄回了屋子裡。

岑氏就著柳兒端來的溫水擦了臉，讓芍藥在房間裡多燃了些蠟燭，房間裡亮堂堂的，她看著女兒稚嫩的面孔，柔聲問道：「寶珠，妳認得娘嗎？妳還會說什麼？再叫聲娘來聽聽。」

榮寶珠眼巴巴地看著她，過了會兒才點了點頭，又說道：「會說，娘。」

「我的兒，我的兒……」

眼看著岑氏又要抱著她哭了，榮四老爺溫聲勸道：「好了，別哭了，寶珠只怕也睏了，先讓她休息，我們明日再過來看她。」

岑氏看女兒有些犯睏的樣子，也實在不忍心打擾她了，起身替她蓋好錦衾。「寶珠好好休息，娘明日再過來看妳。」

等到爹娘離開，榮寶珠躺在床上有些睡不著。

木棉小心翼翼地問：「姑娘，要熄燈了嗎？」

榮寶珠搖頭。

木棉跟芍藥退到了屏風後面，坐回小杌子上，兩人呆呆地從屏風上看著榮寶珠的剪影。

榮寶珠也在發呆，她其實還在想這是怎麼回事。老實說，她還沒反應過來。

十六歲嫁給蜀王趙宸，二十四歲染上重病，那會兒他正好帶著大軍凱旋歸來。憶及趙宸這人，她嫁給他八年時間都沒看懂他，唯一知道的就是這人城府極深，陰晴不定，總之她覺得他非常可怕！

她是腦子不靈光，但也知道自己重病是後宅那些女人所為。是啊，趙宸就要成為一國之君了，那些女子如何能容忍她一個傻乎乎的人坐上后位？為了后位，她們是不會放過自己的。

榮寶珠這會兒倒覺得自己死得挺好的，還回到了三歲，能夠重新選擇自己的生活。她上輩子可是傻到十歲才清醒過來，清醒過來還是因為福緣。

上輩子，父母為她求到一個福緣，是得道高僧給她的一塊小玉簡，她隨身佩戴了好幾年。十歲那年因為丫鬟的不小心，她磕了一跤，摔得頭破血流，血跡沾上了那塊玉簡，之後她就清醒了過來。

父母都以為是因為她的清醒，所以代表福緣的玉簡才會消失不見。所有人都不知道，那玉簡並非不見了。每當她想起玉簡的時候，手心就會發熱，隨後在掌心當中就會凝聚出幾滴純白色的瓊漿。

那時候她怕到不行，不知道這是怎麼回事，也不敢告訴任何人，深怕會被人當做妖怪燒死。後來嫁給趙宸，她仍把這個秘密死守著，讓自己不要老是想著玉簡，手心的瓊漿就不會出現。所以直到自己死去的那一刻，她都沒有仔細地想過關於玉簡和瓊漿的事。

榮寶珠抬起掌心，心裡想著那瓊漿，掌心就慢慢凝結出了幾滴，如同上好的乳汁，奶白奶白的，她盯著手心上的瓊漿好久都沒回過神來。

這東西怎麼也跟著回來了？

上輩子因為玉簡而不再癡傻，現在又重回到小時候，手中還有這東西，饒是她再遲鈍也察覺出自己能夠回到小時候怕是跟這玉簡和瓊漿脫不了關係。上輩子對這東西避之若浼，這輩子她得要好好瞧瞧這瓊漿是怎麼回事了。

「七姑娘，您還不睡嗎？」屏風外傳來木棉的聲音。

「哦。」榮寶珠把手心上的那幾滴瓊漿隨手滴在床頭那紫檀木桌上擺著的一盆姚黃上。

岑氏對榮七寵愛得很，除了這些名貴的家具，她的院子裡還有不少奇花異卉，每天她的房間裡都會換上一盆，今日擺在桌上的是一盆姚黃牡丹，花朵開得正豔，只是看著沒精神，有些乾巴巴的。

岑氏雖請了花草師傅來打理這些花草，不過榮寶珠院子裡的花草太多，且越是名貴的花草越難打理，稍有不慎就死了，今日這盆姚黃擺進來的時候還是嬌豔欲滴，這會兒就不成了。

幾滴瓊漿滴落在綠葉之上，順著綠葉滑落到花盆的土裡。

「姑娘，可要進去熄燈了？」外面的木棉輕聲問道。

榮寶珠嗯了一聲，盯著手中殘留的瓊漿看了看，雙手合攏，把剩下的全部塗抹在手上。聽見腳步聲傳來，她從軟枕上蹭蹭蹭地滑落下來，拉過錦衾蓋在身上，翻了個身，面朝裡側睡去。

身後的九華帳被人挑開，榮寶珠感覺有人替她掖了掖被角，隨後燭檯上的燭光就滅了，整個房間只餘下一片黑暗。

榮寶珠沒多想別的，只覺得能夠回到三歲真是太好了，心情好，她睡得也香，閉眼沒一會兒就睡著了。

一睜眼，天色已經大亮，榮寶珠剛翻了個身就聽見四哥榮琅的聲音了。「娘，七妹這是醒了嗎？」

「許是吧。」岑氏道，轉頭又看了一眼圍在身邊的兒子跟女兒們，開始攆人。「你們都圍在這裡做甚，趕緊的，都給我出去待著，這人夠多的了，待會兒寶珠醒了，伺候的丫鬟連個站腳的地兒都沒有，小心磕著寶珠。」

榮寶珠也有些想念哥哥姊姊們，她爬了起來，掀開九華帳，一眼就看見屋子裡站滿了人，除了爹娘，兩個哥哥、兩個姊姊都在，還有今兒伺候的幾個丫鬟。

岑氏轉頭就看見女兒半跪在錦衾上傻愣愣地看著他們，她的淚水立刻就落了下來，顫著聲音問：「我的兒，妳可還認得娘？」

榮寶珠奶聲奶氣地喊了聲娘，又喊了聲爹。

一屋子人懸著的心終於放下來，岑氏當著幾個兒女的面就哭了起來。

榮琅上前勸道：「娘，您別哭了，寶珠已經好了，您該高興才是。」

榮四老爺也道：「阿琅說的對，妳別哭了，趕緊讓丫鬟們來伺候，待會兒還要過去給母親請安，母親那邊已經知道寶珠好了，這會兒都派人來了。」

岑氏擦了淚。「好，好，等寶珠梳洗好了，我們再說。」

一屋子人轉眼就出去了，只有五哥榮琤不願意。「娘，你們出去，我在這裡陪寶珠。」榮琤也才四歲多的模樣，長得虎頭虎腦的，眼巴巴地盯著床上的榮寶珠不眨眼。

岑氏都快走出屋子了，聞言轉身來到榮琤面前，拉著他就往外走。「你這混小子，別在這裡耽誤你妹妹梳洗，待會兒有你說話的時候。」

榮琤不情不願地被岑氏拖了出去，眼睛一直沒離開過榮寶珠。

榮寶珠這會兒回了神，看見家人她心裡高興得很，自個兒就端坐在床頭等著兩個丫鬟伺候穿衣。

岑氏對她很好，光是她身邊的大丫鬟就有四個，妙玉、碧玉、香玉、芳玉。二等丫鬟就有八個，芍藥、木棉、木槿、春蘭、迎春、芙蓉、鐵蘭、石竹。三等丫鬟十六個，其他打掃的丫鬟和奴僕則更多。這會兒兩個大丫鬟妙玉、碧玉，還有四個二等丫鬟木槿、春蘭、迎春、芙蓉在旁邊伺候著。

幾個丫鬟昨天都已經知道她們的七姑娘醒了，這會兒瞧見都覺得稀奇，目光總是繞在她身邊。

妙玉和碧玉替她穿好了衣裳，榮寶珠四處看著，不一會兒就想起昨天夜裡那盆姚黃牡丹花，伸手指了指桌上。「花呢？」

早上就有丫鬟把上面的花換成了一盆素冠荷鼎的蘭花。妙玉立刻就知道她問的是什麼，轉頭吩咐。「芙蓉，妳去把早上搬出去的那盆姚黃搬進來。」

芙蓉很快就出去了，岑氏他們正在外間等著，瞧見她出來就道：「寶珠可是梳洗好了？」

芙蓉搖頭。「還沒有，七姑娘說要昨天夜裡那盆姚黃，奴婢是出來搬花的。」

岑氏沒多說什麼，揮了揮手。「趕緊的，快些搬進去。」

她身邊的幾個兒女也沒多問，覺得這是應該的，寶珠不管想要什麼，哪怕她想要天上的月亮，他們也會想辦法給她弄來。

芙蓉很快搬來了姚黃，岑氏在外間見著道：「這花看著還挺精神的，昨天夜裡我瞧著似乎都有些焉了，劉師傅打理得真是不錯，該賞了。」

芙蓉抱著姚黃站在榮寶珠面前，榮寶珠看見這花還挺吃驚的，她可記得昨晚這花有多無精打采，最主要的是，之前看到的時候這盆姚黃的枝葉上有好幾個花苞，現在竟全開了。她忍不住伸手摸了摸，形如細雕，質若軟玉，著意勻金粉，舒顏遞異香，真是盆好花。

芙蓉道：「姑娘，您喜歡這花兒？那奴婢去稟告太太，可要多弄幾盆姚黃回來？」

榮寶珠搖頭，指了指桌上，妙玉讓芙蓉趕緊把花放上去。

碧玉拿了百花露在熱水裡滴了幾滴，妙玉這邊把榮寶珠的袖口挽起，旁邊春蘭、迎春捧著漱盂和布巾上前。

用滴了百花露的熱水淨了面，又細細地把雙手擦拭了一遍，榮寶珠這會兒有些發怔，她看著自己的雙手，她記得自己昨天夜裡把剩下的瓊漿全部搽在手上，這時手上的皮膚又白又嫩，完全不像之前有些發黃的皮膚。

她雖才三歲，三歲的孩子再怎麼樣也該是粉粉嫩嫩的，可她傻了三年，自己不懂得吃喝，面色就有些不好，頭髮也有點枯黃，除了一雙還算大的眼睛，她在幾個兄弟姊妹當中真心算是醜的。

梳洗畢後，迎春替她梳頭，把平日裡梳的雙平髻改成了雙苞，頭上各紮起了個小苞子，看著倒是可愛了幾分。

出去後，岑氏一把抱起她，我的兒、我的兒開始叫了起來。

四姊榮明珠笑咪咪地問道：「七妹，妳可認得我們？」

榮寶珠有些猶豫，榮家所有人她都認識，可她是個剛醒過來的傻子，這會兒怕是應該認不全所有人吧。

榮老爺子是當今的鎮國公，膝下育有四子一女。榮家人口繁盛，而她是四房最小的女兒，也是整個鎮國公府年紀最輕的姑娘，排行第七。與她平輩的就有五個哥哥，六個姊姊，其中四哥榮琅、五哥榮琤、四姊榮明珠、五姊榮海珠皆為岑氏所出。

榮明珠把她的猶豫當成了不認識，伸手拉住她的小手，柔聲道：「我是四姊，這是五姊，那個笑咪咪的是四哥，旁邊嘴角咧到耳後根的是五哥。」

榮琤的笑容越發大了，伸手朝岑氏要榮寶珠。「娘，給我抱抱妹妹。」

榮四老爺道：「你才比你七妹大上一歲，哪裡抱得動她。」又朝岑氏道：「好了，趕緊過去母親那邊，母親怕是等急了。」

一路上都是岑氏抱著她，榮四老爺有心想抱，但岑氏完全不給，幾個哥哥姊姊更是逗了她一路，教她說話。

這一路，榮寶珠假裝學會了要怎麼叫哥哥姊姊們。

岑氏心想：寶珠定不是傻，只怕是被迷了心智，不然她哪兒能叫人叫得這般流暢？「那高僧給的玉簡果真是有用，這才過去幾個月，寶珠就醒了，等得空了，我帶幾個孩子去寺廟還願，若是能夠再見那高僧一面就好了。」岑氏道。

榮四老爺道：「那高僧早就雲遊四海去了，那時候我們能碰見也是僥倖，以後若能遇見，定要好好道謝。」

岑氏點頭，忽然想到什麼，看了一眼女兒的脖子，卻發現上頭什麼都沒有，問道：「寶珠身上戴的玉簡呢？昨兒還有瞧見，這會兒怎麼就不見了？」她轉頭問妙玉。「妙玉，今兒早上妳可瞧見七姑娘頸脖上的玉簡？」

妙玉忙道：「太太，早上就沒瞧見了，怕是要問問昨兒守夜的木棉和芍藥。」

榮四老爺道：「好了，別想著玉簡的事了，當初那高僧不是說了，若是有緣，玉簡自然能幫助寶珠，如今寶珠已經清醒，那護著她的玉簡只怕是尋不著了。」

岑氏聽聞，果不再問什麼，一行人很快就到了榮老夫人狄氏的院子裡。

岑氏抱著榮寶珠進去的時候，狄氏的屋子裡已經站滿了人，想落腳都有些困難。

榮寶珠抬眼望去，各房的伯父伯母們都在，哥哥姊姊們也都齊了。平日裡來給狄氏請安的不會有這麼多人，只怕是昨天夜裡她清醒的事情早就在府中傳遍了，祖母這才讓所有人都過來。

狄氏看著緊摟著岑氏的寶珠，笑咪咪地道：「寶珠可認識祖母？來，快過來讓祖母抱抱。」

榮寶珠這會兒有些頭暈，上輩子嫁給趙宸後她就很少回娘家，這時隔幾年突然看見這麼多親人，她腦子都有些轉不過彎來了。

岑氏把她遞給狄氏，狄氏將她摟在懷中，心疼道：「我的乖孫子，妳可算是好了，這幾年我們真是操碎了心。」說著又把一屋子人指給她認。

榮寶珠不知是不是因為年紀小，這會兒認人認得腦門生疼，想多了就有些昏昏欲睡的感覺。

說起來她這祖母是真能生，她同鎮國公榮江這些年一共誕下三兒一女，只有二房是庶出，為姨娘菀娘所生。

伯父們只娶妻，沒什麼亂七八糟的妾，主要是狄氏不喜，覺得幾個兒媳都挺能生的，無須納妾，妾室多了，反而鬧得家宅不寧。可所有人都知道狄氏不喜妾室，就是因為菀娘。

榮老爺子出身不好，先帝還在的時候正逢戰亂紛紛，他投身軍營，跟在先帝身邊立下不少軍功，可以說大齊能勝利他功不可沒，更何況他還救過先帝數次。十五歲投身軍營，二十五歲天下太平，他娶了世家女狄氏。可讓人沒想到的是，娶了狄氏一年後，他告知狄氏，自己在鄉下有個青梅竹馬的姑娘，這些年一直等著他，沒有嫁人，在鄉下侍奉他的老娘，他不想辜負了那姑娘，想把她抬進門來。

狄氏身為世家女自然不會阻止，於是榮老爺子就把菀娘接進了國公府。

榮老爺子是泥腿子出生，家中還有一長兄和一幼弟，榮老娘、榮老爹就跟著老大和老三在鄉下住著，平日裡只有過年才會來國公府住上一段時日。

不管如何，這些年國公府看著倒也一派祥和，至於內裡，只有宅內的人才清楚。

這會兒榮老爺子正坐在太師椅上，旁邊站著老姨太菀娘，菀娘今兒穿了一件秋香色雙繡緞裳，外面罩著一件鏤金絲鈕牡丹花紋的褂子，一頭黑髮瞧不見幾根白絲，眼角的皺紋也不深，看著不像是個五十歲的老婦人，可見她這些年保養得很好，嘴角一直帶著淡笑。

榮寶珠又低頭看自個兒的祖母，狄氏今兒穿了朱色緞裳，外面罩著一件絳紅的褂子，兩鬢已白，臉容也爬上了皺紋，可一身的氣勢和端莊卻是一屋子人都沒有的。

榮寶珠在狄氏的教導下把一屋子人給認全了，狄氏笑意連連地誇她聰明，又道：「榮家的孩子也正好三歲就該啟蒙了，妳的哥哥姊姊們每日都要去上課，妳看看妳可要一起去？」又問岑氏。「可找了大夫來替寶珠看過身子？之前她一直躺著，身子有些瘦弱，若怕會吃不消，就調養一段日子，等好些了再去上課，總不差這幾個月。」

岑氏點頭。「已經讓丫鬟請了大夫，估摸著就快到了。我會讓大夫好好替寶珠檢查一下身子，就跟娘說的一樣，若是不成，養上幾個月再去上課也是可以的。」

狄氏點頭，看向寶珠的目光又是憐惜又是心疼。

旁邊的大伯母魏氏從身上取出一對翡翠鐲子，那鐲子的顏色十分翠綠。她把鐲子給了寶珠，笑道：「寶珠，我是妳大伯母，這是大伯母給妳的見面禮，妳可要好好收著。」

榮寶珠看了眼狄氏，狄氏笑道：「既然是大伯母給的，趕緊接下吧。」

除了大伯母魏氏，二伯母高氏、三伯母駱氏都給了見面禮，就連哥哥姊姊們也都給了，寶珠算是收穫了滿滿一堆的東西。

長輩們給的大多是金銀首飾，哥哥姊姊們給的東西就比較稀奇了，有雕刻精緻的小木船，也有自己縫製的荷包。

過會兒，老姨太菀娘從手上摘下一對檀木紅佛珠遞給榮寶珠，柔聲笑道：「我也沒什麼好東西，這是我戴了十幾年的佛珠，我經常戴著唸佛，算是有佛緣，妳戴著也是好的，望能求佛祖保佑我們七姑娘平平安安，健健康康。」

還不等狄氏開口說什麼，榮老爺子就先開口了。「這東西妳戴了十幾年，還是當年我送給妳的，就不給寶珠了，我替妳準備了東西，這東西妳就自個兒好生收著吧。」

立刻有小丫鬟捧著托盤過來，上面放著根賣相很好的人蔘和一整套藍寶石頭面，的確是份很大的禮。

狄氏笑道：「寶珠，拿著吧，這是妳祖父給妳的東西，待妳身子養好了可要記得每日來給祖父請安，多多孝順妳祖父才是。」

榮寶珠捧著東西點頭，腦袋暈得越發厲害，結果還沒等請安結束她就睡下了，歪在狄氏的懷中，狄氏心疼地道：「好了，趕緊抱她回去睡吧，她這才醒，每日勞累不得，上課的事情等幾個月後再說，實在不成，就等年後，她長了一歲，那時候身子也養得差不多了。」

大家都沒意見，四房的人又抱著寶珠回去。

狄氏揮了揮手。「好了，你們都回去吧，老大媳婦留下伺候著就成了。」

等人都走了，魏氏讓丫鬟把早膳擺上來，又讓丫鬟去拿了一顆清心丸，服侍著狄氏用溫水服下。

狄氏吃了藥，又喝了幾口溫水，道：「妳也忙了一早上，趕緊坐下來吃吧。」

魏氏坐下後，狄氏身邊的沈嬤嬤替她們布菜，狄氏吃沒幾口就停了筷，沈嬤嬤勸道：「夫人，您多吃些。」

魏氏也道：「娘，您多吃些，總不能為了那些不相干的人氣壞了身子，您是知道的，她總是那樣，明面上看來一派和善，可話裡話外總是擠兌您，讓爹護著她。」

狄氏道：「都這麼多年了，還有什麼好氣的，她是妳爹的青梅竹馬，妳爹護著她也是應該的。」

魏氏忍不住嘆氣，這些年那姨娘沒少給婆婆氣受，每次都是如此。就像今日，說出來的話看來沒什麼，可細細一想，妳說自個兒沒有幾件好東西，可國公府是婆婆當家，這不就是說婆婆苛待妳了嗎？公公又那麼護著那姨娘，生怕她吃虧了。真要說起來，這些年沒經過國公府帳上進到那姨娘房中的東西肯定只多不少。

婆媳倆用了膳，不再說那些糟心事，狄氏道：「寶珠才剛醒過來，事事都要注意，府中妳幫著照看些，少讓二房的人過去老四那邊，二房那就是一屋子不省心的。再過幾日就是妳爹的壽宴了，到時府中擺宴，處處都要招呼著，記得讓老四媳婦把寶珠帶好，別驚著她。妳那天記得多派幾個得力的婆子去照看著寶珠。」

「是，兒媳都記下了。」

抱著寶珠回到院子的時候大夫已經提早到了，岑氏這會兒正擔心著寶珠這孩子醒來沒多久，怎麼又睡下了，怕是身子有恙，於是把一屋子的兒女都趕出去，只留下榮四老爺跟兩個伺候的丫鬟。

岑氏道：「大夫，你瞧瞧寶珠，早上才醒，這會兒又睡著了。」

大夫把了脈，又細細地檢查了一番。「四太太別擔心，七姑娘沒什麼大礙，就是剛醒過來精神還有些跟不上，遇見人多或者事多的時候，腦子就會有些昏沈、想睡覺，這些日子別讓她去人太多的地方就行了。之前因為躺了幾年，七姑娘身子肯定不大好，需好生調養著才成。」

岑氏也知道女兒身子骨兒差，這會兒心疼得厲害，轉頭去看女兒，覺得她真是又瘦又小。

榮四老爺勸道：「好了，別傷心了，寶珠才剛醒過來，身子弱也是正常的，養好之後肯定就沒事了。」又轉頭跟大夫說：「還請大夫開藥方。」

只是身子有些虛弱，大夫開了食療的方子，說是慢慢調養就能好起來。

大夫走後，幾個哥哥姊姊就進來了，問了寶珠的情況，岑氏把大夫說的話回了一遍，讓幾人莫要打擾寶珠休息。

岑氏回頭去稟了狄氏，狄氏得知後讓岑氏不要再抱著她過去請安了，等身子好一些再說。

從狄氏那裡回來，岑氏找了昨晚伺候寶珠的兩個丫鬟木棉跟芍藥問了玉簡的事情，兩人都說入睡的時候還有瞧見，之後就不曉得了。

岑氏猜測女兒的清醒應當跟那玉簡有關係，便不再多問。

榮寶珠睡了一覺後，也沒叫丫鬟過來伺候，精神抖擻地靠在床頭想著瓊漿的事情。

瓊漿對花草有很大的益處，塗抹在皮膚上能讓皮膚變得粉嫩，想來這瓊漿不是什麼壞東西，也不知能不能食用，或許還能調養身子？

關於這手心中的瓊漿，榮寶珠瞭解得不多，上輩子她沒有過多關注這東西，重活一世，她知道此物不是凡品，就是還不敢肯定如果內服了會有什麼後果。

這幾天處處有丫鬟看著她，再加上她惜命，到底是不敢把它吃進嘴裡，所以這瓊漿她都是直接滴在床頭的花盆裡，因此這幾日的花格外嬌豔，就連幾盆還沒到花期的花也因此提前盛開了。

院子裡的丫鬟都說榮七姑娘是福星，這才轉醒，就連還未到花期的花兒都盛開了，這話聽在主子耳中別提會有多高興了。

由於這東西對皮膚有好處，每次幾個丫鬟伺候榮寶珠洗澡的時候，她就趁著丫鬟不注意的時候往浴桶裡滴上一滴。

每日的瓊漿只有幾滴，全給花草太浪費了些，榮寶珠想試著把這東西保存起來。

這日岑氏來看她，問了今日伺候的大丫鬟碧玉關於寶珠的日常。

碧玉笑道：「姑娘早上起來後用了一小碗小米粥跟一些新鮮的小菜，又讓丫鬟們扶著在院子裡走了幾圈，之後奴婢幾個唸書給七姑娘聽，剛用了午膳，姑娘用了一小碗的當歸生薑羊肉湯，又吃了一小碗的紅棗小米粥，到這會兒還精神著呢。」

榮寶珠其實挺無奈的，這幾日她的精神是好了些，沒那麼昏昏欲睡了，就是走路還不大穩當，上輩子畢竟是上輩子，這輩子她才三歲，自然一切要從頭學起，於是她每日讓丫鬟扶著她在院子裡轉一刻鐘練習走路。

岑氏瞧女兒的精神的確是好了些，就連面色都比前幾日紅潤，心裡高興，覺得大夫開的食療方子真是有用，想著再過幾日就是國公爺的壽宴了，她道：「過幾日就是妳祖父的壽宴，到時府中會有些忙，妳好好待在院中，不要到處亂跑，等忙完了我就過來看妳。」

榮寶珠乖乖地點頭，她這時候說話還有些不利索，只能說一些簡單的對話，長一點的句子就說不成了，還是要多練。

岑氏正陪著女兒說話時，外面突然傳來了丫鬟的驚呼聲。「五少爺，你跑慢點，別驚著七姑娘了。」

第二章

岑氏聽見外頭砰砰砰的聲音臉色就拉了下來，起身到了房外，瞧見榮琤正往房裡衝，差點撞到她身上來。

岑氏一把攔住他。「老五，你又跑過來做什麼？你不知你七妹身子不好，這會兒還跑來打擾她。」

榮琤沒想到今兒竟然會被岑氏撞個正著，呀了一聲，支支吾吾地道：「娘，我都下課了，過來看看七妹又怎麼啦，我怕七妹太悶，所以過來陪她。」

岑氏哼道：「那你功課做了沒？」

榮琤不敢說話了，要是說沒做，娘肯定會揍他；要是說做了，娘發現他騙人，會揍得更狠。

房裡的榮寶珠聽見兩人的聲音忍不住道：「娘，是五哥嗎？」

榮琤聽見寶珠的聲音，也顧不上岑氏在門口攔著了，哧溜一下從岑氏的胳膊下鑽了進去，惹得岑氏罵了句「臭小子」。

「七妹，七妹，我過來看妳啦！」榮琤一進房就叫開了。

榮寶珠立刻笑瞇了眼，這幾日房裡的丫鬟連大聲說話都不敢，生怕驚著她，五哥這種大嗓門聽著可真是有活力。

岑氏進來虎著臉道：「你給我小聲點，別驚著你妹妹了。」

榮寶珠急忙擺手。「娘，我喜歡五哥在這裡。」

榮琤笑得一臉得意。「我就知道七妹妹肯定喜歡我過來。七妹，妳瞧我今天給妳帶了什麼好玩意兒來。」說罷，顯擺地從背後摸出一個東西來，仔細一瞧竟是編得很精緻的草籠子，裡面還有隻活物蹦來蹦去。

榮寶珠一瞧見這東西眼睛都直了，岑氏的臉色卻立馬黑了。「榮琤！誰叫你把這玩意兒拿過來給你妹妹玩的！」

那草籠子裡是隻挺大的蛐蛐，也不叫，只在草籠子裡蹦跳。

岑氏說著就要去搶榮琤手中的草籠子，榮琤機靈地躲開，朝榮寶珠那邊跑去。「娘，您怎麼不問問七妹的意見呀，指不定七妹喜歡。」

岑氏一愣，轉頭去看寶珠，果然瞧見她緊盯著榮琤手中的草籠子，顯然是對草籠子裡面的蛐蛐很感興趣。

榮寶珠很配合地一指草籠子。「娘，要！」

岑氏哪裡受得住女兒這般水汪汪地看她，立刻就妥協了。「行，既然你妹妹喜歡，你把你屋子裡的那些蛐蛐全拿過來吧。」

「……」榮琤。

女兒想要，岑氏肯定要把最好的給她，立刻讓人去把榮琤屋裡的蛐蛐全給搬了過來。

榮寶珠跟榮琤兩人坐在小杌子上盯著桌上草籠子裡的蛐蛐，榮琤指著他拿過來的那隻「七妹，我跟妳說，這是我才得的『將軍』，妳瞧瞧，它頭大，鬥起來的時候肯定厲害！」

榮寶珠看那蛐蛐，果然個頭大，頭是純黑色的，眼睛金光閃閃的，看著倒是挺不錯。

岑氏也懂得一些挑選蛐蛐的小竅門，笑道：「你這蛐蛐雖然頭大，可頭是黑色的，不及青金色、古銅色那種凸額的。」

榮琤哼哼了兩聲。「娘，我也知曉，可那是極品蛐蛐，我找了大半個月也只找到一隻這樣的，算是不錯了。」

母子倆爭了幾句，榮寶珠就盯著那蛐蛐瞧著，過了會兒，外面的丫鬟通報。「四太太，老夫人找您過去，說是要商量壽宴那日的事情。」

岑氏起身，叮囑兒子。「你七妹身子弱，你陪她玩一會兒就好了，別老是待在她的屋子裡，過會兒你七妹就要休息了。」

榮琤點頭。「娘，您快些過去祖母那邊吧，我都知道。」

岑氏當然不放心這個頑皮的兒子，又囑咐丫鬟，讓她們盯著點，玩半個時辰就讓寶珠休息。

出了院子，岑氏瞧見院子裡小花園的花草鬱鬱蔥蔥，不由得笑道：「這小花園打理得挺好的，瞧著比前幾日蒼鬱上許多，這誰打理的？有賞。」

丫鬟沒敢說這打理小花園的花娘前幾日家中有人生病，小花園一直沒人打理，她們這些丫鬟圖省事，直接把七姑娘的洗澡水給澆在裡面。

岑氏又問：「誰打理的？我記得是個花娘？」

妙玉不再瞞了。「太太，是吳花娘打理的，不過這幾日吳花娘家中有事，一直沒來，所以小花園已經好幾日沒人打理了。」

岑氏哦了一聲。「這吳花娘打理的時候也不見小花園裡的花草這麼精神過。」倒也沒再說什麼了。

岑氏離開後，榮琤把自己最厲害的幾隻蛐蛐全部擺在桌上，朝榮寶珠笑道：「七妹，待會兒我要跟忠武侯家的鄭二和昭武將軍家的袁六鬥蛐蛐，不過我曉得妳一個人在屋裡肯定悶得很，所以叫他們過來國公府鬥。待會兒他們來了，咱們就在妳屋裡鬥好不好？正好給妳解解悶。」

榮寶珠直點頭。「五哥最好了。」

榮琤嘿嘿傻笑。

然後他開始跟榮寶珠講解桌上的幾隻蛐蛐。「七妹，這幾隻是大頭、常勝、青殼、鬥士，不過它們全都比輸了，我今兒就是打算用將軍來一雪前恥的！」

榮寶珠聽得直樂。

不一會兒，丫鬟通報說鄭二少爺跟袁六少爺來了，榮琤興奮地衝了出去。「趕緊的，把他們都帶到我七妹這來。」

妙玉頭疼地道：「五爺，太太說了，不能太吵著七姑娘，依奴婢看，要不讓他們去您的院子裡吧。」

榮琤當然不幹。「我七妹喜歡就成了，她不嫌吵的，要小爺說就該多些人陪七妹逗樂，這樣七妹才好得快一些。」

榮寶珠也道：「妙玉，我要看。」

她這一句話讓妙玉不再說什麼了。

丫鬟很快帶著鄭二少爺跟袁六少爺過來院子裡，兩人瞧見榮琤都笑道：「阿琤，怎麼今兒在你七妹的院子裡？你七妹不是……」

寶珠清醒的事情只有國公府的人知道，就連岑氏也還沒來得及給娘家報信，這會兒大家都不知曉。

榮琤挺了挺身子。「可不是，我七妹已經清醒了。走，我帶你們進去，順便讓我七妹瞧瞧我今兒是怎麼勝了你們的！」

鄭二少和袁六少都比四歲的榮琤年長，鄭良峪今年七歲，袁秈六歲，兩人長得都挺俊俏的，跟榮琤的關係一直很好。這鬥蛐蛐是最近一年才流行起來的，三人就迷上了，經常找蛐蛐來鬥，彼此之間也會有一些小賭注，有時是心愛的玩意兒，有時是月錢。

榮琤跟兩人鬥了半年多，愣是一次都沒贏過。岑氏跟榮四老爺都知道他們之間鬥蛐蛐的小賭注，夫妻倆有管著，告訴他玩可以，但不能賭，結果這小子就是不聽勸，明面上不行，就暗地裡偷偷來。岑氏知道後，乾脆一文錢都不給他，他倒好，把自個兒屋裡的東西全給輸光了。

這次榮琤幾乎是抱著必勝的決心來鬥，這蛐蛐他找了半個月，又精心伺候了半個月，每天都讓它跟其他的蛐蛐鬥，基本上都是「將軍」贏了。

鄭良峪跟袁秈隨著榮琤進到屋子裡，瞧見紫檀木矮桌旁站著一個矮矮瘦瘦的小丫頭，約莫兩、三歲的模樣，頭髮有些稀疏發黃，臉色也不大好，真真是個「醜丫頭」。他們忍不住想著榮家的幾個兄弟姊妹們長得都還不錯，這七姑娘一瞧之下實在讓人失望。不過榮七姑娘在床上躺了三年，這會才清醒過來，這副模樣倒也正常，相信調養上一段日子，身子肯定就恢復了。

兩人上前坐在榮寶珠旁邊，笑道：「妳就是寶珠妹妹了吧？經常聽妳五哥提起妳，以後妳也是我們的寶珠妹妹了。」

榮寶珠並不認識這兩人，前世她認識的人不多，除了自家的親戚外，她連個閨房好友都沒有，更別說這些外男了。雖不認識，但她確實聽過兩人的名號，知道他們跟自家五哥在外都是很跋扈的世家子，逍遙快活，變著法地玩。不過這都是好幾年後的事情了，眼下他們玩也都只是在家裡玩。

榮寶珠乖巧地喊了人。

榮琤道：「好了、好了，別說了，我七妹都等不及了，我們趕緊開始吧。」

三人取了各自要比賽的蛐蛐出來，看著他們兩人的蛐蛐個頭挺大的，榮琤哼哼道：「這次咱們拿什麼做賭注？我屋子裡的好東西差不多都被你們贏光了，待會兒我可要全部贏回來！」

袁秈笑道：「你說怎麼玩？」

榮琤看了榮寶珠一眼，瞧她正笑瞇著眼看著他，心中一動，想起輸給他們的那些東西，裡面可有不少好物件，七妹肯定喜歡，不如全部贏回來送給七妹好了。想著，他就道：「這次若是我贏了，就把以前所有輸給你們的東西全部還給我如何？」

兩人點頭。「自然沒問題，不過你要是輸了怎麼辦？」

榮琤信心十足。「這次肯定不會輸的。」

「那要是輸了如何？」

榮琤苦惱了起來，他似乎已經沒東西可輸了，想來想去只好道：「五十兩銀子如何？」他實在是沒好東西了，銀子的話倒還能跟幾個哥哥姊姊討一些湊出來。原先他一個月有五十兩銀子的月錢，府中的帳上出二十兩，他娘每月會補貼他三十兩，可現在他娘一文錢都不給他，只能自個兒想法子了。

大家都是玩玩而已，沒怎麼當真，兩人也不在意榮琤之前輸給他們的那些東西價值遠遠超過五十兩，都點頭同意了。

榮琤興奮地要身邊的小廝把罐子抱來，裡面給了土鋪平，兩個人先鬥，鄭良峪跟袁秈先來，兩人把蛐蛐放進罐子裡，拿了根蛐蛐草引了一下，兩隻蛐蛐就打了起來。

榮寶珠是第一次瞧見鬥蛐蛐，看得津津有味的，她不多言，就蹲在那裡瞧著，惹得後面的妙玉急到不行，可瞧著主子看得目不轉睛，她也不敢打擾，只盼著四太太趕緊過來，把這小祖宗給領走。

鄭良峪跟袁秈的蛐蛐不相上下，兩隻鬥了好一會兒，最後是袁秈的蛐蛐被鬥倒了。

袁秈愁眉苦臉地把鬥敗的蛐蛐收了回去，榮琤歡呼一聲。「休息一刻鐘後就該我跟鄭二哥啦！」

休息的時候，鄭良峪給他那隻名叫二愣子的蛐蛐餵了點吃的。

榮寶珠直愣愣地盯著鄭良峪給蛐蛐餵吃的，忽然轉頭朝榮琤道：「五哥，給蛐蛐吃。」

榮琤很瞭解妹妹這種話說一半的調調，妹妹這是在說讓他也給蛐蛐一些吃的。妹妹說的，他自然立馬就點頭了，讓小廝去取一塊果子來。

榮寶珠興奮地道：「哥，我來，我來。」

妙玉終於忍不住勸道：「七姑娘，您身子嬌貴，還是讓奴婢來餵吧。」

榮寶珠擺手。「我來！」

小廝把果塊遞給榮寶珠，她攥住果塊，感覺到手心中的瓊漿滲出，把果子攥了一會兒，她才捏著果塊餵了蛐蛐。榮琤原本還擔心這蛐蛐會不吃，將軍平日裡嘴巴可挑得狠，果子跟莖葉都不怎麼吃，最愛吃的是新鮮的水菱，最好是現採的。

讓榮琤瞪大眼的是，七妹剛把果子丟給將軍，將軍竟撲了上去，大口地吃了起來。

鄭良峪笑道：「寶珠妹妹，妳擔心妳五哥的蛐蛐餓了，是怕他待會兒會輸？」

榮寶珠特認真地點頭。「怕，輸了娘會揍他。」五哥身上可是沒銀子的，若是輸了肯定會向四哥、四姊、五姊他們要，娘要是知道了，鐵定揍他。

小姑娘認真的模樣把幾個人都逗笑了，袁秈笑道：「那寶珠妹妹別擔心，妳五哥要是輸了，我們也把東西還給他如何？」

榮寶珠想了想，搖頭。「不成，輸就是輸。」

榮琤笑道：「可不是，輸了就是輸了，輸了我就先欠鄭二哥五十兩銀子就是了。」

將軍還在吃著，榮琤瞧著一小塊果子快被它吃光了，怕它撐死，急忙把剩下的果子給搶了過來讓小廝拿出去丟掉。

時間也差不多，兩人把蛐蛐放進罐子裡，還沒用蛐蛐草引一下，將軍已經興奮地朝著二愣子撲了過去。

鄭良峪道：「你這蛐蛐吃了個果子就跟吃了大補藥一樣，可別後勁不足呀。」

榮琤看著將軍勇猛的英姿，信心十足。「肯定不會的，這次我贏定了。」

還真讓他說對了，將軍真是勇猛無比，到最後二愣子都動彈不了，將軍還緊咬著它不放。

這局肯定是榮琤贏了。

鄭良峪挺鬱悶地開口。「你這蛐蛐還真厲害。」

可不是，這會兒都結束了，將軍還在罐子裡蹦來蹦去，精神氣十足。

榮琤扠腰哈哈大笑。「我終於贏啦。」

他這得意勁兒倒是把幾人都惹笑了，鄭良峪與袁秈一起笑道：「你贏了，待會兒讓你小廝去我們府中把你的東西都搬回來。」

之後三人交流了一下養蛐蛐的心得，鄭良峪跟袁秈又和寶珠說了幾句話，這才告辭了，走的時候還說過幾日會再來看寶珠。

榮寶珠有些依依不捨，她上輩子沒什麼好友，這一世能跟外人接觸，心情別提多好啦。

榮琤瞧著時辰不早了，也道：「七妹，妳趕緊休息吧，天色暗一些我再過來找妳玩，到時他們把東西都還給我，我全搬來給妳。」

榮寶珠點頭，指了指桌上的草籠子。「哥，給我隻蛐蛐。」

榮琤特大方地把將軍留了下來，又囑咐寶珠每天要記得餵，什麼時辰餵，連它最愛吃什麼，榮寶珠都記下了。

榮琤走後，榮寶珠指著將軍道：「以後我來餵。」

妙玉笑道：「那就七姑娘自個兒餵，奴婢們會準時提醒姑娘的。」

榮寶珠這才心滿意足地小睡片刻，剛醒不久，榮琤就過來了，還當真把贏回來的東西全都搬過來。

岑氏也到了，看著屋子裡亂七八糟的東西就想揍榮琤。「榮琤！你這些東西不是全輸給鄭家跟袁家那兩小子了嗎？你該不是帶著那兩小子在寶珠屋子裡鬥蛐蛐吧？」

榮琤避重就輕。「娘，這些東西我打算都送給七妹，七妹可喜歡啦。」

榮寶珠盛情難卻，挑選了兩樣表示足夠了，剩下的全讓榮琤搬回去。

榮琤走後，岑氏瞧著桌上的蛐蛐忍不住笑道：「寶珠喜歡蛐蛐？那娘給妳多找一些來？」

「一隻就夠了。」榮寶珠急忙道，她還真怕她娘找了一屋子蛐蛐來。

「我家寶珠下午都做了什麼，跟娘說說。」岑氏抱著寶珠在太師椅上坐了下來。

榮寶珠磕磕巴巴地把下午的事情說了一遍，又說自己很喜歡跟鄭二哥和袁六哥玩，讓岑氏不要處罰五哥。

岑氏笑道：「妳喜歡，娘就不罰五哥了，寶珠還想要什麼？要不娘找隻小貓兒來給妳養著？可比蛐蛐可愛多了。」

榮寶珠笑道：「娘，要小瓶子。」

比劃了半天岑氏才曉得她是想要那種裝飾用的小玉瓶。「成，娘回頭就讓人去找，找到了就給妳送過來。」

小玉瓶找得挺快的，不過兩天時間就找了三個過來，都是用上好的翡翠跟羊脂玉雕刻而成，三個都不大，最小的近似成人拇指小，最大的也就約莫半個巴掌大，蓋雕圓鈕，其中羊脂玉的玉瓶有半個手掌大小，雙獸銜環耳，通體雕回紋，樣式精巧漂亮。剩餘的兩個則是翡翠雕刻而成，個頭小些，上面沒有複雜的紋路，都是最簡單的花紋，也有瓶蓋。

榮寶珠拿到後簡直是愛不釋手，岑氏瞧見她喜歡，笑道：「既然喜歡，娘再去多找幾個過來。」

「娘，夠了。」有三個就足夠了，這一個玉瓶都能裝上幾百滴的瓊漿了，那個大點的羊脂玉瓶也裝得下千滴。她一天下來手心中也就只能變出幾滴瓊漿，除了要用的，每天能存下一、兩滴就不錯了。

說起來，娘對她是真的寵得很，她要什麼，娘都會給她找來，她這屋子裡隨便一件東西價值都超過百兩，幾個哥哥姊姊卻沒有這樣的待遇。

娘是景恒侯家的嫡出二女，上頭有一母同胞的親兄姊。景恒侯早年喪妻，又娶了續弦張氏，張氏生了一兒一女，畢竟不是娘的親生母親，對娘就沒那麼好，不過舅舅比母親年長好幾歲，外祖母過世的時候，舅舅已經明事理了，處處護著娘跟大姨母，再加上景恒侯並不偏袒張氏，因此他們日子過得還算不錯。

當年岑氏嫁給榮四老爺的時候張氏不大樂意，覺得是侯府高攀了，說是要給岑氏找一戶門當戶對的。這事岑氏不好出面，還是舅舅岑趋出面朝張氏道：「我妹妹是侯府名正言順的嫡出女兒，榮家雖貴為國公府，可妹妹嫁的是榮家老么，有何門不當、戶不對的？妹妹年紀也不小了，母親這般留她在府中到底是為何？再者，這親事爹爹都允許了，母親為何還不肯，是嫌需要給的嫁妝多？母親放心，我們的母親給我們留下不少東西，絕對委屈不了妹妹的。」

這事把張氏氣到不行，卻又不敢跟景恒侯告狀，最後只得乖乖認了。最讓張氏生氣的是，他們兄妹三人生母留下的嫁妝自己沒好意思打主意，想著如此侯爺應該不會再給她添妝了，哪想到岑氏出嫁的時候，還由府中的公帳添置了不少東西。

張氏有些忍不住，跟景恒侯抱怨了兩句，說：「侯爺，二姑娘出嫁已經有不少嫁妝了，府中這些日子的花費實在有些吃不消……」

話還沒完，景恒侯已經冷聲道：「郡兒的嫁妝大部分都是她母親留給她的，郡兒出嫁若我一毛不拔，妳也不怕說出去丟了臉面，這事就這麼定了。」

最後岑氏就帶著大筆嫁妝嫁到了榮家，岑氏也是個有本事的人，憑著嫁妝裡的店鋪、田產和宅子賺了個盆滿缽溢，可以說榮家銀子最多的人就是岑氏了。

有這麼個會賺銀子的娘，寶珠覺得這輩子肯定能衣食無憂地過一生——當然，前提是避開蜀王趙宸。嫁人的事她還沒想過，她現在的年紀小，只想幸幸福福地過日子。

前世，她醒來後的前幾年在榮府過好日子，後幾年則完全被困在王府中。趙宸是個冷情冷性的人，對府中女子的態度都差不多，每個月去後院女子房中的時間也都是規規矩矩的，初一跟十五會在她屋子裡過，其餘再挑選五、六日在她屋裡，剩下的時間則是給其他妾室瓜分了。

她並不是趙宸的正妻，而是續弦，趙宸之前娶過一房妻子，成親還不到三年就過世了，之後一道聖旨下來她就嫁給了趙宸。在趙府待了好幾年，她多少也知道自己嫁入王府並非趙宸的意思，而是皇上的意思，只是自己的日子都還沒過清楚呢，她哪猜得到聖意。

不過在趙家待了八年，她沒生出一子半女，不只是她，連其他人也是如此。她死的時候是二十四，趙宸也差不多快三十了，膝下猶虛。

想起趙府的舊事，榮寶珠緊抿著嘴，皺起眉頭，再世為人，她其實仍然搞不懂皇上為何要賜婚啊。

說起來，她還是挺擔心的，怕長大後那皇帝又來一道聖旨，那她不是白活啦？

岑氏瞧見女兒皺著小眉頭，嘴裡嘀嘀咕咕的不知在說什麼，不由笑道：「我家寶珠這是在嘀咕什麼呢？」

榮寶珠立馬換了副笑臉，舉了舉手中的小玉瓶。「娘，漂亮，喜歡，謝謝娘。」

岑氏笑道：「妳喜歡就好，待會兒妳哥哥姊姊們要過來看妳，不要玩得太晚。後日就是妳祖父的壽辰，到時候妳外祖父、舅舅跟姨母都會過來看妳，妳這兩日可要養好精神。」

寶珠點頭。「娘放心。」

岑氏走後，榮寶珠打發了丫鬟出去守著，一個人在屋裡把手心中的瓊漿滴入玉瓶裡，她打算先把兩只翡翠玉瓶給存滿。幾滴瓊漿下去，連個底都沒見著，榮寶珠晃了晃手中的小玉瓶，邁著小短腿將玉瓶鎖在她的紫檀木小箱子裡。

將軍一直在寶珠的屋子裡，寶珠怕直接餵它瓊漿它會太興奮，這次換成在它的小盆裡滴上一滴，要吃的食物則先在小盆裡面泡過後再餵它。

她還是有些不敢內服瓊漿，一直都是外用，洗澡的時候依舊會偷偷地在澡盆裡用一滴。

下午的時候榮琅、榮琤、榮明珠、榮海珠都來看她了，四哥榮琅跟四姊榮明珠的性子最沈穩，榮海珠的性子就活潑了一些，問東問西的，一得知榮琤帶鄭二少爺跟袁六少爺來寶珠屋子裡鬥過蛐蛐，她就不高興了，上前去扯榮琤的耳朵。「五弟，你不是說過要帶我去看鬥蛐蛐的嗎？這都說了快一個月了，可不能哄我。」

榮琤在屋子裡邊跑邊躲，榮海珠就追在他身後。

榮琅跟榮明珠大概是看寶珠笑得開懷就沒阻止他們，一屋子其樂融融。

有了哥哥姊姊們的陪伴，榮寶珠很快地就把白天的苦惱拋諸腦後了，反正還有十幾年的時間，她白擔心什麼？

翌日一早，寶珠醒來，還不等丫鬟進來伺候，興沖沖地取了小玉瓶出來，打算把今日的瓊漿也存起來，結果打開玉瓶一瞧，裡面竟沒半滴瓊漿。

榮寶珠有些傻眼了，對著空瓶看了半天，百思不得其解，按理說不該揮發得這麼快，莫不是被老鼠偷吃啦？可小紫檀木箱子的鎖匙只有她有，不該這樣的。

外頭的丫鬟聽見動靜，喊道：「七姑娘，您醒了？」

榮寶珠哦了一聲，抱著小紫檀木箱子呆愣愣地坐在床頭，伺候的丫鬟們陸續進來，今兒是妙玉、碧玉、芍藥、木棉、鐵蘭和石竹當差。

妙玉看著小主子呆呆的，問道：「姑娘這是怎麼了？是不是不舒服？」

榮寶珠搖頭。「沒，趕緊吧，我餓了。」

妙玉不再問什麼，指揮著丫鬟們上前麻利地打理了起來。

妙玉瞧主子還把小紫檀木箱子抱在懷中，笑道：「姑娘，箱子給奴婢吧，奴婢給您放起來。」

榮寶珠搖頭，自己把小玉瓶一個個地放進去，然後鎖好箱子，放在床頭。

今兒替她梳頭的人是芍藥，榮寶珠乖乖地坐在銅鏡前任由她梳著自己還有些枯黃的髮，倒不想頭皮忽然一痛，她忍不住叫道：「痛。」

芍藥傻眼，妙玉上前拉過她，瞧見木梳上有兩根斷髮，臉色立刻拉了下來。「妳怎麼伺候主子的，連這點小事都辦不好。」

芍藥慌道：「七姑娘，奴婢錯了。」她也不是故意的，就是有些走神，七姑娘才醒的時候她說了幾句閒話，這幾日又看著四房是如何對七姑娘的，就有些擔心要是讓太太知道她說七姑娘的閒話，被趕出府都是輕的了，按照律例，她們這種簽了死契的奴才嚼主子舌根是要被打板子、關大牢的。

聽芍藥說話，榮寶珠抬頭看了她一眼，哦了一聲。這丫鬟的聲音她記得，剛醒來那一晚，這丫鬟說她爹娘把她一個傻子當寶，還說了挺多閒話，要不是今兒撞在她面前，自己肯定都不記得她了。

妙玉道：「七姑娘，該如何發落？」

榮寶珠這會兒心思全在玉瓶上，對懲罰下人沒什麼興趣，兩世為人，岑氏都只把最好的東西、最好的一面教給她，有些事就算重活一世她也不知道該怎麼做。

還不等她開口，岑氏就進來了，瞧見跪在地上的芍藥問道：「這是怎麼了？」

妙玉把事情說了一遍，岑氏再問道：「芍藥可是有心事？不然怎麼心不在焉的，連個差事都辦不好？」

芍藥的臉都白了。「都是奴婢的錯，還請太太責罰。」

岑氏對女兒關心得緊，寶珠身邊的丫鬟她都大致瞭解過，知道芍藥的性子有些浮，這會兒瞧著怕是做了什麼虧心事吧，於是她轉頭問女兒。「怎麼回事？」

榮寶珠沒有回答，叫她嚼一個丫鬟的舌根她實在是開不了口，想著那日木棉也在場，不由得看了她一眼。

岑氏轉頭問木棉。「妳說說是怎麼回事吧。」

木棉哪會不曉得太太問的是啥，到底是不敢瞞著，把七姑娘醒來那日，芍藥說的幾句閒話皆說給岑氏聽了。

岑氏聽完臉色挺不好看的。「得了，我不把妳送去大牢，既然妳覺得伺候寶珠委屈了，就找人牙子過來，妳重新選主子去吧，我們鎮國公四房容不了妳。」

芍藥嚇得直抖。「太太，奴婢錯了，奴婢以後再也不敢了，求求您饒了奴婢吧。」她們這種在國公府當過差的丫鬟，要是再回去人牙子手裡肯定是沒什麼好去處的。

岑氏道：「把人拉下去吧，妳們也別都站著，繼續伺候姑娘梳洗。」

兩個丫鬟把芍藥拉了下去，岑氏又道：「木棉知情不報，降為三等丫鬟吧。」

木棉福身。「謝太太恩典。」

既然岑氏把她降為三等丫鬟表示還沒對她失望，調回內院的可能還是很大的。

這一下就發落了兩個丫鬟，剩餘的幾個更是大氣都不敢出一口，由鐵蘭默默上前替寶珠梳著髮。

岑氏道：「妳們也記住了，寶珠就是我的命根子，只要妳們好好照顧她，我不會虧待妳們。」

丫鬟齊聲應是。

幾個丫鬟伺候寶珠梳洗好後就退下去擺膳，屏風內只剩下母女兩人，岑氏抱著寶珠坐在凳上。「寶珠，娘告訴妳，以後若是再有什麼人敢欺負妳，妳告訴娘就是了。妳不可以心軟，妳生來就是主子，就比她們高人一等，咱們榮府對丫鬟們也算是仁至義盡，月錢給得不少，還有不少賞錢，咱們不虧待她，可也不能允許她們爬到主子頭上來了，可懂？像芍藥那樣的丫鬟，妳這次原諒了她，下次她或許會犯下更大的錯誤，賣主求榮都是有可能的，說白了，她就是品性有問題，這樣的人能用，但不能信任。」

榮寶珠這會兒一想，覺得娘說的挺有道理的，她方才還真想饒了芍藥。

「懂了？」岑氏再問，這事可馬虎不得，這丫頭傻乎乎的，她又不能時常跟著，總要讓她自己警醒些才好。

寶珠點頭。「娘放心，懂了。」

「好了，那妳快些出去吃東西吧。」

寶珠點頭，又想起什麼來，扯了扯岑氏的衣服。「娘，還要小瓶兒，要木頭的。」既然翡翠的不行，她試試其他材質的好了，若還是不成，只能放棄保存瓊漿的想法了。

岑氏笑道：「成，不過明日就是妳祖父的壽辰了，明日過後娘再找給妳。」

岑氏在屋裡待到榮寶珠用了早膳後才離開。

榮寶珠想著三個玉瓶中還有兩個沒試，要不再試試？一個是翡翠的，另外一個是羊脂玉的，既然翡翠的不成，她就把瓊漿全存在羊脂玉瓶裡。

下午的時候，幾個哥哥姊姊過來看了她，又都被岑氏叫去囑咐明日的事情。

晚上榮寶珠就早早地睡下了。

翌日一早，榮寶珠醒來後第一件事就是去摸床頭的小紫檀木箱子，取了裡面的羊脂玉瓶看了看，這一看，她忍不住樂了，羊脂玉瓶底部盛了幾滴瓊漿，顯然這次是儲存成功了。

怎麼翡翠玉瓶就不成呢？榮寶珠忽然想起那玉簡的材質似乎就是羊脂玉，看來只有跟玉簡同材質的玉瓶才能存住瓊漿，不管如何，能存住瓊漿實在是大幸。

今兒是鎮國公榮江的壽宴，邀請了不少朝中重臣，宮裡也遣人送來賀禮，榮家的親戚亦都出席了，其中就有岑氏的娘家人，像是景恒侯、張氏、舅舅岑�、姨母岑邡，還有舅母衛氏，她本是光祿寺卿之女，品性純柔，育有兩子，最大的堂哥岑安赫已經十一了，小的岑安嶠也六歲了，也一同出席。

今日雖是祖父壽宴，寶珠卻不能去，一屋子丫鬟看著她不說，就連大伯母魏氏身邊的牛嬤嬤也過來照看她。

閒來無事，只好讓幾個大丫鬟輪流唸書給她聽，到了給將軍餵食的時候，她才興沖沖地道：「我來餵。」

幾個大丫鬟都知道小主子給將軍餵食的習慣，先把果子洗乾淨切成小塊，又在主子指定的桶裡用水泡半個時辰後再餵給將軍吃。將軍吃得挺歡快的，一小塊果子很快就吃完了。

才過一個時辰，院子裡就響起了岑氏的聲音，是岑氏帶著寶珠的外祖父、舅舅、姨母和堂哥們過來了。

幾人進屋，瞧見寶珠正端坐在小桌旁看蛐蛐，景恒侯上前抱起她，笑道：「寶珠可認得我是誰？」

寶珠笑道：「你是外祖父。」

景恒侯道：「真是乖孩子。」

幾人輪流上前抱了抱寶珠，最後落在舅母衛氏的懷中，衛氏就抱著她在桌旁坐下，幾人說著她醒來的事情。

岑氏道：「寶珠身子太虛弱了，打算這樣養上一段日子再去上課。」

岑趋點頭。「的確，養好了身子才能做別的事。」

大人們說著話，二堂哥岑安嶠的目光就被桌上的蛐蛐吸引了去，問寶珠。「寶珠妹妹也玩蛐蛐？那改日我拿了蛐蛐來跟妳鬥蛐蛐如何？」

榮寶珠點頭。「它叫將軍，是五哥送給我的。」

岑氏聽著兩人的話，抽空瞧了眼將軍，笑道：「這蛐蛐養得還挺好的，比前些日子大了不少？咦，這蛐蛐頭都有些變色了，我記得之前瞧著還是黑色的，這都快變成青金色了，養得真是不錯。」

幾人說話的空檔，張氏在房裡打量了一圈，瞧見這成套的紫檀木家具和精緻的屏風、花瓶，心裡忍不住感慨岑氏真是敗家，女兒哪裡要這麼金貴，這好東西都給了女兒可真夠傻的，雖然覺得岑氏這樣不好，張氏卻不敢當著景恒侯的面說什麼，便收回視線默默地聽著幾人的話語。

正說著話，榮老爺子身邊的小廝突然跑來道：「四太太，老太爺讓您把寶珠小姐抱過去給大家瞧瞧。」

「成了，我知道了，這就過去。」岑氏當然不能反駁公公的話，寶珠這些日子精神已經好了些，抱出去待會兒也不會如何。

張氏大概是看出幾人都不歡喜，忍不住想要討好景恒侯。「郡兒，妳這公公也真是的，明知道寶珠身子不好，這會兒還要把她抱過去，真不心疼寶珠。」

景恒侯淡聲道：「好了，少說兩句，趕緊過去吧。」

岑氏抱著寶珠，一行人朝著前院走去，前院是接待男客的地方，岑氏跟其他女眷們實在不好過去，景恒侯就道：「好了，妳把寶珠交給我吧，我抱她進去，有我跟元祿還有妳哥哥在，不會有事的。」

元祿就是榮四老爺，這會兒他正在前院招呼客人。

岑氏點頭，看著景恒侯抱著寶珠進去，寶珠乖乖地趴在他的肩頭朝她直笑。

到底還是有些擔心，自己這個公公雖貴為國公，可還是有些不靠譜，真要靠譜也不會寵愛一個姨娘，把姨娘的孩子當寶了。

衛氏勸道：「妹妹，妳別擔心了，有爹跟夫君在，肯定不會有事的。」

岑氏點頭。「罷了，我們也趕緊過去吧。」

到了女眷那邊，狄氏笑道：「可帶親家去看了寶珠，寶珠還好嗎？這會兒應該在屋裡休息吧。」

岑氏沒瞞著，把公公讓人抱寶珠過去的事說了一遍，狄氏聽完後臉色不大好看。「成了，妳們先去坐著吧，我讓人過去瞧瞧。」自個兒的夫君她還是挺瞭解的，就怕他這一喝酒會幹出什麼糊塗事來。

狄氏的擔心還真是不無道理，景恒侯抱著寶珠過去後，榮老爺子一把接過了她，笑道：「寶珠，知道今兒是什麼日子嗎？」

榮寶珠乖巧地回答。「祖父壽辰。」

榮老爺子點頭。「寶珠真是聰明，來，祖父教妳認人，這些都是妳的叔叔伯伯爺爺輩。」

榮寶珠還以為祖父只是說說，撐個場面而已，哪曉得他竟是認真的，認完一圈後，榮老爺子就指了個人問道：「寶珠可記得他是誰？」

她哪記得呀！

榮老爺子看她懵懂的樣子就道：「這是舅爺。」

舅爺？那就是祖母的弟弟了，榮寶珠乖乖地叫人，叫了人又覺得有點不對勁，狄家也是世家，狄氏是狄家嫡出長女，下面有一母同胞的弟弟，既是大家族出生的人，身分氣度都該不凡才是，這舅爺看著實在猥瑣了些。

前世她一直被養在深閨，見外男的次數太少，舅爺更是沒見過幾次面，這會兒實在想不出舅爺到底長什麼樣了。

榮寶珠忽然想到什麼，在場裡打量了一圈，果然瞧見不遠處有一名約莫五十左右的中年男子正冷著一張臉。

榮四老爺站起身來接過寶珠，朝榮老爺子道：「爹，您喝多了些，趕緊坐下吧。」

兩邊打量了下，榮寶珠覺得腦門有些疼，祖父剛才讓她叫舅爺的人，該不會是老姨娘菀娘的弟弟吧？

榮老爺子卻不把寶珠給榮四老爺，只問道：「寶珠，妳可都記住了？」

榮寶珠只能點頭，心裡覺得祖父怎麼這麼不靠譜，狄氏的親弟弟在這裡，他竟然敢讓自己認老姨娘的弟弟為舅爺？

景恒侯倒是笑道：「寶珠，妳別聽妳祖父胡說，他同妳開玩笑的，親戚哪能亂認，妳舅爺是這位。」指的正是方才那位冷臉中年人。

榮寶珠立刻乖乖地喊了舅爺，又特給面子地問外祖父。「祖父為何開玩笑？祖母有兩個兄弟嗎？」

這會兒可有不少人看不起榮老爺子了，你說你寵愛一個姨娘讓全京城人都知曉就算了，如今壽宴光明正大地帶了姨娘家人來也沒什麼可說的，但你怎麼糊塗到好意思讓孫女認姨娘的弟弟為舅爺，你這是拿狄家人當什麼了？

景恒侯也看不慣這個親家，跟寶珠說道：「妳祖母只有一個親兄弟，妳就一個舅爺，妳祖父喝多了，沒看清，把姨娘的弟弟當成了妳的舅爺。」

真舅爺狄之文還是很給面子地逗了逗寶珠，又從懷裡掏出一個玩意兒遞給她。「今兒第一次見面，舅爺也沒什麼準備，身上就這個東西，妳拿去玩吧。」

寶珠接過來，是個快有她拳頭大小的黑珍珠，瑩潤有光澤，個頭還大，一看就不是凡品，她捧著珍珠，笑得開懷。「謝謝舅爺，寶珠喜歡。」

「寶珠喜歡就好。」狄之文根本不搭理榮老爺子。

榮老爺子這會兒被駁了面子，臉色有些不好看。

榮大老爺連忙站起來打圓場。「好了，大家都趕緊坐下吧，來來，我敬各位一杯。」

喝了酒，榮四老爺道：「我看我先把寶珠抱回去吧，這兒沒女眷，咱們也照應不過來。」

「你慌什麼。」榮老爺子喝斥。「寶珠才剛好，親戚們哪見過她，這會兒認認人，免得下次見面了，連人都不認識了。」

榮四老爺只好抱著寶珠，問寶珠想吃什麼，讓人上了個小碗，挑了些東西給她吃。

榮老爺子這會兒正跟二媳婦高氏的娘家兄弟說得開懷。

說起高氏是如何進榮家大門的就不得不提一下菀娘了。當時榮二老爺到了婚配年紀的時候，狄氏原本是想給他找一個賢慧的媳婦。二老爺雖然不是從她肚子裡出來的，可狄氏也知娶媳求淑女，若是媳婦沒娶好，那真是禍害三代。

人都看好了，可菀娘不同意了，跟榮老爺子哭訴，說她在府中除了兒子連個說話的人都沒有，兒子又忙，不是經常能見著面，所以想讓兒子娶高氏女。

為何要娶這高氏女呢？因為菀娘跟高氏女的姨娘交好，希望老二娶了高氏女就有個能陪她說話的人。

於是，榮老爺子心軟了，讓榮二老爺娶了高家庶出女。

狄氏知道後，氣得心肝都疼了，那高氏的姨娘是個小家子氣的人，教出來的一雙兒女又能如何？品性肯定是不成的。這菀娘也不知是不是腦子有問題，怕兒子娶了她看中的女子以後心會在她這邊，所以就如此坑自個兒的兒子，給兒子找了這麼一房媳婦。

事實也是如此，成親後的高氏的確眼界窄、心眼小，跟其他幾房沒少鬧矛盾。而高氏的娘家兄弟是與她一母同胞的庶出子，在高家排行第四。

榮老爺子這會兒說道：「你別瞧我家寶珠醒得晚，可她其實什麼都懂，這才醒過來就能認人了，以前指不定就是被什麼給糊住了眼。」

高四老爺笑道：「可不是，寶珠一瞧就是個聰明人，又有她爹娘、祖父祖母疼著，以後也是個有福氣的。」

榮老爺子點頭，兩人又說了起來，高四老爺忽然道：「國公爺，這寶珠我真是越瞧越喜歡，剛好我家老二年歲跟寶珠差不多，長了她兩歲多，寶珠要是能做我兒媳那可真是太好了。」

榮老爺子也不知是不是喝多了，哈哈大笑。「這有何不可！」

榮寶珠這會兒可吃不下了，轉頭去看她祖父。

榮四老爺也反應了過來，猛地站起來，完全不打算給老爹面子。「爹，您說的這是什麼話，寶珠才幾歲！再說了，我跟寶珠的娘還好好的，寶珠的婚事就不勞爹操心了！」

岑家的親戚跟狄家的親戚臉色都不大好，景恒侯也道：「親家公，寶珠年紀小，要決定婚事也不在這一時半會兒的，就算真要說親，總該先上門打探打探對方人品。」

高四老爺名下有三個兒子，長子跟二子都是庶出子，三子才是嫡出。連後院都管不好，讓庶出子先生下來，這樣的人能教育出什麼好兒子，更何況是想把寶珠說給高家庶出子的庶出子，他怎麼就好意思！

不過這高四老爺哪會不好意思，京城裡誰不知岑氏會賺錢，知道她疼愛那個傻女兒，就算榮寶珠還是傻的，他也樂意促成這門親事。

可惜，他這如意算盤打得太過了。

榮寶珠從不知道自個兒的祖父原來如此不靠譜，上輩子她醒來的時候祖父已經臥病在床，全身癱在床榻上動彈不得，臉歪嘴斜，祖母跟娘只允許她去見過祖父幾面，她也從來沒問過祖父這病是怎麼回事，由於上輩子對祖父的印象並不深刻，哪曉得竟是如此。

她只記得祖父病的時候，老姨太也沒有現在的精神勁兒，如同老嫗一般在祖父跟前伺候著。

高四老爺大概是想趁榮老爺子糊塗的時候把這親事訂下來。「國公老爺，我那兒子雖年幼，品性卻很純良，對我們也孝順得很，日後寶珠若是嫁進來，我可以肯定我家兒子只會有寶珠一人。」

榮四老爺冷笑。「你不同我這個做爹的說，跟我爹說什麼，這門親事我是不會答應的，你莫要想了。」

高四老爺笑道：「國公爺怎麼當不了主？他才是國公府的主人。」

榮大老爺臉色也不好。「高四老爺，這件事就此作罷，你若是不再提這事，咱們就繼續坐下喝酒，你要是不樂意，就麻煩你現在離開吧。」

榮二老爺坐在一旁老神在在，沒打算捲入這場爭鬥裡，榮三老爺顯然也不贊同將寶珠說給高家。高家那是什麼玩意兒，竟敢肖想他們國公府的么女？

高四老爺的臉色終於變了，榮老爺子板著臉訓斥兩個兒子。「你們做甚，不知今兒是什麼日子，是不是想造反呀！」

兩人都不再說話，狄氏的聲音忽然在院門口響了起來。「這是怎麼了？我過來瞧瞧寶珠，她身子不好，她娘一直惦記著。喲，這小傢伙還吃上了，好了，我這就把她抱過去，不打擾你們了。」

高四老爺顯然不想放過這個機會，起身笑道：「國公夫人，您來得正好，方才我還跟老國公說事呢，他說想把寶珠嫁給我家二子。」

周圍的人終於忍不住笑了起來，都是不屑。

狄氏當然知道這事，她方才有先讓丫鬟過來瞧瞧，等丫鬟回去跟她稟報後，她立刻就趕了過來。其實狄氏很想拿一杯酒潑在高四老爺臉上，問他哪來的自信，哪來的臉面，可今兒到底是國公爺的壽宴。

狄氏笑道：「高四老爺真是說笑了，寶珠是老四跟他媳婦的孩子，我們做祖父祖母的如何能拿得了主意？寶珠的親事只有她父母同意才成，老頭子說話也是不算數的。」說罷，她不再搭理高四老爺，直接抱著寶珠過去女眷那邊。

寶珠一路乖乖地趴在狄氏的肩膀上，狄氏走著走著終於忍不住罵了一句。「老不休的賤東西。」

寶珠忍不住樂了，狄氏聽見她的笑聲就笑道：「莫不是寶珠聽得懂祖母是在說什麼？」

「祖母罵祖父呢。」

狄氏嘆氣。「祖母就是罵妳祖父，妳祖父這些年越發沒有個祖父的樣子，如今連妳的親事都要禍害，待會兒他要是敢跟我提這事，看我還不罵死他！妳是我們榮家的寶貝，高家那人要是品性好其實也沒什麼問題，可就那樣一個人也敢肖想妳？算了，不說了，說了妳也不懂，咱們趕緊過去吧。」

過去女眷那邊的時候岑氏正抬頭盼著，瞧見狄氏把她抱回來可是鬆了口氣，問了狄氏。

「母親，那邊沒什麼事情吧？」

狄氏搖頭。「趕緊吃吧，等壽宴撤了我再跟妳說。」

岑氏點頭，曉得肯定是發生了什麼事情。

壽宴直到申時才撤了下去，女眷也都各自回去了。

魏氏問道：「娘，還有什麼要說的不？要是沒什麼，我就帶弟妹們先回去了。」

狄氏道：「等會兒，我有事跟妳們說。」

高氏忍不住抱怨。「娘，這都累了一天，有什麼事不能明天再說嗎？」

狄氏冷笑。「不能。」又轉頭跟岑氏說：「寶珠也累了，妳先找個丫鬟把寶珠抱回去休息。」

榮寶珠大概知道祖母是要跟娘和伯母們說祖父做了不靠譜的事情，她其實挺想聽的，但想來娘跟祖母不會同意讓她留下，只好無精打采地任由丫鬟把她抱了回去。

婆媳幾人進了狄氏的屋子，狄氏把丫鬟們都遣出去後，把方才發生的事情說了一遍，岑氏的臉立刻就黑了，轉頭嗆高氏。「妳這娘家兄弟是怎麼想的，這不是誠心想鬧笑話嗎？我家寶珠才多大，妳那兄弟就想說親了？」

高氏笑道：「我那娘家兄弟怎麼了？我姪兒跟寶珠年紀相當，寶珠年紀是小了點，可她總是個姑娘家，是姑娘家就要嫁人，早點把親事訂下來也是好的。」她倒真希望自家的小姪兒能娶了寶珠，岑氏對寶珠就跟對眼珠子一樣疼愛著，嫁人的時候嫁妝肯定不少，娶了寶珠就等於娶了一個金窩呀。

狄氏道：「寶珠年紀小，我還想多疼她幾年，就算真要婚配也該是老四跟他媳婦來幫著訂親，再說了，妳娘家兄弟拿一個庶出子來娶我們榮家的寶貝是什麼意思？」

高氏撇嘴，小聲嘀咕。「庶出子又如何，也就妳們把個傻子當寶……」後面半句她到底是不敢說出來，只能在心裡想想。

狄氏沒聽清，卻猜出她嘴裡說不出好話來。「妳再說一遍。」

高氏笑道：「娘，我說爹肯定只是喝酒喝糊塗了，不是真心想把寶珠說給我娘家姪兒，娘放心，等碰見我兄弟，我會跟他說的。」

岑氏冷笑。「妳最好是把話和他說清楚，要是他再打寶珠的主意，我可就沒這麼好說話了。」

高氏有點不敢還嘴，她其實挺怕護崽子的岑氏，還記得一年前，她無意說了句「把個傻子當成寶，乾脆扔了算了，養著也是給國公府丟臉」，這話不知怎麼就傳到了岑氏耳中。

岑氏會賺錢，名下的一間鋪子裡她們妯娌幾個都有份，是岑氏讓她們給了少量銀子入鋪的，每年能有個一、二千兩銀子的分紅。結果就因為這麼一句話，岑氏立刻把她的分給抽了出去，從今往後她就只能眼饞其他幾個妯娌賺銀子賺得手軟。

她跟岑氏道歉過，可岑氏一概不搭理，到如今她仍舊不敢當著岑氏的面說寶珠的壞話。

狄氏叫幾個兒媳過來是為了警醒警醒高氏，眼下也就沒什麼好說的了，讓大房、二房跟三房的離開，只留下岑氏。

狄氏道：「老四媳婦，妳爹喝多了，等他回來我肯定會說他，妳好好回去照顧寶珠，娘在這裡把話跟妳說明了，寶珠的事都由你們作主，誰也不能插手，若是有人敢插手，我拚了這誥命也要告到皇上跟前去。」

「多謝娘了。」岑氏知道婆婆是個靠譜的人，自然是沒什麼不放心的。

岑氏離開後，狄氏靠在太師椅上一臉疲憊，沈嬤嬤進來送了安神茶，見到狄氏不免擔憂地與其說了一會兒的話，倒是真的關心狄氏。

狄氏原本還等著榮老爺子回屋，結果等了快一個時辰後才得知他竟然跑去了菀娘的院子裡。

狄氏帶著嬤嬤和奴僕們過去菀娘的院子裡，以白日宣淫的罪名治了菀娘二十大板。榮老爺子有心相護，卻被狄氏三言兩語擋了回去，就算他以休妻相迫，狄氏也坦然面對，愣是讓人打了菀娘二十大板。

二十下板子一完，狄氏讓人把她抬進屋子裡，又讓人去找大夫過來。

「老爺，今兒我還有許多事要跟你說，你是想在這裡說還是過去書房？」

榮老爺子臉色難看地道：「過去書房吧。」

去了書房，狄氏把壽宴上重要的事情說了說，又道：「老爺，我還有一事想跟你說清楚，寶珠是老四跟他媳婦的寶貝，她的親事自有她爹娘作主，咱們作不得主。你今天說要把寶珠許給高四老爺的二子，你可想過那高四老爺是個什麼樣的人？他兒又是如何？更何況他那二子還是個庶出子！我希望日後孩子們的親事我們都不要再插手了。」

榮老爺子其實也沒打算把寶珠許給高家兒子，他就是喝多了，這會兒當著狄氏的面他不好承認什麼，只不耐煩地道：「我知道，妳要是沒事了我就去看看菀娘。」

狄氏道：「還有件事情要跟老爺說一下，娘跟爹過幾日要過來，大哥送爹娘過來後怕是就回去了。」

榮老爺子的身子一頓，點頭道：「成了，我知道了，妳去準備著吧。」說罷，看都不看狄氏一眼，直奔菀娘的房間而去。

第三章

岑氏回去後直接過去寶珠的院子裡，榮琅、榮琤、榮明珠跟榮海珠都在，幾個兄弟姊妹在房裡說得開心，榮琤正圍著他送給寶珠的將軍興奮著。「七妹，妳這蛐蛐養得可真好，乾脆我把我屋子裡的蛐蛐都送給妳養好了。」

岑氏笑道：「你可別把你七妹給累壞了。」

榮寶珠卻是當了真。「娘，我要養。」反正每天用一滴瓊漿在將軍用的水裡，還會剩下很多，不用也是浪費，何況又不需要她做什麼，其他的事都是丫鬟們做的，她只管把果子投到蛐蛐籠子裡而已。

想到瓊漿，榮寶珠想起能用羊脂玉瓶裝瓊漿，就跟岑氏道：「娘，不要木頭瓶了，要羊脂玉瓶。咳咳咳……」

岑氏拍了拍她的背。

「妳慢些說，妳要什麼娘都會給妳。」

榮海珠忍不住好奇道：「七妹，妳要這麼多玉瓶做什麼？」

榮寶珠當然不敢說原因，就道：「攢著多多的，好看！」

接下來幾天，榮寶珠的身子好多了，皮膚好了些，就連頭髮也生多了，有許多小絨髮長出來。她每日除了餵蛐蛐、洗澡用上一滴瓊漿，其他的都存在玉瓶裡，由於量太少，存了好幾天連個底都沒鋪平。

之後，府裡還發生了一件大事，據說是菀娘不守家規，被祖母打了二十大板，這會兒還躺在床上。

榮寶珠挺不喜歡菀娘，說不清到底為什麼，聽聞她被打，還有點幸災樂禍的感覺。她原本想試試瓊漿對外傷的效果，但是想到對象是菀娘，就打消了這個念頭。

沒幾天，機會就來了，不過若是能夠選擇，她倒寧願沒這個機會。

榮家的丫鬟都是正經人家的姑娘們，每月榮家會給一到三天的休沐，一等丫鬟有三天休沐，每人回去的時候會給一兩銀子、二十斤肉、三十斤精米，二等丫鬟和三等丫鬟依次遞減。

翌日就是大丫鬟妙玉回去的日子，岑氏讓她去帳房領了一兩銀子、二十斤肉、三十斤精米。妙玉一連休沐三日，走的時候還過來和寶珠說了聲，她娘做的醃梅子最好吃了，回來的時候替她帶上。

於是榮寶珠就期待著三天後的醃梅子，可沒想到她沒等到妙玉和醃梅子，等來的是妙玉受傷的消息。

寶珠聽聞這事完全懵了。

「妳說什麼？」

碧玉紅著眼道：「姑娘，妙玉姊姊回府的時候受了傷，這會兒大夫已經過來了。」

榮寶珠腦子嗡嗡嗡的。「妙玉姊姊怎麼會受傷？」

碧玉擦了擦眼。

「說是回府的時候碰上地痞，向妙玉姊姊要銀子，妙玉姊姊把身上的東西都給了出去，他們還是不放過她，打了妙玉姊姊不說，還在她臉上劃了一刀。」

「怎麼會這樣？」榮寶珠實在是不敢相信，他們榮家住在城東，附近都是世家貴族，治安一向很好，怎麼會有地痞敢在城東鬧事。「妙玉姊姊現在如何了？」

碧玉搖頭。「還不清楚，聽說臉上的刀傷挺深的。」一個姑娘家的臉花了，人也算是毀了。

「我們過去看看。」榮寶珠坐不住了。

幾個丫鬟跟著一起過去，妙玉這時在她的屋子裡，岑氏跟大伯母魏氏也都在，大夫正在裡面替妙玉檢查傷勢。

岑氏看見寶珠，問道：「妳這丫頭怎麼也來了，趕緊回去吧，別在這裡添亂了。」又轉頭跟丫鬟們道：「趕緊的，把姑娘抱回去。」

寶珠扯住岑氏的衣角。「娘，我要在這裡。」

岑氏倔不過她。

「成，那妳安靜待著，大夫還在裡面診治，也不知到底如何了。」

魏氏恨聲道：「到底是誰，怎麼如此狠心，搶了東西就算了，何必毀了人家姑娘家的臉，這不是逼人去死嗎！」方才她看了一眼妙玉，一臉的血跡，身上也都沾滿了血，臉上的傷口很深，想要不留疤根本是不可能的。

寶珠問道：「大伯母，找官老爺了嗎？」

魏氏點頭。「已經請人去承天府報案了，應該是快來了。」

剛說罷就有小丫鬟過來稟報，官府來人了。

因為是國公府報的案，承天府的人來得十分迅速，官差仔細地問了話，又進去看了傷勢，出來的時候臉色也不大好，大概也覺得這下手太狠了，到底有什麼仇，竟然這樣對一個姑娘家。

問了不少妙玉的情況，可有什麼仇人，在府中人緣如何，家住哪裡，家中幾口人，又去了妙玉受傷的地方查看了一番，官差才離開，走的時候說是會盡快破案。

官差走沒多久，大夫就出來了，神色凝重。「妙玉姑娘傷勢嚴重，身上有多處脫臼，臉上的傷痕太深，就算治好了也會留下疤痕。」

岑氏慌道：「用了宮裡的玉肌膏能不能不留疤？一個姑娘家的，若是臉上留下疤痕就毀了。」

大夫搖頭嘆氣。「不成，就算用了宮裡的玉肌膏還是會留下疤痕。」

幾人都有些難受，大夫寫了方子後又道：「若是府中備有宮裡的玉肌膏，老夫就不開膏藥了，每日用藥酒擦洗傷口附近，傷口上要敷膏藥，一天三遍。」

大夫走後，魏氏跟岑氏進去看妙玉，寶珠想要跟著進去，但岑氏怕嚇著她，不讓她進。

寶珠哀求。「娘，讓我看看妙玉姊姊吧。」

岑氏到底心軟，抱著她進去了，妙玉身上的血衣已經換下，臉上的傷口也處理過，從臉頰到下巴處貼著白色紗布。

妙玉瞧見主子們進來，撐著身子想起身，岑氏道：「好了，妳趕緊躺下休息吧，別起身了。」

妙玉紅著眼點頭，又看向寶珠，忍著淚道：「怕是妙玉以後就不能伺候姑娘了。」

寶珠心裡也難受。「能，我就要讓妳伺候，妙玉姊姊快快好起來。」這幾乎是她醒來後說得最長的句子。

妙玉實在是忍不住，眼淚吧嗒落了下來，轉過身避開主子們的目光。

岑氏嘆氣。

「妳好好休息吧，待會兒我再過來看妳，妳別擔心，不管如何，我們榮府都不會丟下妳不管，官府也已經備案，傷妳的人很快就會被找到的。」

「多謝太太。」

幾人出了妙玉的房間，魏氏嘆氣。「弟妹，那我先過去稟了娘。」

岑氏點頭。「大嫂趕緊去吧，這邊有我就成了。」

魏氏離開後，岑氏讓丫鬟抱著寶珠回房。

寶珠一回房，開始翻箱倒櫃地找東西，碧玉道：「姑娘，您在找什麼，讓奴婢幫您吧。」

「玉肌膏，」寶珠道。「我要找玉肌膏給妙玉姊姊。」

碧玉紅著眼道：「姑娘真是好心，不過姑娘放心，太太已經給妙玉姊姊準備好了，姑娘不用操心這個。」

「不成！」寶珠急了。「我要親自送去。」

碧玉道：「那姑娘等等，奴婢這就去找找。」

碧玉很快地找岑氏要了玉肌膏，岑氏聽說女兒想親自送過去也沒說什麼，直接就給了。

寶珠拿了玉肌膏後直接進了房裡，留下房外的丫鬟們面面相覷，碧玉拍門道：「姑娘，您進去做什麼？可要奴婢幫忙？」

「不用。」寶珠道。「我找東西，妳們等等。」她說罷，拿了床頭的小紫檀木箱子，取出裡面的羊脂玉瓶，玉瓶底部已經覆蓋了薄薄一層瓊漿。她猶豫了下，到底還是滴了兩滴進膏藥瓶。

不管如何，妙玉臉上的疤痕是留定了，瓊漿如此神奇，說不定對外傷也會有幫助，若能平傷消疤那也算是救了妙玉一命。

榮寶珠不願後面跟著大串的丫鬟，只帶了碧玉過去，碧玉跟在她後頭沒敢說話，心裡卻是難受得厲害，到了妙玉的房間，小丫鬟說妙玉這會兒正在床上發呆，寶珠就進去了。

妙玉形容枯槁，無精打采地靠在床頭，瞧見小主子進來，想要起身迎接。

寶珠急忙道：「妙玉姊姊，妳好好躺著。」

「多謝姑娘。」妙玉聲音沙啞。

榮寶珠也不說廢話，把手中的玉肌膏遞給妙玉。「妙玉姊姊，這是玉肌膏，妳記得要天天搽。」

妙玉收下寶珠手中的玉肌膏，神情苦澀。「多謝七姑娘。」想著就算能在榮府繼續待下去，她也不可能再待在小主子身邊，臉上有如此長的疤痕，她覺得自己不如死了算了。

榮寶珠繼續道：「妙玉姊姊，這藥膏好，宮裡的，搽了不留疤。」

碧玉也道：「是啊，妙玉姊姊，搽了這藥膏可能不會留下疤痕，妳若是現在放棄，可就連一絲恢復的機會都沒有了。」

妙玉點頭。「我記著的，不會放棄。」到底還是有些不甘心就這麼死了。

榮寶珠千叮嚀萬囑咐，告訴妙玉一定要天天搽，多往臉上搽，搽完了找她要，她那裡還有。

兩人出了房，碧玉心裡難受。「姑娘，妙玉姊姊就這麼毀了，以後她可該怎麼辦呀。」

她看過那臉上的傷，太深了，不可能不留疤，那樣說也只是安慰妙玉姊姊罷了。

榮寶珠正色道：「碧玉姊姊，這可不一定，說不定妙玉姊姊不會留疤。」

碧玉嘆氣。「希望如此。那歹人也真夠心狠的，搶了東西就算了，怎麼連姑娘家的容貌也要毀，到底是有什麼深仇大恨！」

是啊，到底是有什麼深仇大恨？妙玉在府中人緣很好，很少出府，家人也都老實本分，是什麼人搶了東西不說，還要毀了她的容貌？連寶珠都納悶了。

因為這事，早上去請安的時候狄氏還特別說了遍，讓幾房都注意些，派人出府也莫要讓人單獨出去。

高氏道：「娘，這附近的治安一向不錯，都多少年沒出過事情了，妙玉怎麼會被人傷了？我看是因為她做了什麼事得罪了人吧。」

岑氏轉頭看她。

「二嫂，妳這是什麼意思？妳這是在說寶珠身邊的丫鬟不乾不淨？我告訴妳，妙玉是個好姑娘，會發生這事肯定跟妙玉沒關係！」

這事扯到寶珠頭上，高氏哪敢還嘴，訕訕笑道：「呸呸呸，瞧我這張破嘴，我是瞎說的，四弟妹別當真。」

高氏當著岑氏的面不敢說什麼，不過回自個兒的院子後立刻當著一雙兒女的面把四房的人罵了個遍。

「真是把個傻子當成寶，說說她身邊的丫鬟都不成，指不定就是妙玉在外頭偷男人，惹出禍事來。」

二房有一子一女：兒子榮珂，排行二；女兒榮灩珠，排行六，只比寶珠大一歲而已。

兩人幾乎是在高氏的抱怨聲中長大，因此對其他三房都很看不順眼，一起上課的時候經常發生衝突，男孩子打架就不提了，榮灩珠也經常會跟其他幾個姊姊吵架，奈何其他人都站在同一陣線，她從來沒吵贏過。

當初岑氏會知道高氏說寶珠閒話還是她說出去的，才三歲的她哪曉得什麼話該說，什麼話不該說，跟榮四姑娘和榮五姑娘吵架時，一個沒忍住就說出去了。

後來高氏千叮嚀萬囑咐，兩個孩子這才不會把她的話往外傳。

榮珂跟榮灩珠聽這樣的話實在是聽得太多，都懶得搭理他們的娘了，倒是榮灩珠對七妹挺好奇的。

「娘，七妹真的清醒了嗎？之前在祖母那和祖父的壽宴上見過一會兒，我連句話都沒跟她說，也不知她到底如何了。」

高氏哼道：「還能如何，說是清醒，可看著還是傻頭傻腦的，身子骨兒也弱，說不定啥時候就沒了。」

這麼弱？榮灩珠一下子就沒了興趣，也懶得繼續聽高氏的嘮嘮叨叨，逕自回房去了。

過了幾天，承天府還是沒什麼消息，只說那日巡邏的士兵都不在附近，沒看見什麼可疑的人，案子不好破。

這幾天妙玉都有搽小主子拿來的玉肌膏，也不知是不是錯覺，前兩日還很疼的傷口這幾日根本不疼了，早上換藥的時候傷口已經結痂，找了大夫來看，大夫十分驚訝，說是傷口恢復得太好了。

妙玉心中終於有了一絲的希望。

幾個哥哥姊姊知道妙玉受傷後有來看過幾次，榮家的姑娘們房裡都會備上幾瓶玉肌膏，這東西不僅能消除不深的傷疤，皮膚不好的時候用了也有奇效，所以榮明珠、榮海珠也拿了玉肌膏過來。

榮寶珠知道後，立刻把兩個姊姊打算給妙玉的玉肌膏要了過來，說想親自給妙玉送去。兩個姊姊都依了她，把拿過來的幾瓶玉肌膏交給她。

因幾個兄弟姊妹們都在，大家一起討論了妙玉受傷的事情，都覺得蹊蹺。

榮琅道：「城東治安一向很好，周圍會有士兵巡邏，這幾年來附近從沒出過這種傷人的事情，可見那歹人是有備而來，搶東西不過是個幌子，傷妙玉才是真，當時妙玉身上可有什麼特別或者值錢的東西？或許可以讓官府從這方面著手。」

榮寶珠崇拜地看著四哥。

榮海珠點頭，問寶珠。「妳讓人問過妙玉了沒？當時她身上被搶走的都是些什麼東西，或許可以讓官差去當鋪碰碰運氣。」

寶珠立刻讓碧玉過去妙玉房中一趟，碧玉很快就回來了，說是被搶走的東西中有一塊玉珮，這玉珮是妙玉的哥哥送給她的，不值錢，不過是妙玉的哥哥親手雕刻的，很好認。

榮琅道：「妙玉受傷的事情肯定不能瞞著她的家人，她臉上的傷怕是會留疤，這會兒該多讓家人安慰她。我讓人去把妙玉的哥哥找過來，順便讓他把那玉珮的模樣畫下，拿去給官府找。」

說罷，立刻讓府裡的奴才找了妙玉的哥哥過來。妙玉的哥哥是個老實人，已經娶妻生子，得知妹妹出事都嚇懵了。等看到妹妹的傷勢，他忍不住哭了，還是妙玉安慰他，說傷口已經恢復得差不多，讓哥哥不要擔心。妙玉的哥哥出來後，榮琅把事情說了一遍，又請他幫著把玉珮的模樣畫下來。

玉珮的畫像當天就被送到承天府，承天府一家家當鋪地搜，竟還真的發現了這塊玉珮的蹤跡。

當鋪得知這塊玉珮是贓物時嚇了一跳，很快就把人給供了出來，說是這附近的一個地痞，經常做些偷雞摸狗的事情，得了東西都會拿到他們當鋪裡當，這玉珮是他前幾日才拿來的，因為是熟人，所以有印象。

承天府大概也沒想到這賊人如此蠢，搶了東西還到老地方處理，於是立刻捉拿了犯人，犯人被抓後受不住刑很快就把事情招了。

竟然是高四老爺家的二子派人做的！

承天府的人簡直都驚住了，那孩子才幾歲啊？堪堪六歲的模樣吧！心腸竟狠毒到去毀了一個姑娘家。

承天府去高家抓人的時候高家人全都懵了，明顯不知道是怎麼回事，得知事情經過後都不相信這會是自己家裡孩子做的。

高四老爺幾乎是顫抖著把二子高墉給叫了出來。「你這逆子，我問你，鎮國公府七姑娘身邊的丫鬟受傷的事情可跟你有關係？」他們可都曉得這事，但哪知道這事竟然會跟高家扯上關係。

高墉看到官差來了，也嚇住了，到底是個孩子，立刻大聲嚷嚷了起來。「不是我，不是我，是表哥教我這麼做的。」

原來高四老爺回來後就把想跟榮家結親的事情說了一遍，高家長子跟二子都是梅姨娘所生，高四老爺對她寵愛得緊，兩個孩子都養在她身邊。他把這事跟梅姨娘一說，梅姨娘心裡就很不高興，覺得自己的兩個孩子出色得很，榮家人憑什麼看不上她兒子。

梅姨娘沒忍住，把這事跟小兒子高墉說了，在小兒子面前抱怨了兩句，說榮寶珠那傻子竟然看不上他。

高墉經過他爹的耳濡目染，從小就喜歡漂亮的丫鬟，這會兒聽說他爹想要他娶一個傻子，那傻子還看不上他，忍不住就惱了。

剛好梅姨娘姊姊家的孩子在高府陪讀，高墉就把事情跟表哥說了，表哥也替他不平，覺得一個傻子都看不上他，實在是侮辱了他，表哥就說要教訓教訓榮寶珠，說他在外面有認識的人，能讓外面的人神不知鬼不覺地教訓她。可兩人想來想去，想著榮寶珠又不能出府，只好退而求其次決定要教訓她身邊的丫鬟，說是既然小傻子看不起人，乾脆毀了她的容。

高家也算是個大家族，對城東這邊的情況還是很瞭解的，高墉找人問了城東士兵巡邏的時辰，就讓人出手了。

幾人都想著不過是個丫鬟，又不是主子，就算傷了她也沒什麼大不了的，哪曉得官府竟然順藤摸瓜找到了他們。

承天府沒跟他們囉嗦，直接把高墉跟其表哥抓回官府。

榮家終於得知事情始末，簡直是驚呆了，高墉不過是個六歲的孩童，因為拒了他的親事，便找人毀了寶珠身邊丫鬟的容貌，這心思實在是太歹毒了些。

岑氏知道後，心裡難受，不管如何，這次妙玉是因為寶珠的事情而受到了牽連，妙玉若真毀了容，她也只能加倍對她好。

寶珠知道這事時，心裡又氣又自責，雖說那次說親不過是場鬧劇，可就是因為這場鬧劇妙玉才會被毀了容。那高墉心思太狠毒了。

狄氏聽聞後，把高氏找過去說了一頓，說你們高家養的孩子幹出了這種事，就這樣的人家也敢肖想寶珠。

高氏這次實在理虧，她之前還幫著高墉說好話，誰曉得才沒多久他就做出了這種事情來。說實話，她心裡也挺驚訝的，原本覺得這姪兒最多就是驕橫任性了些，哪想到他居然會做出這種事情。

狄氏訓了高氏後還不解氣，轉頭去跟榮老爺子說了這事，榮老爺子也知道這事是自己不厚道，差點害了寶珠，如今還害了寶珠身邊的丫鬟。他聽著狄氏埋怨了幾句，最後還是聽不下去了，不耐煩地揮手。

「好了，不就是個丫鬟嗎，要真是毀了，我送寶珠十個八個丫鬟，個個都不比原來那丫鬟差！」

狄氏氣得胸口疼。「老爺，你說的這是什麼話，這事就是你做得不地道，那丫鬟我們該好好補償。」

「好了，好了，這事妳說了算。」

狄氏懶得再跟他說下去，找沈嬤嬤拿了不少東西給妙玉送去。

妙玉大概知道了事情的始末，自然不會怨著小主子，這事跟小主子沒半分關係，說起來小主子只是受了牽連，到底還是國公爺不靠譜。

之後，狄氏找了各房媳婦過去商量高四老爺說要私下和解的事情，狄氏當然不可能將此事私了，便決定找各房來問問。

高氏到底還是心偏向高家。

「娘，墉兒自幼性子沈悶，不愛說話，這次的事情肯定不是他所為，都是他那表哥教唆的。」

岑氏道：「二嫂，妳這話可不對，他一個六歲的孩童，基本的禮義廉恥應該已經懂了，就算真是別人教唆他，他也該想想這事是可為還是不可為。妳換個人教唆看看，看別人會不會因為被教唆就去毀人容貌？一個六歲孩童做出這樣的事情來簡直就不是人，是小畜生，說他是畜生都還侮辱了畜生！這種人該直接杖斃才是！」

魏氏跟駱氏都點頭贊同，這般小就這麼歹毒了，長大後那可就變成會殺人放火的主！

狄氏點頭。「此事當然不可能跟他們私了，就按官府該有的懲罰來。」

幾人都很贊同，但岑氏心下是不滿的，因官府那邊來的消息說表哥和行凶的人是主犯，高墉不過是幫凶。主犯杖責一百大板，幫凶二十大板。二十大板指不定打不死他，這種人留在世上就是對寶珠的威脅，誰知他之後會不會把事情全怪到寶珠頭上來。

幾天後行刑，表哥和行凶之人當場被打死，高墉只剩下一口氣，被高家人抬了回去。

這事鬧得全京城的人都知道了，一些與高家交好之人都遠離了高家。

死去的高家表哥不過是個十一、二歲的孩子，是梅姨娘的姊姊所生，梅姨娘原本只是高四老爺身邊的丫鬟，因為長得貌美被高四老爺收了通房，懷了身子後才被升為姨娘。梅姨娘的家境自然不好，她姊姊嫁的只是個普通的京城老百姓，家裡窮，這才想著法子把兒子放在高家陪讀。因為從小就被放養，常跟些地痞無賴待在一起，這表哥也不是個好東西。

高家到底還是世家，高四老爺本就惱怒這姪子害了他兒子，梅姨娘姊姊家中的人根本不敢來鬧，只能吞下這苦果。

高墉最後竟挺了過來，沒有嚥下那口氣，岑氏聽了這消息後皺了皺眉卻沒再說什麼。

榮寶珠估摸著之前送給妙玉的那兩瓶藥膏她應該快用完了，於是她再取了藥膏，往裡面各自滴了一滴瓊漿，在滴第一瓶藥膏的時候她用了兩滴，妙玉的傷口恢復速度快得嚇人，一瓶用完後傷口的結痂掉落，能瞧見深色疤痕了，算算日子不過幾日而已。

榮寶珠覺得這恢復速度太快了些，在滴第二瓶藥膏的時候就沒敢給兩滴了，只用了一滴，傷口恢復的速度慢了些，可還是能瞧見深色的疤痕一日日變淡。

幾日後，她親自給妙玉送了藥膏過去，妙玉道謝後她沒有離開，跟妙玉說著話。妙玉大概是因為瞧見了復原的希望，心情好了許多。

寶珠笑道：「妙玉姊姊，等妳好了之後，我還要妳幫我穿衣梳頭。」

妙玉笑咪咪地點頭。「若是奴婢能夠痊癒，奴婢一定還要在姑娘身邊伺候姑娘。」

兩人說著話，岑氏請了大夫過來給妙玉複查傷口，大夫瞧了傷疤之後忍不住驚嘆道：「真是不可思議，這不過半月而已，傷口竟已經癒合，疤痕漸漸變淡，不知府中到底給這姑娘用了什麼奇藥，依照這疤痕的情況來看，妙玉姑娘臉上應是不會留下傷疤了。」

岑氏鬆了口氣的同時也覺得有些奇怪，妙玉臉上的傷實在太嚴重了，任何看過的人都覺得復原是不可能的，可在這短短半個月的時間後，傷口上疤痕已經變成粉色的了。這玉肌膏她們也用過，是有奇效不假，可卻沒這般逆天。

岑氏疑惑地看了眼小女兒，想著這些藥膏都是小女兒給的，可瞧著小女兒臉上懵懂的神態，她又覺得是自己想多了，這事肯定跟寶珠沒什麼關係，她一個三歲的女童哪有那麼大的本事。

岑氏道：「大夫，妙玉臉上的傷口除了宮裡的玉肌膏，並不曾用過其他藥膏。」

大夫想了想。「這倒不無可能，有的人天生傷口就恢復得比較好，有的人就算是一個小小的傷口也會留疤，妙玉姑娘大概是頭一種人吧，這是妙玉姑娘的福氣。」

岑氏一想，大概真是妙玉身體特殊的原因吧，不然實在沒得解釋了。

寶珠在一旁其實還挺心虛的，覺得以後兩瓶藥膏用一滴瓊漿就好了，慢慢地恢復總比被人懷疑來得強。不過她現在知道了瓊漿對傷口真有奇效，這般看來，瓊漿對植物、動物、人都是有效的，就是不知道人吃了會有什麼效果？

榮寶珠重活一世，很惜命，不然早就自己吃了那瓊漿。經過這次的事情，她直覺瓊漿對人體是沒壞處的，大概也能入口，要不試試看？

翌日，榮寶珠在自己喝的那壺水裡用了一滴瓊漿，這樣喝了一天後，她發現自個兒有精神了很多，力氣也大了些，平日在院子裡轉個一刻鐘就走不動了，這會兒轉個一刻鐘完全沒有累的感覺。

這樣喝了兩、三天，她的臉色變得紅潤，頭髮也長得快了些，那些毛絨絨的碎髮都已經長了、服貼了，連其他的頭髮都柔順許多，這瓊漿內服比外用的效果要強太多了。

家人察覺到她的變化，榮海珠忍不住圍著她轉了一圈。「七妹，妳這是吃了什麼，一天一個樣。」

榮寶珠裝傻。「妙玉姊姊好了，心情好，吃得多了些。」

榮海珠笑道：「小笨蛋，我可不是說妳變胖了，是說妳變漂亮了，瞧瞧這臉色，紅潤潤的，頭髮也黑了。」

榮琤也忍不住捏了捏榮寶珠的臉頰。「那還用說，我七妹肯定是越來越漂亮的，對啦，七妹，能不能把妳的將軍借給我用用……」

岑氏一把拎住榮琤的耳朵。「臭小子，當著你爹娘的面，你都敢朝你妹妹借蛐蛐去鬥，皮又癢了是不是？」

榮琤護住耳朵四處逃竄，一邊怪叫。「七妹，救命呀！」

惹得一屋子人都笑了起來。

過沒兩天，府中又發生了件大事情，因為老祖宗來啦——國公爺待在鄉下的老爹跟老娘登門了。

榮老爹跟榮老娘年紀太大，前些日子又熱著，所以沒趕著在兒子壽辰的時候過來，等這段日子天氣涼快了才啟程。從鄉下到京城只要兩、三日的時間，不過兩老年紀大了，馬車對他們來說太顛簸，就讓大兒子趕牛車送他們過來，速度慢了些，費了五、六日才到。

這日一早，榮家所有的主子跟丫鬟都在正門口迎著，榮寶珠也不例外，被榮四老爺抱在手中左顧右盼的。

榮寶珠其實有點擔心，上輩子她醒來的時候兩位老祖宗已經過世了，她沒見過他們，不知他們到底是怎樣的人。不過看祖父這般樣子，她有些擔心養出祖父這樣兒子的老人會不會偏著祖父？

到底是好奇，榮寶珠忍不住偷偷地湊在老爹耳邊小聲地問了起來。「爹，老祖宗好嗎？」

榮四老爺笑道：「兩位老祖宗都是很好的人，寶珠肯定會喜歡他們的，不過兩個老祖宗很節儉，寶珠在他們面前要順著他們可知道？」

爹說好，那兩位老祖宗一定是還不錯，她大半個心終於放了下來。

等了不到半炷香的時間就瞧見巷子口駛來一輛牛車，趕車的是個穿著粗布麻衣的老人，看容貌跟國公爺有幾分相似，看來應該是榮家老大哥了。

榮老爺子看著就迎上前，大家也都跟了上去。

榮老爺子一過去就道：「大哥，你們來了？趕緊進去吧，趕了幾天的路，可累壞了吧。」

榮老大哥咧嘴一笑。「累什麼，不累，這才幾天的路，就是怕爹娘受不住。爹娘來一趟不容易，這次讓他們在這裡多待一段日子，我明兒就要趕回去，地裡的東西都要收了。」

榮老爺子道：「不是有奴才嗎？讓他們收不就成了，你在這裡也多待幾天，省得爹娘住不習慣，又要煩勞你跑一趟。」

榮寶珠很驚訝，祖父說的這是啥話，像是不想讓老祖宗在這裡待著一樣。

榮老爹跟榮老娘這會兒躺在牛車後面，讓丫鬟們扶著下來。「老二，我跟你爹打算在這裡多待一段日子，讓你大哥先回去，他顧著家裡，放心不下。」

榮老爺子這回沒說什麼，旁邊的菀娘親熱地挽著榮老娘的手臂。「娘，您可算來了，國公爺不知道多惦記著您跟爹。」

榮老娘沒啥表情。「我兒子我還不瞭解他呀，我知道他心中在想著些什麼，他真想我們來管著他？」

菀娘的笑容僵了僵，榮老娘不動聲色地往前走了兩步，避開菀娘。

狄氏走慢了些，等著榮老娘走到前頭來才笑道：「娘，府裡都收拾好了，就等您跟爹過來。」

榮老娘笑道：「還是妳有心了。」

榮老爺子沈默不語，菀娘走在幾人身後，臉色難看極了。

寶珠下意識回頭看了一眼，立馬轉頭過來露出一副被嚇著的模樣，這老姨太的臉色可真夠難看。不是說老姨太跟祖父是青梅竹馬嗎？那老姨太應該是跟祖父一起長大的，肯定認識榮老娘和榮老爹，她還聽丫鬟們說過老姨太在祖父打仗期間有跟在榮老娘身邊伺候了幾年，可看這樣子，老祖宗似乎挺不喜歡她。

狄氏指了指榮四老爺抱著的寶珠。

「娘，這是寶珠，前些日子清醒了，這會兒聰明著，會認人，也會說話了，您老瞧瞧，當初您還抱過她呢。」

榮老娘轉頭一看，神色激動了起來。「是寶珠呀，真是老天保佑，快過來給我抱抱。」

「老祖宗。」寶珠乖巧地叫人，任由榮老娘把她抱了過去。

榮老娘稀罕地看了半天，又是摸又是親的，抱了一會兒就抱不動了，還給了榮四老爺。

眾人回到府中，榮家二老一路顛簸早就累得不行，狄氏讓他們先休息，起來就能用膳了。

榮老娘進房之前還一直叮囑。

「晚飯簡單些，別太多，夠我們吃就成了，省得浪費。還有讓寶珠過來陪我們吃，這小丫頭當初心疼死我們了，這會兒可算是好了，我就想多看看她，讓她多陪陪我們。」

「成，娘放心，我都記著。」狄氏道。

榮老爹和榮老娘省慣了，晚飯的時候狄氏頗費心思，既要看起來簡樸，菜不能太多，卻要夠大家吃，還要有營養。

等二老醒過來的時候已經申時，榮家人口太多，因此每次二老過來都是幾房老爺太太們陪著，孩子們是不會過來的，這回榮老娘點名寶珠，岑氏跟榮四老爺就把寶珠帶來了。

狄氏招呼丫鬟擺了席面，又招呼大家坐下，等眾人都坐下後，只剩狄氏跟菀娘還沒落座，平日裡榮老爺子不讓菀娘伺候他們用膳，都是讓菀娘跟著一起吃，這會兒菀娘下意識就想坐在榮老爺子身邊。

屁股還沒落下，榮老娘已經瞪了她一眼。「怎麼回事？一點規矩都沒有，沒瞧見妳家主母都還沒坐下嗎？」

菀娘臉色發白，慌忙起身。「老祖宗，我錯了……」

榮老娘對狄氏道：「趕緊坐下吃吧，妳都忙了一天了。」

狄氏挨著榮老爺子坐下，菀娘手足無措地站在一旁，神色淒淒地看著他。

榮老爺子在二老面前不敢太護著她，只讓丫鬟搬了張凳子放在最末，菀娘這才走到最後面坐下，神色到底還是有些不滿，又顧著二老在，笑得很難看。

二老身子不大好，菜式都很清淡，沒有大魚大肉，榮老爺子不愛吃，吃了兩口就放下筷子。

榮老娘瞅了他一眼。「你也吃點清淡的，別老是吃大魚大肉，對身子不好。」

榮老爺子嗯了一聲，拿了筷子繼續吃了兩口。

榮老娘懶得管他，招呼寶珠吃東西。寶珠特給她面子，挾什麼給她都吃得一乾二淨，惹得榮老娘笑聲連連，說這孩子好養活，看著就喜人。

榮寶珠不挑食，再加上府裡的廚子是從宮裡出來的，那手藝真是沒得說。

榮老爹也挺喜歡寶珠的，還給寶珠挾了幾筷子的菜，她吃得臉頰鼓鼓，朝二老樂著。

晚膳後，狄氏陪二老說了一會兒話後大家就回房休息了。

榮寶珠一路上還在跟爹娘說：「老祖宗真好，我喜歡他們。」

岑氏笑道：「老祖宗是很好，妳可要好好孝敬他們。」

「娘，我會的。」寶珠使勁點頭，老祖宗上輩子在她十歲之前就過世了，現在她有瓊漿，瓊漿對身子好，她想每天用它幫老祖宗調養身子，希望他們長命百歲。

第四章

翌日一早，各房帶著子女們去看老祖宗，繼上回在狄氏那初見過哥哥姊姊們後，榮寶珠對他們大致都有印象，能全部認出來，嘴甜地把人都叫了一遍，幾個哥哥姊姊都挺喜歡她，就是榮灩珠看她的神色不大好，一臉嫌棄。

榮灩珠還抽空跟高氏小聲地嘀咕了一句。「娘，七妹近看可真醜。」

可不是，就算長期服用瓊漿也不能一下子全都變了，寶珠還怕改變得太快，瓊漿都是一桶水才用一滴。這會兒頭髮還沒長好，臉色雖然還算紅潤，但跟榮灩珠那漂亮的小臉比起來，寶珠真算是醜的。榮灩珠當真不虧待她這名字，是榮家幾個姊妹當中容貌最出眾的，齒白唇紅，臉頰粉嫩嫩，一頭黑髮也光澤潤滑，一看就是個小美人胚子。

他們給榮老爹、榮老娘請了安，榮老娘腦子都昏了。

「好了，好了，我都瞧過了，你們都回去吧，不用老是過來給我請安，讓老二媳婦跟寶珠留下來陪我們吃早飯就好。」

一屋子人很快地走光了，岑氏和榮四老爺知道寶珠性子乖巧也沒囑咐什麼就離開。

二老都是鄉下人出身，不大習慣世家的那些規矩，吃飯的空檔還跟狄氏和寶珠說了好幾句話。

榮老娘吞了口粥，拉著狄氏傷心地說起當初菀娘和榮江的事情。

寶珠聽得目瞪口呆，榮老爹勸著卻沒有勸住榮老娘，她依舊喋喋不休地說著。狄氏心裡苦得像是吃了黃連一般，但這個時候她也只能跟著勸榮老娘，將苦水往肚子裡嚥。

聽著聽著，榮寶珠聽懂了，祖父就是個負心漢呀！家裡有個喜歡的女人不說，高升之後為了在京城站穩腳跟就娶了祖母。她知道大戶人家娶幾房小妾挺正常的，可你不該寵妾滅妻呀，既然想靠著祖母家在京城站穩腳跟，好歹要對祖母好點，哪曉得剛娶了祖母就把菀娘給抬進門來了。

榮寶珠聽到後來就有些聽不下去，覺得祖母這些年真是辛苦，聽著聽著就有些睏了，直接歪在狄氏懷中打起瞌睡。

榮老娘這才閉了口，慈愛地看了眼寶珠。「當初我是看著這小丫頭出生的，才出生那會兒這小丫頭長得真可愛，白胖白胖的，後來長到半歲才知道不正常，可把我心疼壞了，回鄉下的時候都還在擔心著。這兩年回來一次她的情況就越糟，沒想到還能清醒過來，可算是老天保佑，這丫頭是個有後福的。」

狄氏笑道：「可不是，這兩年老四兩口子為了寶珠耽誤了不少事情，她才半歲的時候老四要參加科舉，結果知道她的情況後就耽擱了下來，幸好是好了，否則老四這輩子都振作不起來。」

榮寶珠聽得迷迷糊糊的，聽到提起她爹，倒是清醒了些，豎起耳朵聽著。可不是，爹如今也才二十五，可不能這麼廢在家裡了。

榮老娘也笑道：「元祿是個聰明的，還有不久就要秋闈了，這段日子讓他好好在家看書，到時候肯定能考上。」

「我聽老四媳婦說他已經開始看書了，老四聰明，肯定能中的。」狄氏說著忽然轉了口氣，嘆氣道：「不過說起來，他十八歲那年真是可惜，那會兒明珠才剛出生，他正打算去考試，結果也不知怎麼的，突然病了，就這麼耽擱了下來。這都耽擱了兩次，他年紀也不小了，希望今年可別再出什麼意外。」

榮寶珠這會兒又有精神了，原來爹爹都耽擱兩次科舉了，那這回肯定不能再讓爹爹耽誤到。

榮老娘也想起了這事。「可不是，元祿聰明，可惜老天總不幫他，希望這次能夠平平安安地去考試。」

榮寶珠仔細回想著上輩子關於老爹的事情，上輩子她被嬌養著，一直很少關心家裡的事，對家人的情況瞭解甚少，不過她隱約記得當年聽丫鬟們嚼過幾句舌根，好像是說爹爹挺倒楣，科舉考試耽誤了三次，第四次才得了個探花，入了翰林院。

榮寶珠這時緊張了起來，這豈不是說這次的科舉爹爹又會出意外了？怎麼辦？

「寶珠，妳怎麼了？」狄氏發覺懷裡的寶珠有些不安，低頭一看，發現她整張小臉都有些發白。

「呀，這是怎麼啦？」榮老娘也發現了，起身摸了摸寶珠的額頭。

榮寶珠揉了揉眼睛。「老祖宗、祖母，我睏了。」

「睏了呀，那趕緊讓妳祖母把妳送回去吧，都怪我，明知妳身子不好，還要妳在這裡陪著我。」榮老娘挺自責的。

寶珠搖頭。「不怪老祖宗，今兒聽老祖宗講話，我可開心啦。就是有些睏了，想睡會兒。」

狄氏親自把她送回了院子裡。

岑氏跟榮四老爺得知寶珠回來，立馬就過來了，瞧見她有些無精打采的樣子，岑氏上前抱起她。

「這是怎麼了？臉色怎麼這麼差？」

「娘，我是睏了，您讓我睡會兒就好。」

岑氏把寶珠放在床上，替她蓋好錦衾。「那妳好好休息，我跟妳爹就在隔壁的院裡，有事直接讓丫鬟們過去叫我們，知道嗎？」

爹娘走後，寶珠還是悶悶的，心裡擔憂得不行，秋闈再過一個月就要開始了，爹上輩子到底是因為何事而耽擱了？不成，這些日子她一定要日日黏著爹爹，免得出了什麼事。

若是普通的生病，榮寶珠其實不是很擔心，她有瓊漿，完全不成問題，就怕是因為別的原因。

榮寶珠一覺起來後，岑氏已經過來了，瞧她臉色還不錯，鬆了口氣，笑道：「餓了吧？我讓丫鬟們把午膳都擺上了，妳漱個口就能吃。」

榮寶珠撒嬌。「我要跟爹和娘一起吃。」

岑氏笑道：「我陪著妳吃，妳爹這些日子忙得很，他要參加秋闈了，這幾日都要好好看書，咱們就不打擾他了。」

「娘，我今兒聽說了。」榮寶珠抱著岑氏道。「爹爹耽誤了兩次科舉，上一次是因為我，爹爹才沒去成的。」

岑氏抱著她來到桌前坐下。「跟妳沒關係，這是妳爹的命，不過妳爹聰明著呢，這次肯定能成的。」說起夫君科舉的事情，岑氏就想起他第一次要參加科舉的時候，明明科舉前幾日都還好好的，但不知為何到前一天晚上就突然病了，鬧肚子鬧得人都脫形了，科舉自然是沒去成。不過這事太蹊蹺，她有些懷疑是不是人為的。

那次是榮二老爺跟榮四老爺一起參加科舉，榮四老爺沒去成，榮二老爺則得了三甲進士，進了翰林院為庶起士。岑氏有點懷疑夫君那次會鬧肚子跟二房有關，可到底是沒有證據，這件事就不了了之。

在女兒面前，岑氏是絕口不提這些骯髒事的，只說好聽的。「好了，咱們趕緊吃吧，妳爹這次肯定能中，妳就別操心了。」

一頓飯寶珠吃得有些心不在焉。

過了兩、三日，她見到榮四老爺的次數都不多，榮四老爺這兩年四處奔波，耽誤了不少課業，眼下正是要用功的時候。

榮寶珠再急也沒法子，她不敢直接跟娘說她知道爹這回科舉又會被耽擱，就算到時候爹娘容得下她，但榮家人肯定會把她當成妖怪燒死。

急了幾天，老祖宗又想她了，讓丫鬟一大早過來抱她過去陪老祖宗用早膳。

榮寶珠過去的時候，只有榮老爹跟榮老娘在，邊上幾個丫鬟伺候著，連狄氏也不在。

榮老娘瞧她四處找狄氏的樣兒，忍不住笑道：「妳祖母每天都要忙府中的庶務，累得很，我就不讓她過來請安了。我就是想我們家寶珠了，讓丫鬟找了妳過來陪我們兩老吃飯。」

榮寶珠撒嬌。「那我每天都過來陪老祖宗吃飯。」

榮老娘笑道：「那可好，瞧寶珠吃飯的那香樣兒，我都能多吃一碗飯。」

陪著二老吃了早飯，榮老爹有打拳的習慣，就在院子裡練了起來。榮老娘看了一會兒就坐不住，拉著寶珠往外走，帶著幾個丫鬟在府裡轉了轉。

兩人轉悠了一會兒後就循著香味去了廚房，恰好看到廚房裡的人在扔發了芽的山藥蛋。榮老娘節儉慣了哪裡肯讓扔，最後廚房只好聽榮老娘的話，把發芽的山藥蛋全部刨掉皮弄成了吃食，府裡人多，每人的桌上都添了一盤。

結果，這還真吃出了事情來，不到晚膳的時候，大家都出現了頭暈嘔吐反胃的情況。

狄氏心知糟了，趕緊讓人去把京城裡今日坐診的大夫全都給請來。

狄氏讓人統計了下，除了四房的寶珠、榮琤跟府中兩個因為做錯事被罰沒午飯吃的奴婢沒事外，其他人都有中毒的跡象。

大夫很快就來了，問過情況也把了脈，直接開藥，讓人煎藥趕緊服下。這時，寶珠偷偷地往煎藥用的水桶裡面滴了兩滴瓊漿。

大家喝了摻雜瓊漿的藥很快就好了，除了六姑娘榮灩珠嫌藥苦，就算吐得昏天暗地也不肯喝，高氏餵了半天，最後藥被榮灩珠一個揮手給潑在了地上。

高氏氣得不行，又去請大夫，如此一番折騰，才算是保住了榮灩珠，就是人還沒醒過來，昏昏沈沈地睡著。

榮寶珠得知了這事時，猶豫著要不要去給榮灩珠喝的藥裡加點瓊漿，昨天她只給那一桶水裡加了瓊漿，第二次替榮灩珠煎的藥裡是沒瓊漿的，這又拖延了一晚上，應該不會出問題吧？

不過前世她死的時候榮灩珠都還活得好好的，這次應該是沒事。上輩子她醒來後跟六姊榮灩珠沒接觸太多，不過上輩子六姊長得漂亮，總是看不起她，除了嫌她醜，兩人倒是沒有別的矛盾。

瓊漿還沒送去，下午的時候，丫鬟就說榮六姑娘已經好了，這會兒已經能吃些東西。

兩天後，府中所有的人都好了，不過聽二房的丫鬟說，榮六姑娘這次醒來後，好似性子變得沈穩乖巧許多。

翌日一早，岑氏抱著寶珠去給老祖宗請安，狄氏、魏氏跟駱氏都在，不一會兒高氏也領著榮灩珠過來了。

這會兒，榮老娘正抱著寶珠嘮叨著。「都是我不好，幸好寶珠沒事，真是謝天謝地。」

聽見門外的丫鬟說高氏跟榮六姑娘過來了，榮寶珠就轉頭看了過去，一眼就看見高氏身邊的榮灩珠，不為別的，而是這六姊實在是太突出，原本就長了副美人相，之前性格有些冒失，看著並不覺得有什麼，這時安安靜靜地跟在高氏身邊看起來就十分出挑。

不等高氏教榮灩珠說什麼，榮灩珠已經鬆開高氏的手走到榮老娘面前福了福身子，軟軟的聲音響起。「灩珠給老祖宗請安，老祖宗萬福金安。」

「好，好，我好著呢。」榮老娘對榮灩珠招了招手，等她走近就攬她入懷，疼惜地道：「都是我的錯，害得我家漂亮的小人兒病了好幾日，如今好了可算是老天保佑，瞧瞧這漂亮的小模樣，真是招人疼愛。」

榮老娘雖然看不慣蒄娘，但她覺得孩子們都是沒錯的，榮府的孩子她都疼愛著，不分彼此。

聽了榮老娘的話，榮老爹道：「幸好大家都沒事，我看妳下次就別再摻和府裡的事情了，還是安省點，要是閒得沒事就讓老二媳婦在院子裡給妳開塊菜地出來，妳沒事種種菜不就好了？」

榮老娘點頭，看向狄氏。「這次都是我的錯，要不就聽妳爹的，我實在是個閒不住的，老二媳婦妳就幫我在後院開闢一塊菜地出來，我閒得沒事就去刨兩下土好了，省得又鬧出這樣的事情來。」

狄氏點頭。「那我待會兒就讓人去弄。」

榮寶珠和榮灩珠都在老祖宗懷裡，兩人對視了一眼，榮灩珠的笑容有些詭異，寶珠心裡不安，微微動了下身子，喊了聲六姊。

榮灩珠笑道：「七妹好，妳身子如何了？可要趕快把身子養好，到時候跟我們一起去上課才是。」

「多謝六姊關心。」寶珠總覺得榮灩珠有些奇怪，前幾日瞧見她，她眼中還是濃濃的敵意，這會兒她的眼神實在太平靜了，平靜得不像之前的那個六姊。

高氏看女兒乖巧，忍不住在妯娌幾人面前得瑟了起來。「我家灩珠呀，前幾天病了之後，醒來就跟變了個人一樣，又乖巧又懂事，可算是讓我省心不少。」

駱氏附和說：「灩珠是個有福氣的。」

高氏笑得開懷，榮灩珠無奈地暗嘆了口氣，覺得母親有些幼稚。目光卻再次移到自己的七妹身上，這可真是有趣，明明要到十歲才會醒來的七妹這會兒就好轉，是發生了什麼事情？

榮寶珠被榮灩珠盯得毛骨悚然，身上都起了雞皮疙瘩，她實在有些受不住了，在榮老娘的懷中掙扎一下。

榮老娘鬆開了她。「好了，寶珠怕是覺得悶了，過去妳娘那邊吧。妳們都下去吧，老二媳婦也不用找人來幫忙了，讓人幫我準備一些鐵鍬、鋤頭、榔頭之類的用具就行了，其他的我自個兒來就好。」

榮老娘到底是閒不住，府裡的雜事她不想摻和，弄幾塊地種點菜還是挺好的。

因待會兒岑氏要忙自己的事，幾個哥哥姊姊也都要去上課，榮寶珠回去後只能跟丫鬟們大眼瞪小眼，這會兒聽老祖宗說要開墾兩塊菜地出來，她可是很感興趣，忙不迭地舉手。「我，老祖宗，我要留下來陪您一塊兒。」

榮老娘笑得開懷。「好，好，那就讓寶珠留下來。」

榮灩珠看了榮寶珠一眼，那眼神跟看傻子一樣。

榮寶珠實在受不住榮灩珠的目光，直愣愣地看著她。「六姊，妳老是看我做什麼？」

榮灩珠笑。「我瞧七妹的臉色好了很多，相信再過不久就能跟我們一起去上課了。」

榮寶珠點點頭，心裡的疑惑越來越大。

「好了，時辰不早了，大家都回去吧。」狄氏起身，各房太太們也都跟著站起來。

岑氏交代寶珠兩句話後就起步離開。

榮寶珠很快把詭異的六姊拋諸腦後，歡快地跟著榮老娘去後院挑選地方。

榮老娘住的地方有很大一塊後院，種著不少花草，榮老娘覺得這些花草也挺漂亮的，不願意去動它們，跟寶珠挑來挑去在牆角找了幾塊能見陽光的地。

丫鬟已經把工具都送了過來，還特意給寶珠找了一套比較小的農具，一老一小就開始忙活起來。

榮老娘到底是年紀大了，做不到一會兒就覺得累，坐在一邊看寶珠挖土，面上的笑容怎麼都掩飾不住。

這孫女真是貼心呀，以後不知道誰有這福氣娶到她家孫女，也不知自己能不能等到這個寶貝出嫁。

兩人老的老，小的小，肯定不能做太長時間，斷斷續續弄了一個時辰後就歇息了。

寶珠出了一身汗，跟榮老娘說了聲就回院子裡梳洗一番，又過去探望妙玉。

妙玉經過這段時日的休養，臉上的疤痕越來越淡，只剩淺淺的一道印子，不仔細看完全都看不出來。

「妙玉姊姊，妳的傷口都好得差不多了。」瞧著妙玉臉上淡淡的疤痕，寶珠才驚覺這瓊漿真是太厲害了，不僅對外傷有效果，連中毒都能解，只要爹爹不是因為其他的原因耽誤了科舉，應該都不是大問題。

妙玉摸了摸光滑的臉蛋，笑道：「的確是好得差不多了，若是姑娘不嫌棄的話，我這幾日就能回去伺候您。」

寶珠已經習慣了有妙玉在身邊，不由地點頭。「那妙玉姊姊明日就過來我院子裡。」

看過妙玉，榮寶珠回了院子，到了下午，哥哥姊姊們下課後來看她，榮寶珠特意讓丫鬟泡了茶水端過來。

經過上次的食物中毒事件，寶珠想讓家人經常喝裡頭有加瓊漿的茶水。

榮琅喝了一口，就察覺這茶水味道很是清香，跟以往喝的都不同，不由讚道：「七妹這裡的茶水味道真是不錯，是茉莉花茶吧，味道除了茉莉花的香味外還有一種清香。」

榮琤一口氣喝光，咂吧了下嘴巴。「挺好喝的。」

榮明珠笑道：「你這是牛嚼牡丹，喝得出什麼味來。」

榮海珠贊同。「可不是，五弟，你倒是說說這茶是怎麼個好喝法。」

榮琤又讓丫鬟倒了一杯，一飲而盡。「好喝就好喝，哪來什麼法子。」又轉頭跟榮寶珠說：「七妹，我放在妳這裡的蛐蛐妳都是怎麼養的？妳都不知道，這些日子我簡直是戰無不勝，鄭二哥跟袁六哥這段日子輸慘了，都不敢同我鬥。」

榮寶珠忍不住笑了起來。「五哥好厲害！」

榮海珠道：「妳可別再表揚他了，這些日子他課不好好上，功課也不做，每天就惦記著要出去鬥蛐蛐，被娘不知道打了多少回，偏偏是個不長記性的。」

榮琤哼了一聲，不搭理榮海珠了。

幾人聊著聊著就聊到榮灩珠身上，榮海珠感慨道：「這六妹也不知道是怎麼回事，性子還真是變了，我原以為是丫鬟們誤傳呢，今兒一見，可真是沈穩多了。」又轉頭訓榮琤，

「以前府裡就六妹跟你的性子最不靠譜，如今六妹沈穩了，你是不是也該收收性子？」

榮琤道：「可千萬別，以前六妹的性子我瞧著還好些，如今笑得多假啊，我還真寧願天天對著那個老惹是生非的榮灩珠。」

想起早上碰見榮灩珠的那種奇怪感，榮寶珠忍不住問：「五姊，六姊真的變了很多？」

榮海珠點頭。「是真的，以前上課的時候，她就跟屁股上扎了根針一樣，今兒我瞧見她愣是在課堂上坐了一個時辰，就連腦子都聰明多了，背書背得那叫一個流暢。」

寶珠沒有想太多，只是隨口說了一句。「五哥，也許六姊只是懂事了呢。」人總是會變的，世間萬物哪有一成不變的。

榮琤勾著嘴角，似是有些不屑。「往日裡也沒怎麼見她用功，現在卻是連夫子還沒教過的東西都知道，若說這其中沒點貓膩，我可不信。」

聽到榮琤這麼說，寶珠心裡有些不安，正想再問問，榮海珠卻先開口了。

「前些日子我不經意聽到她一個人在自言自語地說著，蜀王最後會登基為帝什麼的……也不知道說的都是什麼胡話，大概是病還沒好吧！」

寶珠這時心裡更是不安，這六姊……該不會跟她一樣也是重生了一回吧？不成，她以後要注意些了，肯定不能在六姊面前露出什麼馬腳來。

哥哥姊姊們坐了一會兒就要離開了，榮琤走的時候還不忘拎走一隻蛐蛐，還問寶珠要不要跟他一起出府鬥蛐蛐去，結果卻被榮琅一腳給踹走。

等幾人離開後，榮寶珠讓丫鬟沏了一壺茶自己親自給榮四老爺送過去，又親眼看著他喝了幾口才安心，走的時候更是囑咐他一定要多喝茶水。

榮寶珠這些日子會往用來沏茶的水裡滴上一滴瓊漿，哥哥姊姊們跟娘經常過來她這邊，她都直接讓丫鬟端茶上來給大家喝，只有爹爹這段日子忙著看書，她怕讓丫鬟送過去爹爹會不喝，因此每天都是親自送，非要看到爹爹親口喝下才安心。

她每日不敢喝太多瓊漿入口，怕改變太明顯而讓人懷疑，因此喝的量跟家人喝的差不多。倒是每日要用一滴瓊漿來梳洗，經過這兩個月的改變，與剛醒過來時的樣子已是天壤之別。

最近幾日，她的瓊漿又多了別的用處，每天早上她會跟著榮老娘一起去刨地，要往菜地裡澆水，她會把一滴瓊漿滴在水桶裡，若是菜地裡能種出好菜來，老祖宗也會高興的。

除了這個，她偶爾會往老祖宗院子裡吃喝的水缸裡滴一滴瓊漿，由於老祖宗要在這裡長住，正好可以慢慢替他們調養身子。

榮寶珠每日都過得挺充實的，轉眼間距離秋闈的日子越來越近，她也越來越緊張，深怕爹爹會趁自己不注意的時候出了事，這幾日去爹爹那裡的次數更加頻繁了。

這日，哥哥姊姊們下課後過來陪她待了小半個時辰就離開，五哥因忙著出去跟別人鬥蛐蛐，所以今天下午沒來看她。

榮寶珠正打算給榮四老爺送茶過去的時候，小丫鬟通報說是六姑娘過來看她了。

六姊怎麼來了？榮寶珠有些緊張，從前幾日知道榮灩珠的反常，再加上她說出蜀王登基稱帝的那番話，她便懷疑六姊是不是跟她一樣是重生回來的，因此她就有些避著六姊，深怕六姊看出什麼。

其實榮寶珠挺想說自己不舒服，不見人，可哥哥姊姊們剛離開，指不定已經碰見過六姊了，到底還是讓丫鬟把她請進來。

榮灩珠進來後，先四下看了一圈，瞧著這滿屋子的紫檀木家具，還有那紫銅鎏金香爐裡的沉香，可見四嬸對這個七妹真是疼愛得緊，可惜到底是個命不好的。

「六姊，妳怎麼過來了？」榮寶珠先說了話，讓人搬了小杌子過來。

兩個小姑娘在小杌子上坐定，丫鬟沏了茶上來，榮灩珠喝了一口，倒真是有些嫉妒這個妹妹。這吃的、用的都是最好的，連口茶水他們二房都比不起，就算命不好，再怎麼樣也享受了這十幾年的福不是嗎？

喝完一杯茶水，榮灩珠才道：「我就是過來看看，幾個姊妹當中就咱們倆年紀相當，咱們應該多親近親近才是。」

榮寶珠不知該說啥，抿了口茶水說：「六姊說的是。」

榮灩珠盯著她看了一會兒，笑道：「七妹，當初四叔、四嬸為了妳的健康，不知跑了多少路，拜了多少菩薩，幸好後來遇見一個得道高僧，從高僧那裡求到一片玉簡，高僧說那玉簡就是妳的福氣，只要心裡實誠，妳總會醒過來的，結果沒過多久妳就醒了，四叔跟四嬸可算是能放心了。咦，說起來之前還瞧見妳經常戴著那玉簡，怎麼最近都沒瞧見？」

「玉簡？我好像聽娘說過，不過我一醒來就沒見過。」一見榮灩珠一開口就提起這個，榮寶珠心裡更是肯定了幾分自己先前的猜測，再看榮灩珠說話的神態語氣，她幾乎認定這個六姊跟她一樣是重生之人。

只不過她問玉簡做什麼？難不成她也知道那玉簡大有來頭？

這倒是榮寶珠多想了，榮灩珠不過是想確認一下她醒過來的事是不是偶然。榮灩珠記得上輩子七妹醒來沒多久那玉簡就消失不見，那時候榮家的人都知道寶珠是因為一個玉簡而清醒過來的，這次應該也是因為那玉簡的關係，不過為何提前了七年？

榮灩珠現在倒是沒打算針對寶珠做什麼，她跟七妹沒太多恩怨。她重活一世不是為了重蹈覆轍，而是為了要重新規劃自己的生活。上輩子她過得真是糟心透了，他們二房沒有好下場不說，她嫁的也不是什麼好人家。上輩子，因為高氏將她養成了那種討人厭的性子，嫁人後夫君不愛，婆婆厭惡。這輩子剛醒來的時候她就想好自己今後該走的路，一是阻止二房繼續作死，二是她要代替寶珠嫁給趙宸！

只要嫁給趙宸，她就是日後的一國之母。她不覺得自己搶了寶珠什麼，寶珠這樣的人，要腦子沒腦子，要臉蛋沒臉蛋，在趙宸的後院只有被弄死的分兒，她若是代替寶珠嫁給趙宸，反而是幫寶珠保住一命，寶珠該感謝她才是。

榮灩珠心裡這會兒已經把榮寶珠歸類為傻瓜，想著可以適當地跟四房的人接觸，太親近倒也沒必要。眼下最重要的是阻止爹爹將要做的事情，她可是記得清清楚楚，因為爹針對其他幾房的人，做了許多傷天害理的事，後來祖父生病，父親所做的事情暴露，祖母氣憤不已，把他們一家扔到了偏遠的藩地，他們的日子過得窘迫，自己也因此嫁給了那孔家人，落了個被婆家厭惡的下場。

說是被婆家厭惡都是輕的了，一開始她跟夫君的感情還不錯，她給夫君生下兩個女兒後，婆婆就不停往夫君的房裡塞人，後來幾個妾室陸續懷孕，其中一位姨娘誕下一子，婆婆簡直高興壞了，越發挖苦她。

夫君跟她漸漸離了心，偏巧夫君的表妹上門投奔，夫君與表妹有了私情，將她納為妾，不久表妹就誕下一子。怎知，婆婆與夫君竟想害死她好讓表妹上位。

一想到夫君一家的下場，榮灩珠現在回想起來都忍不住拍手稱快，仰頭大笑。

婆婆同夫君給她下藥，她一日日病重，直到某日聽到夫君跟他表妹的對話，她才知道是怎麼回事。那日，她躺在病床上跟夫君說，對不起婆婆跟他的表妹，想在所有人面前跟他們說聲對不起，讓夫君擺宴，請了婆婆、妾室跟孔家的孩子們。

婆婆連生幾個女兒，最後才生下她的夫君，一直很寵著他，因此夫君一說，婆婆就同意了。之後，她在菜中下了蒙汗藥，讓眾人昏迷後，她綁住所有人，等人轉醒，她留下孔家的庶子，還有婆婆、夫君跟妾室們。她當著婆婆、妾室的面，殺了夫君，殺了庶子……

一想到婆婆跟妾室瘋癲的大叫聲，榮灩珠就覺得暢快極了，她上輩子唯一對不住的就是她的兩個女兒。

榮寶珠這會兒是真的被嚇住了，被榮灩珠臉上的猙獰嚇得想叫出聲來，卻又生生地忍了下去。

好在妙玉很快就進來，先給榮灩珠請安。「六姑娘好，」又轉頭跟榮寶珠焦急地道：「姑娘，不好了，五少爺讓人給打了。」

「什麼？」榮寶珠慌忙站了起來。「怎麼回事？」急匆匆地往外走，又想起房裡的榮灩珠，轉頭去看她。

榮灩珠很自覺地跟著往外走。

「五哥的事情要緊，我陪七妹一起過去看看五哥吧。」

榮寶珠其實挺想拒絕的，奈何榮灩珠已經走了出去，她只好跟著。過去榮琤院子的時候，榮寶珠問了妙玉是怎麼回事。

妙玉知道得也不是很清楚。「五少爺嚷嚷著，說是從袁六爺家中回來的時候碰見大街上有人鬥蛐蛐，然後他上前去湊熱鬧，就用將軍把一圈人都給打敗了，結果其中一人不認帳，就揍了他一頓。」

榮寶珠鬱悶。「誰這麼大膽，連鎮國公府的五少爺都敢揍？」

妙玉道：「五少爺出門就帶了一個小廝，那人揍他的時候，五少爺有表明自己的身分，結果那人說五少爺騙人，說鎮國公府的少爺怎麼可能只帶一個小廝出門，最後還把五少爺的將軍給搶了去。」

「什麼！」榮寶珠聽到這驚了。「怎麼能把將軍搶去？」將軍是她養的時日最長的蛐蛐，都養出感情來了，每天五哥借走將軍後都還要還回來，晚上她不聽將軍叫兩聲都覺得不習慣。

榮灩珠真覺得榮寶珠腦子有問題。「妳不擔心五哥，擔心一隻蛐蛐做甚？」

榮寶珠摸了摸鼻子，沒敢說自己覺得五哥既然還能把事情的經過講出來，肯定是沒啥大問題，可將軍是隻好蛐蛐，沒了就找不回來了。

幾人過去榮琤的院子裡，這會兒榮四老爺和岑氏都在。

岑氏正在訓榮琤。「你說說你是怎麼回事？自己被人打就算了，你還把寶珠的將軍給弄丟了，你對得起寶珠嗎！」

榮琤都快哭了。「那人個子比我高，我揍不過他！」

岑氏氣道：「揍不過你也得把將軍護著！」

榮四老爺勸道：「好了，妳別罵他了，趕緊讓人打聽打聽是哪家的小子，先把將軍要回來再說。」

榮灩珠側頭看了榮寶珠一眼，心想著七妹活不長卻還真會投胎，四叔四嬸竟如此護著她，五哥被揍了，最先想到的不是請大夫，而是把這傻妞的蛐蛐給找回來！

榮寶珠進屋後，一屋子人的視線都落在她身上，大家可都知道她平日裡對將軍是有多細心照顧的，榮琤看到她就哭喪著臉道歉。「寶珠，對不起，我把將軍給丟了。」

「沒事，沒事。」榮寶珠只是覺得將軍被搶去有點可惜，可再怎麼可惜，也還是家人更重要些。更何況——她看了一眼鼻青臉腫的五哥，五哥好可憐呀！

「娘，給五哥叫大夫了嗎？」

「叫什麼大夫，瞧他這樣子，真是活該！」岑氏嘴上訓得厲害，到底還是心疼榮琤，早就讓丫鬟去請了大夫，不一會兒大夫就過來了。

大夫一番檢查下來說是沒啥大礙，都是皮外傷，搽點藥膏就好了。

大夫離開後，榮灩珠也看夠了四房一家子的闔家美滿，心裡羨慕不已，四叔跟四嬸表面上是罵著五哥，可到底還是很心疼他。不像他們二房，母親整日當著她跟三哥的面搬弄是非，亂嚼舌根，父親每日沈著張臉，從來不曾關心過他們兄妹，她要是生在四房名下該有多好啊。

到底是個白日夢，榮灩珠很快就清醒過來，關心榮琤幾句後就告辭了。

榮四老爺瞧著沒事就回了書房，走之前特別囑咐岑氏讓人趕緊把將軍給找回來。

到晚上用膳的時候，府中的人已經把要查的東西都查了出來，打了榮五少爺的人是忠義伯家的長子。

忠義伯是剛繼承老伯爺爵位的盛家大老爺，年歲跟榮四老爺相當，打了榮琤的就是長子盛名川，比榮琤大了兩歲多，今年不過六、七歲的樣子。

其實榮寶珠挺擔心這次打五哥的人是跟上次找她麻煩的高墉有關係，榮家在京城不大有人敢惹，一般人還真不敢揍五哥，就怕是高墉為了尋仇背地裡找人做的，幸好不是，得知是盛家人她也挺茫然，盛家的人他們完全不認識啊。

這還真是寶珠瞎擔心了，高家已經落魄得差不多，怎麼比得上風頭正茂的國公府，又如何敢尋仇？

這時岑氏正在跟旁邊的王嬤嬤說話，榮寶珠才得知盛家老伯爺救過先帝一命才被封了這忠義伯，不過後來老伯爺不知怎麼跟貪贓枉法的案子扯到了一起，被先帝不喜，後得知他是冤枉的，又被先帝訓斥說家風不嚴、行止不端，盛家漸漸變得有些潦倒。直到去年新帝登基，盛家又慢慢在官場上走動了起來。

王嬤嬤道：「自從盛大老爺承爵，盛家家風倒真是不錯，對待子女都嚴謹得很，也不知那盛大少爺怎麼就招惹了五少爺。」

岑氏道：「不管如何都是那盛名川揍了榮琤，讓府裡的人上門去討個說法吧，他揍人也就算了，怎麼還把將軍給搶去，這算什麼家風嚴謹，好歹要把將軍給還回來，我家寶珠把將軍養成這般可是不容易的。」

孩子間的打鬧不算什麼事，岑氏沒打算鬧大，另外一邊的盛家卻還根本不知道這事。

等到翌日一早鎮國公府來了人，忠義伯傻眼了，把盛大少爺叫過來一問，盛名川很坦蕩地承認自己揍了榮琤。

「父親，我不知那是榮家五爺，而且是榮家五少爺欺負名光在先，我才揍了他，的確是兒子不對。」

忠義伯怒道：「你揍人就揍人，搶人家的東西做什麼！」

一旁的榮家人有些不滿，什麼叫揍人就揍人？榮家五少爺是你們揍得起的嗎？

盛名川這會兒也有些呆住了。「父親，我沒搶他的東西。」

「你沒搶，那人家怎麼找上門來了？」忠義伯腦門疼。「趕緊去把你二弟叫來，問問他是怎麼回事。」

那榮家五少爺可是好惹的？小小年紀就是個紈袴，這下可好，被人找上門來了。

盛家二少爺盛名光很快被人叫來，這小子跟榮五差不多的年紀，不如哥哥長得好看，胖墩墩的，一出來就跟自己的大哥撒嬌。「大哥，找我過來做什麼？」

忠義伯臉黑。「盛名光，你給我好好說話，整天黏著你大哥做甚！還有你給我說，昨日你可是搶了榮家五少爺的東西？」

到底搶了什麼東西？這榮家人一上門就說他家兒子打了榮五少爺、搶了榮五少爺的東西，到現在他都還稀裡糊塗的。

盛名光這時支支吾吾地說不出話來了，以眼神跟盛名川求救。

盛名川神色漸嚴。「是你拿了榮五少爺的東西？」

「我……我瞧著那東西摔得遠遠的，就偷偷地撿了起來。」盛名光還在給自己找藉口。

忠義伯這會兒終於忍不住了。「老二，你到底拿了榮五少爺什麼東西！」

盛名光吶吶地道：「蛐蛐兒……」

忠義伯的臉更黑了，轉頭看盛名川，盛名川這才把事情的來龍去脈說了一遍。

原來那日他帶著盛名光去街上遊玩，瞧見有人在鬥蛐蛐就去湊了個熱鬧，盛名川對這東西沒多大興趣，奈何二弟很喜歡，平日裡上街都要在身上掛著個蛐蛐籠兒，他只好陪著盛名光在一旁玩著。

盛名光的蛐蛐算是不錯的，贏了好幾個人，這時候榮五少爺來了，那小子囂張得不得了，說那裡所有的蛐蛐都鬥不過他的蛐蛐。

盛名光自然不服氣，要鬥上一鬥，結果自然是輸了，不僅二弟輸了，一圈的人都輸了。

盛名光不服氣，忍不住多嘴說了幾句沒什麼了不起的，榮五少爺就不樂意了，嗤笑道：「輸了還不服氣，算什麼男子漢！」

盛名光反駁了幾句，榮五少爺惱羞成怒，推了他一把，然後兩人就打在了一起。不過盛名光怎麼可能打得過個子比他高還自幼就鍛鍊身子的榮五少爺，很快就被揍得分不清南北了。

盛名川哪捨得看弟弟挨揍，就把二弟給拎到一邊，自己上前跟榮五少爺打了起來，他承認自己是不對，不該以大欺小，奈何當時榮五少爺實在太得瑟，揍人的時候還不忘挖苦二弟，他實在是看不下去了。

榮琤自然是打不過盛名川，只有挨打的分兒，就嚷嚷著他是鎮國公府的五爺。

那時盛名光也在一旁嚷嚷。「騙誰呢，鎮國公府的五爺出門就只帶一個小廝？大哥，快揍他，使勁地揍！」

後來，雙方就各自回家，沒想到盛名光竟然趁亂把榮五少爺的蛐蛐給撿走了。

忠義伯氣得不行，跟榮家的人道歉後，又說會親自登門致歉。

等榮家人離開，忠義伯黑著臉讓下人備禮，又讓兩個兒子帶上人家的蛐蛐一起去了國公府。

盛名光趁忠義伯不注意的時候悄悄跟盛名川道：「大哥，那蛐蛐也不知是怎麼回事，我撿回來後就不吃不喝了，這什麼蛐蛐兒，可真難伺候！」

盛名川頭疼。「那是人家的東西，誰讓你拿回來的！要是再有下次我肯定會揍你。」

盛名光噘嘴不說話。

榮家人聽聞忠義伯帶著兩個兒子來道歉，榮琤興沖沖地道：「我也要去看看，看他們可還敢欺負我！」

岑氏罵他。「你真是活該！」實在是不想帶他出去丟人現眼，奈何寶珠也在一旁說想跟著出去，岑氏沒法子，只好讓他們兩個跟著。

出了院子，忠義伯一家已經在廳裡等候，岑氏帶著兩個孩子過去，忠義伯立馬就道了歉，說都是他家孩子不對，他會好好責罰他們的。

榮琤囂張地看著對面的兩兄弟，榮寶珠則是好奇地打量著他們，個子高的男生長得很是好看，不比榮灩珠的容貌差，個子矮的胖墩墩的，看著比較一般，放在一起實在讓人猜不出他們是親兄弟，不過仔細一瞧，五官倒隱隱有些相似。

對面的盛名川也在打量寶珠，盛名光則忙著跟榮琤大眼瞪小眼。

盛名川知道對面的小姑娘應該就是榮家最小的么女，前些日子聽說她已經清醒過來了，看樣子這個傳言是真的，不過這小姑娘看著還真是呆頭呆腦的啊。

忠義伯還在道：「都是小兒頑皮，惹了榮家小五爺，那蛐蛐也是小兒撿去的，這就還給榮五少爺。」說著推了一把還在跟榮琤瞪眼的盛名光。

盛名光哦了一聲，正打算把蛐蛐籠子遞過去的時候不知怎麼就起了小心思，嘿嘿一笑，把籠子遞給榮琤前手就先鬆開了，精巧的竹籠子摔在地上散開，裡面的蛐蛐跑了出去。

榮琤盯著那散開的蛐蛐籠子，勃然大怒。「臭小子，你是故意的！」

「對不起，我不是故意的，只是手滑了。」盛名光當然不會承認，但心裡確實樂開了花。

哼，讓你得瑟，現在好了，蛐蛐跑了吧。

盛名川跟忠義伯都沒想到他竟然會這麼頑皮，正想著該怎麼收場時，瞧見了挺詭異的一幕。

那原本應該趁著籠子散開而逃跑的蛐蛐不僅沒有往草叢那邊跳，反而朝著榮家幾人那邊跳去，幾人順著蛐蛐的動作看過去，那蛐蛐竟跳到寶珠面前，又順著寶珠的襦裙往上跳。

寶珠大概也沒想到將軍會往她身上跳，下意識地張開了手，將軍跳到她的手臂上，很快落在了她的手心中。

一院子人目瞪口呆，岑氏呆呆地說：「平日裡都是我們家寶珠養著這蛐蛐，可能是養、養出感情來了吧……」

忠義伯跟著呵呵傻笑。「榮七姑娘真是個有福氣的……」

榮琤扠腰哈哈大笑。「臭小子，你可沒想到吧，將軍可是我七妹天天養著的，別人給它的東西它都不吃，將軍跟七妹可親了。」

盛名川跟盛名光沒看過如此奇景，都有些回不了神，等盛名光回神後立刻衝到寶珠面前，崇拜地看著她。「寶珠妹妹，妳好厲害，我能不能經常來找妳玩？」

榮寶珠後知後覺地點了點頭。

榮琤上前護著妹妹。「不成，誰是你寶珠妹妹了！」

看著孩子們都沒事了，和岑氏說了幾句話後，忠義伯就準備告辭，結果盛名光愣是不願意走，非要跟寶珠一塊兒玩，最後他還是被盛名川拖著離開的。臨走前盛名川下意識地看了寶珠一眼，瞧見她懵懂的樣子，忍不住笑了笑，覺得她可真是個有意思的小姑娘。

忠義伯一家剛離開，岑氏就拉著寶珠回房，那將軍一路待在她的掌心中，被她小心地捧著回了房。

岑氏心裡覺得有些奇怪，但倒沒往別的地方想，將軍一直是寶珠在養著的，怕是養熟了才如此親近寶珠吧，雖然從沒聽說過這蛐蛐也能養熟的……

榮琤壓根兒就沒想太多，只覺得自個兒的七妹真是太厲害啦，太給他長臉面了，要是能帶七妹出去表演蛐蛐認主那該有多威風。

岑氏看榮琤沒啥大礙，說再讓他好好休息一天，明天一早就去上課，榮琤立馬消停了下來，哭喪著一張臉。

等岑氏離開，屋裡就剩榮琤跟榮寶珠了。

榮琤道：「七妹，妳可真是厲害，不過我跟妳說，盛家的那兩小子不是好人，如果他們來了妳千萬別給他們開門。」

榮寶珠點頭。「好啦，我知道了，五哥，你趕緊去休息吧。」

第二日盛名光跑來找榮寶珠玩，且還是偷偷一個人出來的，岑氏得知後雖是讓人進來了，不過也另外派人去忠義伯府報信，省得他們找不到人。

來接盛名光的是他的大哥盛名川，他進屋的時候見二弟正圍著榮寶珠跟她說自個兒府裡養的寵物。

「寶珠妹妹，我不僅養了蛐蛐，還養了一窩小老鼠，那小老鼠可愛得很，每天唧唧叫個不停，餵什麼都吃，十分好養。」

盛名川臉黑，他都不知扔了二弟多少亂七八糟的東西，結果他屋裡竟然還有一窩老鼠！一看榮寶珠，果然嫌棄地看著自家二弟。

盛名光見大哥來找還是有些心虛的，好在大哥沒怪他，只是跟寶珠說了幾句話後才帶著他離開。

第五章

自此盛家兩兄弟開始經常來找寶珠玩，榮琤覺得自個兒的地位受到了威脅，也經常帶著鄭二少爺跟袁六少爺過來找寶珠玩。

榮寶珠因這幾日擔心著爹爹，最後幾天乾脆閉門不見客，整日往榮四老爺的書房跑。除了四房的榮寶珠擔心著榮四老爺，二房的榮灩珠也在擔心著，她記得前世就是在秋闈前兩日出了事情，雖然不清楚詳情，但她知道這事說不定跟她爹脫不了關係，因此這幾日榮灩珠也常常圍著榮二老爺轉，希望能阻止爹陷害四叔。

可沒兩天，榮灩珠就聽丫鬟說四房好像出了事，已經請了大夫上門。

榮灩珠皺眉。「可打聽出是什麼事了沒？」

丫鬟搖頭，表示不知。

榮灩珠這會兒根本不可能去四房問什麼，請大夫的事只有祖母知道，其他幾房還不清楚這件事，她要是現在過去，那豈不是告訴四房她時時刻刻都在盯著他們？其實她這一世想要做的事挺簡單，改變二房，避免日後悲劇發生，再者就是嫁給趙宸。她兩世為人，相信自己肯定能夠在趙宸的後宅中勝出，這不僅是幫了她自己，也是幫了寶珠。

榮灩珠覺得自己日後若真能嫁給趙宸，就等於是救了寶珠一命，不過說也奇怪，上輩子聖上到底為何要替寶珠和蜀王賜婚?完全不相干的兩人,估計在他們成親前甚至連面都沒見過,皇上到底是如何想的,她必須弄清楚原因才能夠嫁給趙宸。

榮灩珠這廂正煩著,四房那裡是一陣手忙腳亂,榮寶珠聽聞爹爹出事後,腦子嗡嗡嗡的,臉色也白了。

幾個丫鬟嚇得不行,妙玉扶著她在小杌子上坐下。「姑娘,您別擔心,現在大夫才到,老爺肯定不會有事的。」

榮寶珠連手都有些抖,抓住妙玉的衣裳,面色發白地道:「妙玉姊姊,可知我爹得了什麼病?」

明明每天都有喝瓊漿泡的茶水,怎麼到頭來爹爹還是得病了?難道連瓊漿都對這病沒效果嗎?現在距離秋闈還有兩天,真的會變得跟上輩子一模一樣?

妙玉搖頭。「奴婢現在也不知老爺到底是怎麼回事,只聽柳兒說老爺前兩日已經有些不舒服,硬撐著在讀書,今日突然就昏迷了過去……」

榮寶珠哪還坐得住,立刻起身就要過去,妙玉本想攔著,可瞧著姑娘紅紅的眼睛,哪還捨得,只能看著她出了房,自個兒也趕緊跟了上去。

榮寶珠很快就到了榮四老爺的院子裡,外面站了不少丫鬟,岑氏跟狄氏站在房檐下,一臉焦急。

「寶珠,妳怎麼過來了,快點回妳院裡去。」岑氏上前抱過寶珠。

滎寶珠眼睛紅紅的。「娘，爹爹怎麼樣了？」

岑氏搖頭。「大夫還在裡面，也不知到底如何了。」

狄氏跟後面的幾個丫鬟道：「快把寶珠抱回去，她身子才好，小心病氣會過給她。」

滎寶珠搖頭，聲音聽起來都快哭了。「祖母，我要在這裡陪著娘等爹爹。」

狄氏嘆氣，不好再說什麼，轉頭去看小兒子的房間，心裡也難受得厲害，原本就已經耽擱了兩次科舉，這次怕是又要耽誤下去吧，也不知元祿能不能接受這個打擊。

四房其他的幾個兒女也都知道了滎四老爺病倒的消息，很快地趕了過來。

滎琅焦急地道：「娘，爹沒事吧，怎麼突然就病了？」

滎明珠也是滿臉擔憂。「大夫可出來了？是怎麼說的？」

海珠和滎琤也都擔心得厲害，滎琤一副想衝進去的樣子，狄氏攔住了他。「阿琤別胡鬧，大夫還在裡面，別打擾了大夫。」

滎琤紅了眼，默不作聲地站在一旁。

一家人都在原地等著，過了半個多時辰大夫出來了，面色有些不好。

岑氏放下寶珠上前問大夫。「大夫，我家老爺沒事吧？」

大夫看了眼孩子們。「先讓孩子們都回去吧，這病怕是不好治。」

在場的人臉色都白了，岑氏急道：「大夫，我夫君到底如何了？」

狄氏跟幾個孩子們道：「你們先回去吧。」

幾個孩子都不同意，榮琅直接看著大夫問：「大夫，我爹到底如何了？」

大夫讓幾人進了隔壁的房間裡才道：「聽丫鬟說，四老爺前兩日就有發熱的情況，四肢和腰背痠疼，方才老夫檢查了一番，發現四老爺的手臂跟下肢出現了紅色皮疹，只怕是……」

狄氏和岑氏像是想到了什麼，臉色都變了，岑氏身上抖得厲害。「前……前兩日夫君說身上痠疼，我只以為是他整日坐得太久導致的，晚上還給他捏了捏。大夫，難道我夫君真……真是……」

大夫點頭。「是的，前些日子京城附近的三水村惹上了這病，皇上已經下令圍了三水村，只不過早先這病還沒爆發的時候有人從村子裡出來，身上可能已經染上了這病還不自知，聽聞京城裡也有了幾例，只怕榮四老爺……」

只有榮寶珠還是懵懵懂懂的，沒聽懂他們在說什麼，幾個哥哥姊姊的臉色卻已經變了。

榮琅喃喃道：「不會的……」

榮寶珠急了，扯了扯榮琅的衣角。「四哥，爹爹到底得了什麼病？」

「天花，是天花。」榮琤突然叫了起來，眼淚也跟著流下來。「娘前幾日就不准我們出去玩，說外面有人得了天花，娘說這病很嚇人，會死人的。」才四歲多的榮琤或許不知道天花是什麼病，卻知道這病會死人，非常嚴重。

榮寶珠的臉色也白了，怎麼會是天花？這幾日盛家兩位少爺、鄭二少爺和袁六少爺不來府中，原來是這個原因，可是爹爹好好地待在家裡怎麼會染上天花？

大夫道：「按理說榮四老爺若是沒跟染上天花的病人接觸過應當不會染上，這些日子榮四老爺可出府去過？跟外人有沒有接觸？」

岑氏這時想了起來，哭道：「前些日子老爺說要出去見一個好友，我這才記起老爺說過那好友似乎就是三水村來的，不過那時候天花還沒爆發，我就忘了這事，怎麼會這樣，這可該怎麼辦……」

大家都亂了，榮寶珠心裡也是亂七八糟的，不明白爹爹每日都有喝瓊漿泡的茶水，為何還會感染上天花？難道瓊漿對天花沒有效果嗎？或許是天花太厲害，就算每日喝瓊漿泡的茶都無法避免，還是因為爹爹喝的瓊漿量太少？

狄氏知道天花有多恐怖，立刻讓丫鬟們進來把幾個小主子都抱回院子裡，又讓他們莫要把這事說出去。

榮寶珠被妙玉強行抱了出去，等出了院子，榮寶珠才開始掙扎起來。

她可不能回去啊，要是回去了就不能偷偷把瓊漿摻在藥裡了，爹爹今日肯定要喝藥，還會在身上搽藥膏，她必須把瓊漿摻進去。

「不要，我要爹爹，我要爹爹。」榮寶珠使勁在妙玉懷裡掙扎。

妙玉哄道：「姑娘，老爺生病了，等老爺好了，您再來看他。」

「不要，不要……」

妙玉抱不住她，榮寶珠一下地就朝著榮四老爺的院子跑去，幾個丫鬟跟在後面追。追進了院子裡，狄氏冷著臉訓斥。「怎麼回事，連個小主子都看不好，趕緊抱回去！」

榮寶珠哭道：「祖母，我不要，我要陪著爹爹。」

狄氏嘆氣，上前哄寶珠，奈何這丫頭怎麼樣都不肯聽，非要待在這裡，若是說她，她就哭得越發厲害，哭到都快喘不上氣來，狄氏實在有些怕了，轉頭問大夫這丫頭可否留下來。

大夫道：「只要不進去接觸到榮四老爺就可以了，另外回到院子裡要用藥草泡澡，以防被染上。」

大夫已經開了吃的藥、搽的藥跟泡澡的藥草。「這個方子上的藥，三碗水煎成一碗餵四老爺服下，另一張方子上的草藥用水煮透給四老爺擦拭身子，乾了之後搽上藥膏就可以了，至於能不能痊癒，老夫也沒有把握……」

岑氏這時精神已經好多了，她是不能倒下的，若是老爺有個三長兩短，她倒下了，吃苦的可就是幾個孩子們。

丫鬟們根本不敢上前，只有一個丫鬟走出來，說是她小時候得過天花，僥倖活了下來，能夠伺候榮四老爺。

岑氏開始指揮丫鬟們做事，院內的丫鬟都是他們用了好些年的人，嘴牢靠，岑氏倒也不怕她們會在外面亂說什麼。

院子裡忙得人仰馬翻沒人去注意榮寶珠，她趁著大人們不注意的時候跑去丫鬟煎藥的小院子裡，過了會兒那丫鬟要去拿個東西，她就趕緊把手心中的瓊漿滴了三滴在湯藥裡面，又在另外一鍋熬煮著給爹擦身的藥水裡也滴了兩滴。

丫鬟回來後，榮寶珠去了前院，狄氏正到處找她，瞧見她才鬆了口氣。「妳這丫頭，又跑哪去了，可別到處亂跑，趕緊跟丫鬟回去吧，等妳爹爹好了再過來看他如何？」

榮寶珠點頭。「祖母，那我再等一會兒，等娘出來就回去好不好？」

狄氏無奈，只好隨她了。

大夫已經把藥膏調配好，榮寶珠走過去道：「爺爺，您把藥膏給我，我待會兒再把藥膏拿給娘。」

看著這麼乖巧的丫頭，大夫也不好拒絕，直接把藥膏給了她。「記得告訴妳娘，這藥膏一天要搽三次，可記住了？」

榮寶珠攥著藥膏點了點頭。

等大夫離開，榮寶珠趁著沒人看見趕緊把手心中剩下的瓊漿全滴在藥膏裡。

藥膏她沒有親手送到岑氏手中，由於岑氏進屋照顧榮四老爺去了，狄氏根本不會讓榮寶珠接觸岑氏，好在寶珠已經把瓊漿滴進去，不必繼續守著，便乖巧地跟著丫鬟回了院子裡。

榮寶珠回了院子還是有些擔心，用完晚膳就想過去看看，奈何狄氏交代過她院子裡的丫鬟婆子們，要是姑娘再過去，她們都不用待在府中了，自然是拚命攔著。

狄氏知道榮四老爺染了天花這事瞞不下來，肯定要找人商量商量，她不打算找榮老爺子，他從來不關心老四他們，只惦記著二房。

這事自然先不能告訴二房，三房也商量不著什麼，岑氏又在榮元祿身邊伺候著，於是狄氏只找了大房的人過來。

榮大老爺和魏氏很快就過來了，聽聞這事後臉色一變。

榮大老爺道：「娘，這事肯定不能瞞著，四弟這些日子雖跟其他幾房沒什麼接觸，可到底還是跟四弟妹還有寶珠他們生活在一起的，幾房的丫鬟們也多有走動，就怕已經有其他人被染上了，所以這事瞞不得，必須告訴府裡的人，讓所有人都用藥草泡澡以防萬一。」

魏氏的臉都白了。「四弟本來好好的，怎麼突然就染上了這病，這可真是……」

狄氏的面色也有些不好，就跟大兒子說的一樣，這事瞞不住，只怕府裡已經有其他人感染上。

榮大老爺和魏氏離開後，狄氏把國公爺跟其他幾房的人一起請到了榮老娘、榮老爹的院子裡，當著所有人的面把這事情說了一遍。

榮老爺子的臉色當場就變了。「既然老四染上了天花，那還讓他待在府中做甚？趕緊讓人送到天花病館裡去，皇上在城外設立了一個病館，京城中得了天花的人都要被送過去，妳還在耽誤什麼！」

菀娘臉色發白，不動聲色地遠離了狄氏兩步。

榮老娘、榮老爹也沒想到會出這事，這時都有點嚇傻了，聽兒子這麼說，第一個反應就是不行。「怎麼能把元祿送去那種地方！聽說去了那地方完全就是在等死，要是待在府中精心照顧著，說不定還能活下來。」

榮老爺子道：「我也是沒法子，若是不趕緊送離，府中所有人都會被感染上。」

菀娘也道：「老祖宗放心，國公爺一定會請人好好照顧四老爺的。」

榮老娘喝斥。「我們說話哪有妳插嘴的分兒，什麼規矩！」

「好了。」榮老爺子道。「現在想想到底該怎麼辦吧。」說著轉頭問榮二老爺。「老二覺得該如何？」

榮二老爺轉頭看榮大老爺。「這事還是大哥拿主意吧。」

榮大老爺道：「我不打算把四弟送去城外，國公府夠大，把老四送到偏僻的院子裡去找人專門伺候著也比送去那地方強。」

榮二老爺點頭。「我也不贊同送四弟過去那種地方，不過就怕被皇上知道了這事會震怒。」

榮老爺子道：「既然如此，明日一早就送老四離開吧。」

「不成！」榮老娘怒了。「你要是敢把元祿送走，我就跟你沒完！」

最後到底還是因為榮老娘、榮老爹的反對，榮老爺子只好同意把榮四老爺放在偏僻一些的院子裡找人專門伺候著。

眾人各自回房之後，榮二老爺回了院子裡，讓丫鬟送了一些小菜跟酒水過來。

高氏瞧見笑道：「老爺，這是有什麼喜事嗎？瞧你這高興的樣子。」

「胡說！」榮二老爺板著臉。「妳哪瞧見我高興了？妳可知方才母親叫我過去是為了何事？四弟得了天花，妳日後少跟四弟院裡的那些老婆子們打交道，小心也被染上了。」

高氏嚇了一跳。「怎麼染上天花了？喲，那豈不是連這次的秋闈都會耽誤了，四弟可真夠倒楣的。」話雖這麼說，語氣卻有些幸災樂禍。

榮二老爺道：「好了，這事莫要再說，也不要在外面亂說，這些日子京城裡有好些人都得了天花，妳注意點，別整天往外跑。」

高氏笑道：「老爺放心，我都知道的。」

榮寶珠這一夜睡得極不安穩，總是夢見爹爹不見好轉，翌日天未亮就醒了過來。今兒是妙玉、芙蓉伺候著。

榮寶珠穿衣梳洗後就想過去榮四老爺的院子，卻被兩個丫鬟攔住了。「姑娘，老爺眼下也不知如何了，妳還是好好在院子裡待著吧，讓奴婢們過去問問。」

如今府中都知道榮四老爺得了天花，個個都用藥草泡了澡，以防萬一。

榮寶珠卻不答應，非要過去看，幾個丫鬟根本攔不住，等她前往榮四老爺的院子裡才曉得昨兒夜裡，祖父已經讓人把爹爹移到府中最偏僻的北園去了。

剛過去沒多久，榮琅、榮琤、榮明珠跟榮海珠也都來了，得知榮四老爺不在這裡就打算去北園看望，怎知還沒來得及過去，狄氏就過來把幾人罵了一頓，又對榮琅說：「你是他們的哥哥，過了年你就十歲了，難道不知道天花有多可怕？怎麼還敢帶著弟弟妹妹們過去看你們的爹？我知道你們有孝心，但總不能你爹還沒好，你們又染上了。你們若是有個好歹，你們的娘可就撐不住了。都趕緊回去吧，我會派人過去打探消息，有什麼事情會立刻告訴你們。」

幾人到底還是被勸了回去。

再說岑氏在北園照顧了榮四老爺一整夜，等到三更才去旁邊的廂房休息一下，天未亮又過去給榮四老爺搽藥膏。

結果剛一進房就發現榮四老爺已經醒了，岑氏驚喜地道：「老爺，你醒了？」再上前檢查，發現夫君身上已經不燙了，掀開錦衾一瞧，四肢上的紅疹也都消退得差不多，只留有一些淡淡的印子而已。

「老爺，你這是好了？」岑氏的腦子有些糊塗了，夫君不是得了天花嗎？怎麼會好得這麼快？按理說今日應該身上都起滿紅疹才是。

榮四老爺的精神還不錯，知道了大夫的診斷，笑道：「已經無礙了，這可能不是天花，只是普通的疹子，高燒昏迷大概是因為這幾日太過勞累所引起。」

岑氏這會兒也不大確定，趕緊讓丫鬟去請大夫過來，大夫再一把脈也糊塗了，明明昨日脈象並不是這樣的，今日怎麼就好得差不多了？難道真是自己的誤診？

岑氏問道：「大夫，這到底是怎麼回事？」

大夫只得道：「四老爺的脈象並無大礙，不似昨日的脈象凶險，高燒已經退了，身上的紅疹也在慢慢消退，應該是沒事了，不過身子還有些虛弱，要好生調養著。」

岑氏道：「大夫，天花怎麼可能好得如此快？我家夫君真是得了天花嗎？」

大夫這時尷尬得很。「怕……怕是老夫誤診了。」

岑氏的心中是喜大於怒，只要不是天花就好，只要夫君健康就好。

大夫離開的時候還在喃喃細語。「明明昨日的脈象還不是如此，莫非真是我老眼昏花了？哎，老了，老了啊。」

岑氏還沒來得及告訴大家這個喜訊，宮裡的侍衛跟太醫先過來了，侍衛打探了榮四老爺的住處，直接過來抓人。「皇上有令，天花患者一律要送到城外去，還請太太行個方便。」

岑氏快昏了。「這是誤會，我家老爺並未染上天花，大人若是不信，大可讓御醫來替我家老爺診脈。」

侍衛遲疑了下，想著到底是國公府，他們也不好太過強硬，便讓御醫進房給榮四老爺把脈。

御醫很快就出來了，一臉疑惑，跟侍衛道：「大人們，看樣子是真的弄錯了。榮四老爺雖然身體有些虛弱，可那根本不是天花的症狀，身上的紅疹已經在消退，體溫也是正常的。」

侍衛們不可能把沒染上天花的榮四老爺給送去城外，只能先回宮裡跟皇上通報了一聲，皇上得知後又派了幾個御醫過來榮府替榮四老爺診脈，得出的結論都是榮四老爺身體有些虛弱，但不是天花之症。

既然是一場誤會，皇上肯定不會抓人了，倒是把通報消息的人給罵了一頓，害他白白出了個醜。

那人也很是無奈，這是他是聽榮府的下人們說的，怎知卻是個假消息。

榮四老爺沒事的消息很快就在榮府裡傳開了，寶珠得知後喜極而泣，再也不顧丫鬟們的阻攔匆匆去了榮四老爺的院子裡，幾個哥哥姊姊也都過去了，這時都圍在榮四老爺床邊噓寒問暖。

幾個孩子陪著榮四老爺待了半個時辰後就被岑氏趕回各自的院子裡，榮寶珠趁著這空檔往茶水裡各滴了一滴瓊漿，這回她可不敢再省了。

孩子們離開後，兩夫妻說了一會兒話，岑氏問道：「老爺，後日就是秋闈了，你可還要去？」

「自然是要去的。」榮四老爺直了直身子，沈聲道：「原本就已耽誤了兩次，這次若是再耽擱下去只怕我心中會有不甘，不管如何總要試上一試，這兩日我便不再看書好好休息，為秋闈做準備即是。」

岑氏也知道是這個理，可怕他身子承受不住，瞧夫君堅持的樣子她不再勸說，只附和地點頭。「我知道你是怎麼想的，既然如此就試試吧，不管如何你不後悔就成。」

榮四老爺睡下後，岑氏正打算過去給狄氏和老祖宗請安，在去之前狄氏就已經派人過來，說是她照顧元祿一夜也累了，好好休息，有什麼事情明日再說。

隔日一早，狄氏先是伺候榮四老爺吃了藥，這才帶著旁邊一群眼巴巴看著的孩子過去給老祖宗請安。

出門的時候，寶珠回頭望了一眼爹爹已經紅潤不少的臉龐，心裡鬆了口氣，這兩日她可是在爹爹的飲食裡滴了不少瓊漿，包括家裡人，她也給他們用了不少，就怕被過病氣，明兒就是爹爹參加秋闈的日子，可千萬不要有什麼閃失。

過去老祖宗那邊時，各房的人都在，屋子裡擠滿了人，榮老爺子的臉上微微有些不耐。「怎麼都跑過來了，爹娘身子不好，悶不得，不用你們每日都過來請安。」

狄氏淡聲道：「大家心裡惦記著老祖宗，自然要過來給老祖宗請安，國公爺莫要不高興，待會兒請過安，大家就都回去了。」

榮老娘橫了榮老爺子一眼，沒說話。

大家依次給老祖宗請安後就離開，榮寶珠的哥哥姊姊們都去上課了，岑氏則抱著寶珠跟著狄氏回了院子裡。

狄氏問道：「元祿如何了？不會耽誤到明日的秋闈吧？若是這次又耽擱了，只怕會打垮了他。」

「娘放心。」岑氏抱著寶珠坐下。「早上大夫來把過脈，說是已無大礙，面色也比昨日好多了，應該是不會耽誤了秋闈。」

狄氏點頭。「秋闈要好幾日，考場的環境又不好，我是怕他堅持不住。」

榮寶珠心想明日爹爹帶的水壺裡她也要給足了瓊漿才行。

婆媳倆又說了幾句話，狄氏道：「怕是妳也覺得這次的事情有點蹊蹺吧？說起來元祿前兩次耽誤科舉是迫不得已，若有第三次就有些不對勁了，我讓人查了好久都沒查出個原由來，這可真是怪異，怎麼好好的會突然出去見好友？這次的病也有些奇怪……」問題是，她們根本不清楚這次的病是不是天花，實在是有些無從下手。

岑氏看了懵懂的寶珠一眼。「娘，寶珠還在這兒，這些骯髒的事情還是不要讓她聽著了好。」

狄氏看了眼寶珠忍不住嘆氣。「我知道妳心疼她，這幾年你們對她的好我都看在眼裡，可她到底是個姑娘家，總要嫁人的，你們總不能養著她一輩子。妳只把好的教給她，把好的一面給她看，連這些骯髒事都不願意讓她知道，可她嫁人了該如何？嫁了人她就身不由己，她是咱們國公府最小的么女，日後嫁的肯定也是高門大戶的人家，這樣的人家哪能少得了通房小妾。後宅之中，肯定會有不少爭鬥，我是受夠了苦頭，所以不願意幾個孩子們的後院有那些小妾，可妳確定寶珠日後能碰到這麼開明的人家？能肯定寶珠和她夫君會一輩子恩恩愛愛的？」

岑氏面帶愁容，一時不能言語。

狄氏又接著道：「就跟妳公公一樣，原本不過是個鄉下泥腿子，運氣好，跟著先帝一路有了今日的成就，他為了家族娶我，可心到底還是在青梅竹馬身上。這些年他的偏袒妳也不是沒瞧見，女人能指望的只有自己，妳還不懂？」

「我懂的。」岑氏嘆氣，摸了摸寶珠的腦袋。「還是等她大一點我再教給她這些吧，現在她的年紀還小，讓她再多玩幾年。」

狄氏點頭。「她身子恢復得差不多了，等年後就跟著姊姊們一塊兒上課吧，不求她聰慧了得，只要能明辨是非就成。天花的事情我會派人繼續查，妳就別操心這個了，只管好好照顧著元祿就好。」

婆媳倆該說的都說得差不多後，岑氏抱著寶珠回去，路上一言不發。

榮寶珠當然聽得懂她們方才在說什麼，祖母說的是爹爹得天花的事情有古怪吧！因這會兒她才三歲多，前世的事情回想了半天仍舊沒個思路，想多了她就有些昏昏欲睡。

岑氏小心地抱著她回房，讓丫鬟們仔細照看著，又去了榮四老爺的院子。

榮四老爺明兒一早就要離開，這秋闈一共九日，吃喝拉撒都在貢院裡，好多人都是因為環境太苦而半途病倒被抬出貢院的。

翌日，榮寶珠天未亮就過去爹娘的院子裡。

岑氏還在替榮四老爺收拾東西，聽見寶珠過來，忍不住跟榮四老爺笑道：「瞧瞧你這閨女多貼心，天不亮就眼巴巴地跑過來送你了。」

榮四老爺抱起榮寶珠在她額前親了一口。「還是閨女貼心。」

榮寶珠也有樣學樣地在老爹臉頰上親了一口。「爹爹，您吃的喝的準備好了嗎？」

「妳還操心這個呀。」岑氏忍不住笑了起來。「王嬤嬤已經去準備了，妳好好待在旁邊就成。」

榮寶珠搖頭。「不成，我要去幫忙。」說著從榮四老爺身上扭下來，朝著小廚房跑去，妙玉笑咪咪地跟在她身後。

岑氏看著妙玉忍不住感嘆道：「妙玉是個福大的，臉上那麼深的刀疤竟已經好得差不多了，不仔細看根本瞧不出有什麼，怕是再過上一、兩月，連最後那一點印子也會消退了。」

榮四老爺點頭。「妙玉年紀也不小了，再過個兩、三年就要嫁人，她性子穩重，到時在府中替她尋個穩重的管事，她也好繼續伺候寶珠。」

岑氏笑道：「我也是如此打算。」

榮寶珠跑去小廚房時，王嬤嬤正在替榮四老爺準備乾糧。榮寶珠嘴甜地喊了人，又問道：「王嬤嬤，我爹爹的水壺可裝水了？我也來幫忙吧。」

王嬤嬤笑道：「這哪成，小主子趕緊歇著去吧。」

榮寶珠撒嬌。「王嬤嬤，您就讓我幫忙吧，我也想幫爹爹準備點東西。」

王嬤嬤不再堅持，讓丫鬟拿了水壺給寶珠，又指了指旁邊桌上涼著的白開水。「水在那邊，姑娘小心點。」又囑咐妙玉。「小心地看著小主子。」

榮寶珠趁丫鬟不注意，往水壺裡滴了兩滴瓊漿，又捧著杯子裡的水小心翼翼地往水壺裡面倒，奈何人太小，總是有些灑了出來，妙玉道：「姑娘，我來吧。」

反正瓊漿已經滴在水壺裡了，寶珠就讓妙玉幫了忙，又如法炮製地往另外一個水壺裡滴了兩滴。

時辰差不多的時候，榮府所有人都出來替榮四老爺送行。

榮大老爺笑道：「老四，大哥相信你這次肯定能拿個解元回來。」

榮二老爺也道：「可不是，四弟自幼就聰慧，這次肯定不會有問題。」

榮三老爺笑道：「四弟快些去吧，我們等你回來。」

榮四老爺這才帶著包袱離開榮府，寶珠看著爹爹出了大門，心裡也有些激動。送別完，大家便各自回房了，因岑氏還有事情要忙，榮寶珠就去老祖宗那邊，榮灩珠倒也挺想去討好老祖宗，但她還要去上課，只能眼巴巴地看著寶珠跟著老祖宗走了。

今兒因為榮四老爺順利去了秋闈，榮寶珠幹活就特別有勁，忙著給菜地鋤草澆水，菜地裡的小菜都冒出了頭來，嫩綠綠的菜芽兒，已經有巴掌那麼高了。

榮老娘怕寶珠累著了，拉過她坐在旁邊的籐椅上休息，一老一小望著菜地裡嫩油油的一片，榮老娘感慨。「真是塊好地方，菜種起來都長得特別快。」

榮寶珠也望著嫩油油的菜地，心裡高興得很，爹爹總算是順利參加秋闈，太好啦！

榮老娘繼續嘮叨。「再過十來天這小菜都能吃了，到時候摘了就給咱們寶珠嚐嚐鮮。」

「好呀。」寶珠使勁點頭。「還要給祖母跟伯母們送一些過去。」

榮老娘笑道：「我們家寶珠就是孝順。」

兩人高高興興地在菜地旁待了一上午，寶珠又陪著老祖宗用了午膳才回房休息。

申時，哥哥姊姊們下課後就過來陪著寶珠，榮琤也恢復了以往調皮的模樣，在寶珠的屋子裡待不住，就把她養的幾隻蛐蛐兒全部拿出去鬥了起來。

兩個小的沒心沒肺，榮琅、榮明珠跟榮海珠倒還是有些擔心自家爹爹在貢院如何了，只能暗自祈求上蒼，可千萬別再出事了才好。

九日時間在四房眼中真是度日如年，岑氏這幾日愣是瘦了一大圈，知道榮四老爺該回來了，立刻領著幾個孩子過去府門口等著。

國公府的大門很快被打開，岑氏一眼就瞧見了面色紅潤的榮元祿大步走了進來，這氣色竟然比前幾日還要好了些。

岑氏擦了把眼，帶著幾個孩子迎了上去。「老爺，你回來了。」

榮四老爺把手中的包袱遞給一旁的丫鬟，朝岑氏笑道：「讓娘子擔心了，娘子放心，我沒什麼大礙，考得也很順利。」

幾人一路朝前走，榮四老爺邊把這幾日的事情說了一遍，到貢院前都還沒什麼，就是進去的時候要接受御醫的檢查，畢竟這些日子又爆發了好幾例天花，總要檢查一番，省得有人感染上天花，在考試的時候爆發了。

榮四老爺道：「好在並無大礙，不過有幾人因為身體不適只能中斷了秋闈，實在可惜。說起來，我這幾日倒是吃得好、睡得好，精神氣十足，應試應得順手得很。」

榮四老爺在貢院裡考試的時候就覺得試題不算難，再加上總覺得身體裡有股用不完的勁兒，這九天都沒吃什麼苦頭，只不過從家裡帶的水喝完後，再喝貢院裡的水實在有些喝不習慣。

老祖宗說晚上要讓所有人一起聚一聚。這府中大大小小的主子一共二十四人，加上老姨娘也就二十五人。孩子們坐一桌，大人們坐一桌。

榮寶珠的左右兩邊是榮明珠跟榮海珠，對面則是榮灩珠，老祖宗發話大家就開動了。因榮寶珠跟榮灩珠年紀最小，兩人身邊都還有丫鬟伺候著，一桌子都是寶珠愛吃的菜，她吃得是興高采烈，完全忽略了對面榮灩珠正打量著她的神色。

榮灩珠覺得寶珠真的是挺蠢的，女孩子竟然完全不注意身材就這麼大吃大喝。可是她想不通為何自從寶珠提早醒來後，事情的發展就不一樣了。上輩子四叔明明耽誤了第三次秋闈，她不知是否因天花所致，也不敢肯定是爹爹所為，不過四叔上輩子的確是沒能參加此次的秋闈……難不成會有這樣的改變是跟七妹有關？

可是，再一瞧七妹那臉頰鼓鼓的樣子，榮灩珠就放棄了這個想法，想著或許只是巧合吧，再者她跟寶珠的命運都改變了，四叔的命運被改變也沒什麼好奇怪的。

自個兒的爹娘那麼不靠譜，榮灩珠覺得自己該找個靠山了，於是她將目光落在老祖宗身上，她是不敢指望狄氏的，她可是知道祖母有多恨老姨娘跟爹娘。

榮灩珠端起茶水起身來到榮老娘面前，擲地有聲地道：「老祖宗，灩珠敬你們一杯，祝福老祖宗身體健康，福如東海。」

榮老娘的臉都要笑成花了。「喲喲，我家灩珠可真懂事呀，怎麼就這麼貼心，真是惹得我這心呀都快化嘍！」

榮灩珠喝完茶水又讓丫鬟倒了一杯來到榮四老爺面前。「灩珠也敬四叔一杯，四叔這次一定能高中的。」

榮四老爺笑道：「真是體貼的好孩子，就借咱們灩珠吉言了，希望我這次能有個好成績。」

榮灩珠揚了揚頭，一臉的肯定。「四叔放心，四叔這次一定能高中，還會是一甲。」四叔上輩子挺著耽誤三次科舉的壓力都能中一甲的探花，這次的成績絕對會更好，考上狀元都不是沒有可能。

「妳這孩子。」高氏忍不住起身把榮灩珠拉到了她身邊。「妳四叔是聰明，可這一甲也不是那麼好中的，能中個三甲就不錯了。」

屋裡的氣氛頓時冷了些，高氏意識到自個兒說錯了話，訕笑道：「瞧我這嘴，我知道四弟聰明，我是說這丫頭的語氣太肯定了些……」高氏越描越黑。

榮老娘發話道：「好了，好了，妳快別開口了，盡說些掃興的話，連妳閨女都不如。」

榮灩珠也挺無奈的，覺得母親真是笨，她怎麼就生在二房這樣庶出的家裡呢，其實庶出也沒什麼，好歹妳就安分守己點，老實點，聰明點呀。

榮灩珠只能再強調一次。「娘，四叔真的會高中，到了殿試最不濟也會中探花，連狀元都不無可能。」

高氏真恨不得撬開女兒的腦子看看，前些日子還說她懂事了，現在又開始說昏話，這種事情哪能說得如此篤定，高氏忍不住道：「妳這丫頭片子怎就這麼確定？」

榮灩珠心中一動，道：「是真的，老祖宗、祖母、四叔、四嬸你們要相信我，這是我昨天晚上夢見的。我夢見菩薩跟我說四叔會高中，不過菩薩說得有些含糊，也不清楚到底是狀元、榜眼還是探花。」

老祖宗笑瞇了眼。「我家灩珠竟然入了菩薩的眼，這可是天大的福分呀。」

狄氏面上也有了些笑意，雖說二房的一對是討人嫌的，可這六姑娘說的話可真是討人喜歡。

這會兒榮寶珠實在吃不下了，擦了嘴巴，她當然也知道爹爹能高中。即使六姊重生後知曉這些，但會不會太招搖了？

真好。

榮寶珠窩在那兒看著六姊把一屋子人哄得開開心心的，忍不住自慚形穢，六姊的口才可真好。

榮海珠忍不住湊到榮寶珠面前悄悄地道：「瞧她這得瑟的樣子，也不知是不是糊弄人的。」

這話不小心被另外一側的榮明珠聽去，榮明珠低聲道：「好了，別說這樣的話，讓長輩們聽去就是我們沒理了。」

有了榮灩珠的插科打諢，一大家人看著倒也其樂融融，宴席散後已經是戌時末了。

榮寶珠平日都睡得很早，這會兒出了老祖宗的院子就忍不住在榮四老爺懷中打起了盹。

岑氏道：「要不我來抱著寶珠吧，你在貢院考了九日，也累著了，待會兒早點休息。」

榮四老爺笑道：「我不累，還是我來抱著吧，幾日沒瞧見寶珠了，我可想念得緊。」

旁邊跟著的榮海珠忍不住哼哼道：「爹爹，您就不想我們嗎？怎麼只想七妹呀。」

榮琤快言快語地道：「當然要想七妹了，想妳做甚，瞧妳這討人嫌的樣子。」

榮海珠立刻就追著榮琤要打他，惹得大家都笑了起來。

聽見他們打鬧，榮寶珠清醒了過來，跟著一塊兒笑。

爹娘跟哥哥姊姊們送寶珠回了院子，岑氏又交代丫鬟們仔細照顧著，這才都散了。

因為爹回來了，寶珠一夜好眠。

之後的半個月榮四老爺倒也不忙著看書，秋闈放榜後若是高中，至少要等到明年春天的時候才能參加春闈，決定不急在這一時半會兒用功，先養好身子再說。

榮寶珠每日過去陪陪爹娘再去老祖宗那兒幫著種菜，她們種的小菜已經熟了，各房都送去不少，都說比外面買來的好吃多了，吃著又嫩又香。

這半個月聽聞外面的天花已經控制住，不過三水村的傷亡很是慘重，沒幾個人活下來。寶珠聽聞這消息後很是傷心了一陣，她手裡的瓊漿應該能救人，不過一天就那麼幾滴的量，她花了好幾滴才讓爹爹康復，一天至多只能救下一人而已。可是她卻連這一人都不能救，因為她不可能跑去跟大家說出瓊漿的事情來，這等神奇的事，一旦被傳了出去，她根本難以安生。她是個膽小的人，還想好好活著，活得長長久久的，陪在父母和哥哥姊姊們身邊。

她也不是沒想過要把這事告訴爹娘，可猶豫來猶豫去，最後還是沒告訴他們。都說懷璧其罪，這東西知道的人一多，總是會招惹禍事，不如就捂得嚴嚴實實，她偷偷利用著把家人的身子養好就是了。

這幾天是桂花飄香的時節，也是秋闈放榜的日子，榮府上下都還挺擔心的，一大早就等著放榜的結果。一個多時辰後有人上門送了信，還是官府的人，不等那人開口，榮家人就知道榮四老爺這次應該是考了個好成績。

果然，那官員笑道：「真是恭喜國公爺了，你家四老爺可真是個有本事的，這次秋闈考了榜首。」又轉頭跟榮四老爺道：「榮解元，恭喜了。」

榮老爺子這會兒也露了笑臉。「不錯，老四是個有本事的。」

一家人道了謝，官員走後，狄氏笑道：「這可真是大喜事，我們家灩珠說的可能是真的。」

榮灩珠笑道：「祖母，我說的當然都是真的啦，四叔肯定會高中的。」

榮四老爺得了第一，榮老爺子本想宴請好友聚一聚，狄氏卻道：「還是不了吧，到底只是個解元，待日後真的高中了再宴請親朋好友也不遲。」

老祖宗也是這個意思，榮老爺子只得作罷，只讓府中自家人擺了宴，算是慶祝了一番。

第六章

晚上大家都休息後，岑氏跟榮四老爺也準備就寢，兩人說了些話。

岑氏道：「老爺，你莫要怪我多嘴，你生病的事情我總覺得有些蹊蹺，當初你第一次耽擱了秋闈我就覺得有些不對勁，怎麼這次又剛好快秋闈的時候病了？」

榮四老爺不是傻子，可這次生病他自己都還沒搞懂是怎麼回事。他的確接觸過那個好友，也找人打聽過，好友在跟他見面後沒兩天就罹患了天花，聽說這會兒已經身故了。可他的病看起來又不是天花，是天花的話怎麼可能好得這麼快。

榮四老爺道：「可找人調查了？」

岑氏點頭。「娘已經找人查過，卻查不出什麼來，這事怕是難了。」

榮四老爺道：「放寬心吧，若真是府中之人所為，總會露出馬腳來的，不過日後大家都小心些，妳記得仔細照看著寶珠，別傷了她就好。」

岑氏點頭。「寶珠這丫頭又聽話又乖巧，我真是心疼死她了。娘說等年後就讓她跟姊姊們一塊兒上課，又讓我早些教給她一些後宅的事。」

「娘這話說得不錯。」榮四老爺倒是挺贊同的。「不過還是等寶珠大一些再教她那些庶務跟後宅的事情吧，她終究是要嫁人的，總不能嫁人的時候對這些還是一無所知，這樣會害了她。」

岑氏悠悠嘆了口氣，若是有可能，她是真希望寶珠能天真快樂地活一輩子。

榮四老爺中了解元，雖沒宴請親朋好友，但已經出嫁的榮姑太太聽聞後就帶著兩個孩子回來看榮四老爺。

這榮姑太太比榮四老爺大上兩歲，也是自狄氏肚子裡出來的，且還是唯一一位姑娘，沒出嫁的時候狄氏寵得緊，最後嫁的人家也真是門當戶對，是輔國公家的嫡長子，季大老爺。

輔國公在京城也是相當顯赫的存在，當年昏君當道，國家大亂，百姓苦不堪言，先帝帶頭造反，那時候先帝年紀不大，比鎮國公還小幾歲，幾年後終於平定天下，跟著先帝的那一批人自然全都被封了官或者爵位。

輔國公並不是跟著先帝平定天下的那一批人，而是京城百年世家中的人。當時先帝挑了季家的嫡長女季言芳做了妃子，還給季家家主封了個輔國公。老輔國公跟先帝先後過世，現在繼承爵位的人是當今太后季言芳的親弟弟。

據說先帝是個風流人物，不僅娶了季言芳，沒幾年還娶了季言芳一母同胞的親妹妹季言玉。不過要說風流，似乎也不盡然，除了這兩位妃子，先帝後宮也沒幾個女人了。

先帝這一輩子都沒立后，只有季言芳給他生了五個兒子，不過前面三個都夭折了，所以現在的皇上不過二十歲的模樣，小的那個才十歲左右，這小的便是趙宸，寶珠前世嫁的親王。

至於季言玉就沒那麼好運了，據說她生孩子的時候難產，一屍兩命。只剩下季言芳活到先帝去年駕崩的時候，榮升成太后。

榮姑太太嫁的季大老爺，就是太后的親姪子。就連現在的皇后都是季家姑娘，可見這季家如今有多富貴了，說起來輔國公的名頭肯定是比鎮國公的名頭響亮。

狄氏疼愛榮姑太太，按理說輔國公這樣的人家又跟皇室扯上關係，後宅肯定不大安穩，狄氏其實是不願意讓唯一的女兒嫁過去的，奈何榮姑太太跟季大老爺是兩情相悅，非要在一起，狄氏才勉強應了。

可榮姑太太嫁給季大老爺已經十年，這十年間卻只生下兩個女兒，因此婆婆往她夫君房裡塞了不少妾室，好在季大老爺一心一意對她，將國公夫人塞的妾室一律推了回去。

外面的小丫鬟們還在悄聲說著：「姑太太也真是可憐，生下兩個姑娘後就傷了身子，這幾年都不曾有過身孕。」

以上，都是榮寶珠睡得迷迷糊糊時聽丫鬟們說的，丫鬟們說得起勁，顯然沒注意到小主子已經醒了。這些事情寶珠上輩子並不是很瞭解，只知道姑母嫁給季家而已，季家是太后跟皇后的娘家，她又嫁給趙宸，算是有些沾親帶故。

不過榮寶珠清楚記得，她上輩子醒來的時候姑母已經不在人世了，到底是怎麼過世的她也不清楚，只聽娘很是遺憾地說過她連姑母都沒見過。

說起來上次鎮國公壽辰，姑母剛好病著就沒來，所以沒見著面，沒想到姑母今天竟然過來了。

搖了搖床頭的鈴鐺，外面小聲說話的兩個丫鬟鐵蘭和石竹終於住了口。兩個小丫鬟倒是不怎麼擔心寶珠的反應，她們在門外說話的聲音小，小主子應該不會聽見。

鐵蘭去叫了隔壁的妙玉和碧玉跟另外兩個二等丫鬟，石竹則先進去伺候，哪知一進去就見榮寶珠半撐著身子問道：「姑母來了嗎？」

石竹嚇了一跳，沒想到她方才跟鐵蘭在房外說的悄悄話都給七姑娘聽去了。

寶珠繼續道：「不礙事的，妳跟我說說。」她不是故意想聽，只是每天都用瓊漿之後，眼睛看得比以往清楚，耳朵好像也比以前靈敏了，小丫鬟們在房外說的悄悄話她都能聽見。

石竹這才道：「回七姑娘的話，是姑太太回來了，這會兒應該是在夫人那邊。」

正說著，妙玉跟碧玉已經進來，妙玉笑道：「姑娘，您起來了，太太說若是姑娘醒了就過去看看姑太太。」

榮寶珠乖巧地讓丫鬟們幫著穿衣梳洗，妙玉這才帶著她先過去岑氏那邊。

榮寶珠過去岑氏那邊後，對於未見過面的姑母很是好奇，忍不住問道：「娘，我們還不過去看姑母嗎？」

岑氏笑道：「再等一會兒，妳姑母現在正跟妳祖母說話，咱們不便打擾。」

寶珠似懂非懂地點了點頭。

狄氏的確正跟榮元婧說著話，狄氏對這唯一的女兒寵愛得緊，可女兒現在這種尷尬的處境，實在讓她心疼得慌。

「元婧，不是娘說妳，若是可以，妳勸勸姑爺，讓他納一房妾室，生了孩子後就留在妳身邊，不然能怎麼辦？妳生二丫頭的時候傷了身子，這輩子怕是都不能再懷上了。姑爺是輔國公的嫡出長子，將來要繼承爵位，豈能沒有兒子。」

榮姑太太哭到眼睛都快腫了。「娘，我知道的，我也勸過夫君，奈何他就是不肯納妾，這幾年婆婆越發不待見我，夫君若是不在，她便處處為難我。昨兒甚至還說要求到皇后那去，讓皇上下旨休了我，再給夫君找一門親事。我想著夫君待我再好，這日子也沒法過了。」

狄氏心裡也難受得厲害。「妳婆婆是皇后的親娘，皇上的丈母娘，太后還是妳婆婆的大姑子，妳婆婆傲然一點也是正常的。縱使妳是出生在國公府這樣的人家，在妳婆婆眼中依然是不夠看，當年我就跟妳說過……」看女兒哭得越發難受，狄氏不想揭她傷疤，只嘆氣道：「說起來這事根本怪不得妳婆婆，如今是妳生不出來了，妳只能回去好好勸勸姑爺，等他納了妾，生了男孩抱在妳名下。妳從小就養著那孩子的話，到時候那孩子肯定是會跟妳親的，如此妳這輩子也算是有個依靠。」

榮元婧豈不知，她已經勸說過了好多次，可老爺是真心對她，堅持不肯納妾。

狄氏不好再說什麼，轉移了話題。「好了，妳快別哭了，我讓丫鬟給妳打水淨面，待會兒妳幾個嫂嫂跟弟妹要過來看妳，剛好妳也瞧瞧寶珠，那丫頭前些日子醒了，可真是招人疼。」

榮元婧止住了哭聲，用帕子擦了擦淚水。「我早就聽說那丫頭醒了，這些日子一直沒來看她，弟妹不會怪我這個做姑母的吧。」

「自然是不會。」狄氏一邊說著一邊讓丫鬟下去打水。「妳弟妹是個明事理的人，她知道妳的情況，肯定不會怪妳。」

趁著榮元婧淨面的期間，狄氏就把幾房的太太們給叫了過來，這會兒除了寶珠，其他孩子們都在上課。

榮元婧見到寶珠那一刻，心都軟了，方才的傷心和煩悶一掃而空。「這就是寶珠吧，來，快過來給姑母抱抱，這丫頭，可真是心疼死人了。」

榮寶珠瞧著姑母是這麼隨和的人，心裡的緊張立刻就沒了，笑咪咪地投到榮元婧的懷中，乖巧地叫了聲姑母。

榮元婧第一次瞧見這個受了不少苦頭才醒來的姪女，心裡也疼愛得緊，給了她不少好東西，又把自個兒的兩個女兒叫進來介紹給寶珠。「寶珠，她們是妳的表姊，這是大表姊季鳳嬋，這是二表姊季秀嬋。」

榮寶珠又乖乖地叫了表姊，榮元婧的兩個女兒，年長的已經快十歲了，比榮琅還要大幾個月，小的也快六歲了。兩個女兒都被她養得很好，很有教養，不過季秀嬋性格稍微有些害羞，聽見寶珠喊她表姊還會臉紅。

大人們要說話，就讓丫鬟們帶著三個姑娘去外間玩。

榮寶珠有點心不在焉，她在想上輩子她醒過來之前，姑母到底是什麼原因而過世的？她隱約記得娘提過一句「這般年紀輕輕的就不在了，真是可憐了兩個姑娘」。

這意思是姑母之後就沒有再懷過身子了吧？是因為沒有生下兒子，最後鬱鬱寡歡而亡嗎？

她一見這姑母就喜歡，可不希望姑母跟上輩子一樣早早就過世了，就是不知道自己的瓊漿對姑母有沒有幫助，要是有的話，姑母能夠再次懷上身子，那麼之後的命運是不是也會發生改變？不管如何，試試也是可以的，若真能行，還能救姑母一命。

榮寶珠跟兩個表姊在外間玩了會兒，就說要進去陪著姑母。

進了屋子，榮寶珠親手端了杯茶，偷偷往裡面滴了兩滴瓊漿，捧著茶杯小心翼翼地走到榮元婧面前。「姑母，您喝茶。」

「我家寶珠可真是懂事。」榮元婧太喜歡可愛乖巧的寶珠了，自然特給面子地喝了一口，這一喝發現味道很是不錯，明明是同一個茶壺倒出來的水，味道卻比方才喝的茶水甘甜許多，或許因為是小姪女親手沏的茶，自己才會覺得味道格外好吧。

不一會兒，榮元婧就把一杯茶水喝了個精光，茶杯暫且放在一邊，抱起寶珠。

榮寶珠依偎在榮元婧懷中。「姑母，寶珠都沒怎麼見過您，您在家裡多陪陪寶珠好嗎？」

狄氏也有心留女兒幾天，聽聞寶珠這麼說不由得點頭。「反正妳待在婆家心情也不好，不如就趁著這機會在家裡多留幾天可好？」

榮元婧也不願早回去碰見那個時時給她白眼的婆婆，想了想就點頭同意了。

榮姑太太回來了，晚上榮家人自然要聚一聚，最後選在榮老娘的院子裡擺宴，這次小輩們的桌上多了季鳳嬋和季秀嬋兩位姑娘，大的幾個孩子跟兩位姑娘早有過接觸，彼此之間都很熟稔。

這會兒菜都還沒上來，還能閒聊幾句，兩位表姑娘顯然最疼寶珠，大表姑娘坐在她旁邊逗她笑，小表姑娘的性子則沈悶些，只是坐在旁邊捂嘴偷笑。

榮灩珠偷偷瞄了一眼榮姑太太，她知道上輩子這姑母因為生不了孩子，又遭受婆婆的打壓，一直鬱鬱寡歡，最後得病身亡，也真夠可憐的。不過這姑母嫁的很不錯，姑父待她又是真心好，可惜架不住姑母自己有心結。

趙宸是姑父的表弟，寶珠上輩子嫁給他後，這輩分說起來還真混亂得很。

榮灩珠捧著茶上前敬了榮姑太太一杯茶水，榮元婧並不是很喜歡母親口中這個突然聰明起來又變得懂事的姪女，只因她不喜二房。二哥這人是姨娘肚子裡出來的，姨娘又總是一副楚楚可憐的樣子欺負著母親，她自然對二哥沒有好感。至於二嫂，也是個蠢的。

不過再不喜灩珠，榮元婧還是笑咪咪地讚了一句。「咱們家灩珠真懂事。」抿了一口灩珠敬的茶水。

榮灩珠看得出來姑母對她不甚喜愛，倒也不再表現什麼，乖巧地回到了座位上。

榮元婧朝榮四老爺道：「四弟你自幼聰明，明年春闈肯定是不成問題的，不過你要好好注意身子，我聽娘說你這次秋闈差點耽擱了。」

榮四老爺點頭。「姊姊說的是。」

榮元婧繼續道：「春闈過後不久就是殿試了，皇上剛登基一年，正是最重用人才的時候，待你高中進了翰林院更要努力，莫要心生傲氣才是。」

榮大老爺笑道：「妹妹，妳這話說的，四弟可不是這樣的人。」

狄氏跟著笑，榮老爺子看著心情很不錯，問了榮元婧不少事情，也勸說了幾句，讓她放寬心些。

用了宴，狄氏安排榮元婧跟兩個表姑娘住了下來，這一住就是好幾日的時間。

榮寶珠每日都會過來跟姑母說幾句話，乘機把瓊漿滴在茶水裡讓姑母喝掉，每日約莫給姑母用上三、四滴的瓊漿。

榮元婧越發喜歡寶珠了，覺得這孩子品行純良，嬌憨可愛。

榮寶珠過去姑母院子的次數多了，跟兩個表姊也越發熟稔，兩個表姊非常喜歡她，就連性子內向的季秀嬋跟她說的話也多了起來。姑娘們能玩的東西不多，對男孩們玩的東西她們挺感興趣的，所以寶珠房裡的蛐蛐經常被她們拿來玩。

榮寶珠瞧見她們喜歡玩蛐蛐，不由道：「表姊，我這裡的蛐蛐很多，要不妳們帶兩隻回去玩如何？這些蛐蛐都是五哥給我的，養得可好了，五哥說它們打遍天下無敵手！」

季秀嬋捂嘴偷笑，季鳳嬋則搖頭，有些羨慕地看了寶珠一眼。「我們就不帶回去玩了，我跟妹妹年紀大了，若是再玩這些東西會被祖母說的。說我們倒也沒什麼，就怕祖母又說娘不好好教我們，玩物喪志。」

榮寶珠越發覺得姑母可憐了。

兩個表姊既然不要，她也就不再勉強。

榮元婧帶著兩個孩子在娘家住了七、八天，最後是季大老爺過來接走她們的，她們走的時候榮寶珠覺得很捨不得。

榮姑太太在季家的日子是真不好過，妯娌和婆婆的嘲諷，還有自身無法生育的壓力，都讓她苦不堪言。

晚上休息的時候，季大老爺將她摟在懷中。「元婧，我說過，這輩子只娶妳一個，不會有其他的女人。不管如何，就算咱們真的只有鳳嬋和秀嬋兩個丫頭，我也不會納妾的。」

榮元婧苦笑道：「老爺，算了吧，我想清楚了，等你納了妾，生下孩子後就養在我的身邊，我會拿他當親生孩子來疼愛，總不能讓你無後繼承這家業。」

「不成，我說過的話一定會算數，且大夫也說過妳的身子不是沒有復原的可能，只要妳好好調養，肯定沒問題的。」

榮元婧道：「老爺，那咱們就來約定，一年，若是一年之後我還沒有懷上，你就納一房妾吧，這樣對大家都好。」

季大老爺嘆了口氣，不再說話。

不只季家惦記著這事，榮家亦是如此，就連菀娘也惦記上這事了。

晚上伺候過榮老爺子後，菀娘懶散地趴在他身側，巧笑倩兮，提議將自己娘家的一個姪女陳巧蓮送到輔國公府好幫襯著榮元婧。

榮老爺子想了想便答應了下來，菀娘又乘機提出要先接陳巧蓮進府，他也應允了。

狄氏等人都沒有給陳巧蓮好臉色看，但是這個姑娘看上去卻特別溫順，就算被送到了老祖宗那裡，被使喚著做這做那，依舊還是一副溫順的模樣。

菀娘想把陳巧蓮送到輔國公府去，但因那一年之約只好讓她繼續留在老祖宗身邊。

榮寶珠常去老祖宗跟前，覺察到了陳巧蓮對自己的討好，當下心中就起了警惕。

天氣轉涼後，京城的天花疫病就徹底過去了，京城中的人這才又開始應酬了起來，鎮國公府這樣的人家隔上兩、三月就要宴請京城裡的夫人太太們來做客，聯絡聯絡感情。

榮寶珠本想著去陪陪爹爹，卻不想在榮四老爺院子裡遇到精心打扮了一番的陳巧蓮，一問是老祖宗身子不適，所以過來請榮四老爺去看看老祖宗。榮寶珠感到有些不對勁，知道這個陳巧蓮是在打自己爹爹的主意。

榮四老爺帶著榮寶珠跟著陳巧蓮一起去看了老祖宗，幸好沒有什麼大事，只是陳巧蓮卻趁著這個機會想要勾引他，結果被榮四老爺識破，帶著寶珠趕緊離開了。

岑氏得知此事，惱火得不行，心中卻是有了思量。

過沒兩天，府中出了件丟人的大事。

陳巧蓮跟榮二老爺廝混在一起了，這事還是高氏最先發現的。這下子鬧了個雞飛狗跳，礙於榮家的家規，最後高氏沒有答應讓陳巧蓮做小，而是將人嫁給了府中張嬤嬤的兒子。

後來傳到了陳家人耳中，上門又是一陣鬧，最後菀娘無奈，用了一間宅子跟一間鋪子才把自家兄弟給打發走了。

這事就算這麼過去了，榮家也恢復了一派平和，除了菀娘大病了一場，大家每日該怎樣還是怎樣。寶珠每天先去老祖宗那裡請安，再去老爹的院子裡蹓躂，哥哥姊姊們繼續上課，各房妯娌相處之間還算和睦，高氏很快就把陳巧蓮的事情給忘記了，每日該怎麼跟岑氏說話還是怎麼說，背地裡倒是經常罵狄氏跟其他幾房的。

榮灩珠早就習慣了高氏每日的咒罵，這會兒她還有些百思不得其解，她記得陳巧蓮上輩子好像是跟大房扯上了關係，後來好一陣雞飛狗跳，不過上輩子四叔耽誤了秋闈，想必老姨太那時候還沒看上四房吧。

這輩子跟上輩子的事情有越來越多的偏差，榮灩珠已經漸漸習慣了。

天氣越發冷了，轉眼已十二月，榮府上下的冬衣都發了下來，四房的主子們除了府中分例的冬衣，岑氏還讓御衣閣的人額外做了幾件冬衣，尤其榮寶珠的比其他人要多上好幾套。

早上剛起來那會兒特冷，榮寶珠又窩在錦衾裡不肯起來，裹著錦衾左滾右滾的，四房上到老爺太太、姑娘少爺，下到丫鬟都疼著這個嬌憨天真的小姑娘，丫鬟們都不忍心叫她起床，幾人站在屏風外繼續等著。

榮寶珠這才有些不好意思繼續睡下去，讓丫鬟們進來伺候她起床。

穿衣梳洗打扮好後，妙玉捧著一盅紅棗桂花茶進來。「七姑娘，這是早上才燉好的紅棗茶，您趁熱喝了吧，喝了身上就暖和了，而且女孩子從小就該多喝點暖胃的東西，這剛燉好的紅棗最是暖胃。」

榮寶珠乖乖地喝了茶，身上果然暖和多了，就領著妙玉跟芳玉過去岑氏那邊。

今兒是初一，每逢初一跟十五各房的人都要去給老祖宗請安，岑氏一早就起來等著女兒，待榮琅、榮琤、榮明珠跟榮海珠都過來了，岑氏這才領著孩子們過去老祖宗的院子裡。

路上風大，岑氏時不時摸摸寶珠的手心，瞧是熱呼呼的才作罷。

一進了老祖宗的屋子裡，狄氏已經在那，這會兒眼睛都紅了，顯然是跟老祖宗說了什麼，其餘幾房也都才到，顯然還不明白是什麼情況。

岑氏一時也不敢上前多問什麼，倒是榮寶珠沒有那麼多想法，只曉得祖母哭了，以為祖母是遇見了什麼傷心事，忙邁著小腿來到狄氏身邊擔心地問了起來。「祖母，您怎麼了？有人惹您傷心了嗎？」

狄氏順勢抱起寶珠，用帕子擦了擦眼淚。「都趕緊坐下吧，讓你們看了笑話，不是什麼壞事，是件喜事。」

大家這才放心，都坐下來，魏氏笑問：「是什麼樣的喜事讓娘在老祖宗面前都忍不住哭了起來？」

榮老娘笑得嘴都合不攏了。「是喜事，是件大喜事啊。」

狄氏已經接著道：「是元婧的喜事，季府傳消息過來，說是元婧有了身子，已經兩個多月了。」

眾人歡喜，這可真是大喜事啊，寶珠心裡也高興壞了，姑母終於懷上啦！如今距離姑母回去也快三個月，看來是瓊漿發揮了效用，治好了姑母的身子。

魏氏笑道：「可真是老天保佑，這真是天大的喜事啊。」

狄氏又忍不住落了淚，她盼著女兒肚子再鼓起來實在是盼太久了。

幾個兒媳都勸說起來，只有高氏嘴上說著恭喜的話，心裡卻忍不住惡毒地想著能否生下來都不知，不知道在高興些什麼。

在場的孩子們都不小也懂事了，知道姑母懷了身子，心裡都為姑母高興，只有榮灩珠是一副呆呆的模樣。

榮灩珠覺得這事實在是太詭異了，別人的命運被改變或許沒什麼好奇怪的，有時候一件事情的改變就能使人的命運發生翻天覆地的變化。可她明明記得上輩子姑母的身子因為難產毀得差不多，根本不可能懷上身孕的，莫不是季家的人搞錯了？

這種掃興的事情榮灩珠當然不可能說出口，只能跟著說恭喜。

狄氏笑道：「元婧說了，現在還不滿三個月，不便大肆宣揚，等過了頭三月再接我們過去季府做客。這丫頭也是個心大的，信上跟我說她月事已經兩個月未來，她自個兒都還不知曉是懷上了，還是用膳的時候噁心，姑爺怕她身子出了問題，就請了大夫來瞧瞧，這一瞧，就瞧出喜事來了。」

岑氏笑道：「姑奶奶可真是糊塗，幸好沒什麼大礙。」

狄氏點頭，又忍不住念叨了女兒兩句。

請了安，大家都各自回去，只留下榮寶珠在老祖宗跟前一起用膳。

用過膳後，榮寶珠跟榮老娘去把地翻了翻，裡面種上不少冬季時蔬，這會兒差不多能吃了，寶珠因為知道姑母懷了身子，幹活起勁許多，不一會兒身上就暖呼呼的。

榮老娘顯然有心事，坐在籐椅上一動不動地盯著寶珠幹活。

過了一會兒，榮寶珠被盯得有些受不住了，跑到榮老娘前面。「老祖宗，您這是怎麼了？」

榮老娘嘆息一聲，疼惜的目光落在她身上。「姑娘好呀，姑娘貼心呀，可妳姑母已經有兩個姑娘了，若是這次再生個姑娘可怎麼辦呀。」

原來老祖宗愁的是這事情，寶珠這會兒也高興不起來了。是呀，姑母年紀不小了，姑父又是要承爵的人，總要生個男孩的，要是姑母生了男孩，日子肯定能好過很多，日子好過了，姑母興許就不會跟上輩子一樣早早就過世。

其實不只這一老一小擔心，狄氏跟大房、三房和四房的太太也都擔心著。

好在一個月的時間很快就過去了，等到天冷得透骨的時候，狄氏打算帶著兒媳過去季府看女兒。

因魏氏要忙著府裡的庶務與照看老祖宗，考量到二房的高氏是個不靠譜的，狄氏只帶了駱氏跟岑氏還有寶珠一塊兒去了季府。

這次去季府，輔國公夫人的態度和之前真是大大的不同，對榮家女眷親熱了不少，親自在門口迎接幾人進去。

輔國公夫人把她們迎到了榮元婧的院子裡，又笑道：「元婧這些日子胃口不好，妳們自家人說說話，多陪陪她，我就不打擾妳們了。」

狄氏笑道：「真是麻煩親家夫人了。」

輔國公夫人把她們送到榮元婧的房間後就離開了。

榮元婧得知她們過來很是歡喜，拉著狄氏笑道：「母親，妳們來了，快些坐下吧。」又讓丫鬟送了茶水和點心上來。

狄氏坐下後笑道：「我看妳婆婆對妳還挺好，方才還是她送我們過來的。」

榮元婧笑道：「婆婆知道我懷了身孕後就變了態度，如今對我是很好。」

狄氏點頭。「那就好，說起來妳婆婆不是壞人，之前還不是因為妳肚子不爭氣，這時懷上了自然就好。」狄氏說著瞄了兩眼榮元婧微微隆起的肚子，笑道：「妳這肚子看著倒像是個男孩。」

榮元婧伸手撫了撫肚子，輕笑道：「這胎若是女兒也無妨，都是我的孩子，我都愛著，大不了就給老爺納妾就是了。」

狄氏鬆了口氣。「想開了是好事，不過妳也別急，妳身子好了，能自己懷就自己懷。」

榮元婧點頭，又跟嫂子和弟妹說了幾句話，拉著寶珠逗弄了幾句，忍不住笑道：「這小丫頭又胖了，都快成胖丫頭啦。寶珠呀，姑母跟妳說，妳要少吃些，吃太多，越來越胖，長大後可是會嫁不出去的。」

寶珠愁眉苦臉地轉頭看祖母跟娘親，狄氏笑道：「好了，妳快別逗她了，這丫頭傻乎乎的，回去當真了可怎麼辦。她身子才好，自然要多吃些，等再過幾年抽條了就好了，妳瞧瞧咱們榮家哪有個胖的……」說著輕拍了拍寶珠的小胖手。「小丫頭別擔心了，就該多吃點，等長大了，咱們就漂亮了是不是？」

寶珠糾結地點了點頭，她也想讓自己漂漂亮亮的，可一頓不吃餓得慌啊，不知不覺就長了這許多肉了。

岑氏卻很愛她胖嘟嘟的模樣，笑咪咪道：「胖點才好，我就愛我家寶珠這模樣。」

其實說到底寶珠也沒多胖，就是比幾個姊姊要稍微肉了點，皮膚粉嫩粉嫩的，五官長得也不錯，雖然比不上姊姊們的美，卻很是可愛。

聽幾人逗弄著寶珠說話，過了會兒，榮元婧忽然對狄氏和岑氏道：「娘，弟妹，我有件事情要跟妳們先提個醒。再過幾日不是太后的壽辰嗎？到時候妳們肯定是要進宮拜壽的，我聽婆婆說，太后似乎想看看寶珠，可能會讓妳們帶著寶珠進宮去。」

狄氏疑惑道：「寶珠不過是個小丫頭而已，平日裡更是沒抱出門過，太后怎麼會想起她來了？」

太后這人她們不甚瞭解，卻也知道能在後宮活下來還把兩個皇子撫養成人，一個兒子登上帝位，自個兒也坐上太后位置的，肯定不會是多麼簡單的人，可太后怎麼對寶珠感興趣了？

榮寶珠原本已經在打盹了，一聽要進宮，整個人激靈了一下，徹底從岑氏懷中清醒了過來，眨巴著大眼睛看姑母。

這好好的怎麼要進宮去呀？她記得這時候蜀王還沒有自己的府邸，仍住在宮裡，她可不想碰見蜀王。

榮元婧瞧見寶珠看著她，不由得笑道：「寶珠這是聽懂了？知道要進宮去了嗎？」

榮寶珠點頭，沮喪地問：「姑母，能不能不去呀？」

榮元婧逗她。「寶珠不想去嗎？妳要知道這可是天大的榮耀，若是被太后瞧中了，說不定還能指給小皇子做小妃子。」

她上輩子連個親王都搞不定，完全不想再跟皇室有什麼關係了，更何況她知道皇子是個不學無術的紈袴，上輩子沒少幹壞事，想來現在肯定是個小混蛋了，萬一她去宮裡被欺負了可怎麼辦呀。

上輩子，皇上子嗣單薄，只有一雙兒女，女兒是季家皇后所出，兒子是德妃所出。皇上還是太子的時候，皇后跟德妃就跟在他身邊了，兒女也都是那時候生下的，皇上對他們寵愛得很。

算算年紀的話，這皇子跟公主的年紀應該和寶珠相當。

榮寶珠這會兒頭疼得很，她完全不想進宮去，該找什麼藉口呀。

幾個大人倒不是很擔心，就算太后到時候真不喜歡寶珠也不會做出什麼事情來，他們榮家在京城也算是有根基的人家，太后不會為了一個小女孩去得罪榮家，更何況太后也不會無緣無故為難一名小姑娘。

狄氏又交代了榮元婧一些話，這才帶著駱氏、岑氏和寶珠回去了。

一路上榮寶珠有些無精打采，頭歪在岑氏身上想著法子，過了會兒，她扯了扯岑氏的衣袖道：「娘，去宮裡的時候我能不能不去呀？」

岑氏笑道：「寶珠為什麼不想去宮裡？妳還沒出去玩過呢，不想去宮裡看看嗎？」

榮寶珠糾結道：「去宮裡肯定很早就要起床了，我起不來呀。」

岑氏忍不住低頭親了親女兒的額頭。「真是孩子氣。」能不能去宮裡可不是她說了算。

過了兩天，榮老爺子早朝回來後就跟狄氏說了這事。「太后壽辰那日，妳們記得把寶珠帶上，皇上方才交代過我了，說是太后想瞧瞧寶珠。」

狄氏點頭應下。

榮寶珠得知後欲哭無淚。

第七章

到了進宮那日，榮寶珠躲在錦衾裡不肯起來，嚷道：「冷嘛，好冷呀，不想去呀。」妙玉哭笑不得。「姑娘，趕緊起來吧，可別耽誤了時辰。」

過了會兒，岑氏也來了，得知寶珠還窩在床上不肯起來，被氣笑了，上前在床頭坐了下來。「寶珠，快起來吧，耽誤了時辰咱們榮家可都要被罰的。」

一聽這個，榮寶珠再不情願也只能從錦衾裡爬了出來，一邊碎碎唸。「可千萬不要碰見了……可千萬不要碰見了……」

她說話的聲音太小，岑氏根本聽不清楚。「妳這丫頭，念叨什麼呢。」

今兒是太后的壽辰，小孩子穿得喜慶些倒也沒什麼，不過大紅色得避免，於是岑氏給寶珠穿了一身海棠色的小襖子，頭上紮成小姑娘們常見的雙苞頭。這些日子寶珠的頭髮養得又黑又濃密，摸著跟上好的絲綢一般，順滑柔軟。這樣一打扮，寶珠雖然比不上灩珠的美，卻也是嬌憨動人。岑氏是越看越喜歡，吧唧吧唧在寶珠的臉蛋上親了兩口。

今兒進宮的除了狄氏跟榮老爺子，還有其他幾房的老爺和太太們。

榮灩珠知道榮寶珠要跟著一起進宮的時候，很是羨慕了一番。近水樓臺先得月啊！她怎麼就沒這麼好的機會呀。

榮家女眷一輛馬車，男人們則搭另一輛馬車朝著宮裡駛去。

此時，榮寶珠正靠在岑氏懷中閉眼休息。

狄氏道：「可憐我們寶珠一大早就起來了，都沒睡好，趕緊讓她好好歇會兒，這距離進宮還有大半個時辰。」

榮寶珠其實根本沒睡，她心裡緊張呀，太后壽辰，趙宸肯定在，這都要碰上前世夫君了，她不緊張才怪。不對！是怕，她挺怕趙宸的。

榮寶珠腦子裡渾渾噩噩地想著一大堆嚇人的後果：要是蜀王也重生了可怎麼辦呀？要是再被太后看中說給蜀王了可怎麼辦呀……哎呀，真是頭疼呀。

她就這麼一路頭疼地到了皇宮裡，看著這氣派豪華、富麗堂皇的皇宮，榮寶珠就猶如進了上輩子的王府後宅一樣，渾身都不自在起來。

岑氏以為是女兒第一次來宮裡有些不習慣，把她往懷裡攏了攏。

兩輛馬車很快就在皇宮裡停了，榮家一行人從馬車上下來，立刻有太監上前迎著他們朝壽宴的大殿走去。

壽宴是在太后的長樂宮舉辦，除了皇室宗族外還有不少勛貴人家參加，榮家人到的時候，大殿前已經來了好多人。每個人都有特定的位子，由著宮女、太監帶著他們到位子上坐好。

因為是太后的壽辰，沒有男女分席，榮家人還是坐在一起，鎮國公榮老爺子坐在最前面的位子上，狄氏挨著他坐著，身後依次是榮家的四位老爺和太太們，榮寶珠則被岑氏抱在懷中。

榮寶珠一直乖巧地待在岑氏懷裡，不敢抬頭亂看，等人都到齊了，皇上在上邊例行講了幾句話，祝福太后壽辰，宴會就正式開始。

一開始自然是各人送上賀禮和祝福，很快就輪到榮家人，先是鎮國公帶著狄氏上前祝賀，太后笑道：「前些日子聽說府中的七姑娘醒了，哀家可是記得你們榮家的女兒家個個都優秀得很，就這七姑娘哀家還沒見過，讓你們領了七姑娘進宮來給哀家瞧瞧，你們可不要嫌哀家麻煩呀。」

狄氏微微福了福身子，笑道：「能得太后的看中是寶珠的福氣。」

太后朝岑氏那邊招了招手。「快讓妳家兒媳領著七姑娘上前給哀家瞧瞧吧。」

岑氏得了話，這才抱著寶珠來到大殿前跪了下來。「臣婦參見太后，太后娘娘福壽安康，笑顏永駐。」

太后笑道：「好，好，快起來吧！來，寶珠，把頭抬起來給哀家瞧瞧。」

榮寶珠這會兒緊張了，她上輩子沒少跟太后打交道，可是知道這太后根本不像表面這樣慈祥，聽她這麼笑，寶珠身上的雞皮疙瘩都起來了，卻也只能乖乖地抬頭朝太后奶聲奶氣地道：「給太后請安，太后福如東海……壽比南山……」

一句話說得磕磕巴巴的，看來真的是如傳聞中一樣，就算清醒了也是個愚笨的，這樣一來，她也就放心了，只要日後繼續這樣長下去就好。

太后滿意地點了點頭，笑道：「長得是個有福氣的。」說著從手腕上取下一對嵌寶石雙龍紋金鐲遞給了寶珠。「這是哀家經常戴的，哀家與妳有緣，就送給妳這小丫頭了。」

太后賞賜的東西當然是不能拒絕的，榮寶珠捧著手鐲乖巧地道了謝。

才剛說完，旁邊響起了一個小男孩的聲音。「妳叫寶珠嗎？長得可真是圓滾滾的。」一副嫌棄的口氣。

榮寶珠聽見聲音抬頭望去，瞧見一個穿著明黃色衣服的小小身影，立刻又把頭低了下去。既然是小皇子，她就當被狗咬了一口好了，不與他計較。

「天瑞，你這孩子懂什麼，寶珠這是有福氣。」太后又對寶珠笑道：「寶珠，這是小皇子，與妳同歲，妳若是有空可以經常進宮來找小皇子玩。」

榮寶珠立刻道：「見過小皇子殿下。」

她才不要和這熊孩子玩，這小皇子小時候就不是個好的，宮裡的宮女和小太監們沒少被他欺負，自己來找他玩，那不是送死嗎？不過，似乎沒瞧見趙宸呀！

榮寶珠又忍不住偷偷抬頭打量了一下，這次一眼就瞧見坐在皇上身邊的少年身影了。

趙宸如今不過十歲左右的模樣，個子挺高的，身姿挺拔，眉眼俊秀，鳳眸星目，長得那真是好看極了，乍看已經和前世的蜀王有幾分相似，唯一和前世完全相同的就是他緊抿著的嘴角。

似乎察覺到有什麼人在盯著他，趙宸的目光直直朝著寶珠看去，嚇得她登時低頭窩在岑氏的懷中做烏龜狀。

哎呀，媽呀，好可怕啊。

岑氏很快抱著寶珠回到位子上，榮寶珠撲通撲通亂跳的心才漸漸平穩了下來，再也不敢朝那少年的方向看去，低頭吃著面前的小點心。

吃了兩塊，榮寶珠瞧見自個兒肉乎乎的小手腕，又想起小皇子嫌棄的話語，連吃的興趣都沒了，無精打采地待在岑氏懷中。

上面的歌舞表演已經開始，大家都忙著觥籌交錯，一派熱鬧祥和的景象。

就在榮寶珠昏昏欲睡的時候，忽然有一雙小手扯住了她的衣裳。

榮寶珠隨即清醒了過來，扭頭去看小手的主人，竟是剛才的小皇子。

小皇子趙天瑞朝她咧嘴一笑，眼中是滿滿的惡意。「小胖珠，咱們出去玩吧。」

榮寶珠嚇得醒了瞌睡，一時想哭的心都有了，她怎麼被這小混蛋給盯上了，這就是個無惡不作的主啊。上輩子她就對這皇子的名聲略有耳聞，簡直臭得嚇人，強搶民女之類的歹事對他來說都還是小意思。

她上輩子醒來的時候，小皇子已經是太子，因為皇上就他一個兒子，那叫一個寵。太子的後宮除了太子妃外，其餘的妾室有十幾人，還個個都是美人，大美人！因為這太子殿下只愛美人，他除了愛美人，也做盡了各種壞事，打死的宮女和太監不計其數，稍有不順就會拿小太監和小宮女們出氣。

這樣一個混蛋，榮寶珠如何會願意和他接觸，只硬擠出一個笑容來。「皇子殿下，對不起，我有些不舒服。」

岑氏對這小皇子的品行也是有所耳聞，當然不願意讓女兒跟他一起玩，也笑道：「皇子殿下，實在對不住了，寶珠身子不舒服，要不您去找其他人玩？」

趙天瑞板著小臉。「怎麼，妳不願意陪本殿下玩？」又看岑氏。「還有妳，妳算什麼東西，本殿下可跟妳說話了，用得著妳來插話？」

榮家人的臉色都有些不好看，平日裡就素聞這皇子殿下極其跋扈，目中無人，不懂何為禮貌，眼下一見，真是名不虛傳啊。

岑氏臉色難看，可到底還是不能跟這小皇子計較什麼，只說道：「都是臣婦的錯，還請殿下大人有大量，原諒臣婦。」

趙天瑞揚了揚頭，再次指向榮寶珠。「妳，快點出來跟本殿下玩。」

榮寶珠絞了下手指，實在是不願意啊。

高氏在旁邊幸災樂禍地道：「寶珠，小皇子能夠瞧上妳是妳的榮幸，妳還不快些跟小皇子去玩。」

岑氏剮了高氏一眼，高氏大概知道這裡是皇宮，岑氏跟狄氏不敢拿她怎麼樣，就更加肆無忌憚了。「弟妹，小皇子能夠瞧上寶珠，那是寶珠的福氣，妳也真是傻，竟然還推三阻四的。」

岑氏冷笑道：「我家寶珠如何入得了皇子的眼？今兒倒真是可惜了，沒把灩珠帶來，若是灩珠來了，小皇子肯定是喜歡得很，灩珠可是榮家最出名的美人兒。」

趙天瑞聽到有美人立刻就心動了，問岑氏。「那叫灩珠的真有那麼美？是小胖珠的什麼人？」

岑氏笑道：「回殿下的話，灩珠是寶珠的六姊，是榮家姑娘中最出挑的。」

高氏的臉色變了，她可知道這皇子是什麼樣的為人，深怕小皇子真的看上了灩珠，急急忙忙地道：「殿下，我……」

趙天瑞瞪了她一眼。「妳閉嘴。」又轉頭去看寶珠，大概是想從她臉上看看這個所謂的榮家最出挑的姑娘到底有多貌美，看了半天，終於還是撇了撇嘴，不大相信岑氏的話。

榮寶珠想著，這小混蛋怎麼還不走啊，趕緊找你的美人去吧，我那麼胖，你不是嫌棄得要命嗎，還賴在這裡做甚呀。

趙天瑞再次伸手扯住榮寶珠的小襖子，不耐煩地道：「趕緊跟我過去玩，別磨磨蹭蹭的，小心我讓父皇治妳的罪！」

榮寶珠欲哭無淚，眼看著岑氏還想護著她，怕娘再被這小混蛋給羞辱了，她急忙從岑氏的懷中跳了下來，伸手拉了拉岑氏的手。「娘，我陪殿下去玩會兒，您別擔心。」

岑氏跟榮四老爺擔心得不行，眼看著爹娘又要為她出頭，榮寶珠慌忙之下也顧不上其他，拉著趙天瑞就朝遠處跑去。

岑氏取下手腕上的金鑲玉嵌寶石手鐲遞給了旁邊的宮女，求道：「這位妹妹，能不能麻煩妳跟上去看著點，孩子太小，我有些不放心。」

宮女收了鐲子後就跟了上去。

遠處，趙天瑞嫌棄地甩開寶珠的手。「小胖珠，別碰我。」

榮寶珠討好地朝他笑了笑。「殿下，對不起，我下次肯定不碰你了。」以為她願意呀，她也嫌棄得很好不！

趙天瑞哼了一聲，轉身朝前走，榮寶珠無精打采地跟在他身後。

不一會兒趙天瑞回頭了，滿臉的不耐。「妳沒吃飯呀，走快點好不好，吃這麼胖，連路都走不動。」

榮寶珠心想，我真沒吃飯呀，一大早就往宮裡趕，又碰上你這麼個小混蛋，我哪有心情吃。再說了，我真不胖呀，就是稍微長了點肉而已好不好。

趙天瑞大概也嫌大殿那邊吵得厲害，跑到殿外的一座小涼亭裡坐著。

這突然出了大殿，沒了炭火的溫暖，榮寶珠凍得忍不住哆嗦了起來。

趙天瑞嫌棄地看了她一眼，指使身邊的宮女道：「妳去大殿裡搬幾盆炭火過來，再抱個小暖爐來。」

哎呀，他不是個小混蛋嗎？怎麼會這麼體貼？寶珠納悶了。

小宮女很快就抬著幾盆炭火，抱了兩個小暖爐過來。

趙天瑞讓人給榮寶珠一個小暖爐，榮寶珠開心地接過，跟他說了聲謝謝。

她抱著小暖爐坐在涼亭裡，趙天瑞的目光在她臉上掃來掃去的，過了會兒，他起身走到寶珠面前，伸手捏了捏她的臉蛋，又嫌棄地轉身坐到旁邊，離她遠了點。

榮寶珠有點困惑，照現在這麼看來，這孩子小時候還沒那麼糟糕，怎麼長大之後會壞成那樣？

趙天瑞很快就坐不住了，指著不遠處的柳樹道：「妳去給我折兩根樹枝過來。」

榮寶珠看了看自己的小短腿。「殿下，我個子矮，要不讓宮女姊姊幫忙好不好？」剛在心裡說了他兩句，這小混蛋就開始折騰起來。

「不行，必須是妳去！」趙天瑞不幹了。「妳不去就把暖爐還給我，不給妳暖身子了。」

榮寶珠頭疼，只能放下小暖爐過去趙天瑞指的柳樹那邊，結果樹太高，她根本搆不著，於是她蹦著小短腿使勁地跳著，惹得趙天瑞哈哈大笑。

「真是笨蛋，笨死了！」

笑話看夠了，趙天瑞終於大發慈悲讓宮女去幫著折了兩根樹枝過來。

趙天瑞得了樹枝，揮著樹枝到處亂打，榮寶珠躲閃不及，被他打了好幾次，小手都被抽紅了，疼得眼淚汪汪。

這孩子好討人厭呀，活該皇位被人搶去，這麼討人厭的性子，要真當了皇帝還指不定會幹出什麼事來。

旁邊的小宮女和小太監也被他抽了好多次，他們不敢躲閃，只能站在那任由趙天瑞抽著。

榮寶珠瞧著這瘋孩子實在不像樣，忍不住喊道：「殿下，你玩過鬥蛐蛐嗎？」

趙天瑞果然被吸引了注意力，這蛐蛐在京城的大街小巷中有很多人在玩，可是皇宮裡卻是沒人玩的，再加上現在是冬天，蛐蛐捉不到了，熱度也就慢慢降了下去，不過這並不妨礙寶珠忽悠小皇子。

「什麼是鬥蛐蛐？」趙天瑞扔了樹枝坐在榮寶珠旁邊。

榮寶珠看他老實多了，就跟他講解了起來。「鬥蛐蛐呀，就是把兩個蛐蛐放在一起相鬥，不過現在天冷了，肯定是找不著蛐蛐的，我家養了不少，殿下若是喜歡，我改日送給殿下一隻。」

趙天瑞不同意。「不成，妳現在就回去給我拿！」

榮寶珠頭大。「殿下，我現在可回不去，沒人送我回去呀，而且沒有皇上口諭，現在是不能隨便出宮的。」

瞧著趙天瑞失望的樣子，榮寶珠怕他又抽風了，趕緊努力把上輩子知道的好玩東西都想了一遍，想來想去只有踢毽子比較適合他們玩。「殿下，現在雖然不能鬥蛐蛐，可還有別的好玩的，像是踢毽子，就是把雞尾巴毛收集起來用一枚銅錢固定著，做好了之後就可以用腳踢來玩。」

平日裡趙天瑞的生活顯然是挺無趣的，聽寶珠這麼一說，馬上來了興趣，非要讓宮女現在去做個毽子，還非要一塊兒跟著去御膳房找活雞，一番折騰下來，這毽子總算是做出來了。

趙天瑞顯然對這毽子很是滿意，跟她在大殿外玩了起來，榮寶珠是又渴又累，頻頻回頭去看大殿裡面。

結果，趙天瑞玩了半個時辰就沒興趣了，又盯上了寶珠，瞧她穿得圓滾滾的樣子，眼睛眨了眨，露出個壞笑。

「小胖珠，咱們來玩好玩的吧。」還不等她反應過來，他已經用力推了寶珠一把。

榮寶珠根本沒防著他，這猛地被他大力一推就倒在地上，幸好身上穿得厚，並無大礙，就是手心似乎給磨破了，火辣辣地疼。

榮寶珠心裡委屈到不行，她就是好好參加個宮宴啊，又沒招誰惹誰，為何要被這小混蛋給看中呀！心裡一委屈，她鼻子就酸得慌，鼻子一酸，淚珠兒就忍不住落了下來。

周圍的宮女跟小太監們面面相覷，這兩個都是身分尊貴的人，可皇子的身分更高人一等，他們根本不敢上前勸說什麼，只能眼睜睜地看著。

倒是那收了岑氏手鐲的宮女於心不忍，偷偷地退了下去，打算給岑氏報個信。

趙天瑞撇撇嘴。「哎呀，我也不是故意的，誰叫妳這麼笨，連站都站不穩。」

榮寶珠心裡越發委屈，想著要不要衝上去跟這小混蛋打一架，她天天喝瓊漿，還幹活，身子骨兒肯定比這嬌生慣養的小混蛋強，保證打得他滿地找牙。

結果還不等寶珠在心裡把皇子打一頓，身後就傳來個嚴肅的聲音。「天瑞，這是怎麼回事？」

一聽這聲音，寶珠腦子裡打人的畫面立刻消散了，只僵硬地待在地上不敢動彈，連哭聲都止住了。

趙天瑞似乎也很怕來人，噤若寒蟬地待在原地，吶吶地喊了聲。「小皇叔。」

來人正是蜀王趙宸。

這聲音和前世蜀王的聲音相差不多，只不過年輕稚嫩了許多，前世的時候，寶珠最怕的就是這個夫君了。她出嫁前被家裡疼愛著，不知人間疾苦，不知後宅爭鬥，嫁給趙宸後，後宅的事情讓她茫然不知所措，可趙宸從不管後宅之事，但也絕不允許別人落了她的面子，對她還算是尊敬。

之所以怕他，是因為這男人城府極深，她有次親眼見到他一腳踹死一個人，那次嚇得她大病了一場。表面上，他對太后、自己的皇兄、姪兒愛護有加，可爭奪皇位的時候，他殺了太后，囚禁了皇上跟太子……

一想到每次她陪著他進宮，他對太后噓寒問暖的模樣，再想到他後來一劍刺死了太后——他的母后，她就覺得這男人可怕極了。

榮寶珠還在僵硬著的時候，感覺身子已經被人輕輕抱起，回頭一看，竟是趙宸，嚇得她差點昏了過去。

趙宸離她很近，近到能夠瞧見他長長的睫毛，他的眼非常漂亮，黑白分明，不夾雜一點雜色，榮寶珠甚至能夠從他的眼睛裡瞧見自己的倒影。

「榮七姑娘沒事吧？」趙宸的聲音溫和了一些，低頭看著寶珠的眼神很專注，卻也很平淡，不見絲毫漣漪。

榮寶珠沒出聲，趙宸就抱著她來到旁邊的涼亭裡坐下，又把一旁的小暖爐塞在她的懷中。「天氣冷，抱著這個會暖和一些。」

瞧見她手心的傷口，趙宸道：「天瑞被寵得厲害，有些頑皮，希望榮七姑娘能原諒他。」說著從旁邊一個穿著黑衣的男子手中接過水壺，沖洗了一下寶珠手上的傷口，又仔細地替她擦乾，取出藥膏仔細塗抹了一層。

趙宸瞧著她盯著自己的傷口不出聲，沒多說什麼了，起身看著不遠處扭扭捏捏的趙天瑞，喊道：「天瑞，你過來！」

趙天瑞一步一蹭地過來了，低低喊了聲小皇叔。

趙宸指了指寶珠的手心，皺眉道：「你傷了榮七姑娘，快跟榮七姑娘道歉。」

趙天瑞這次很乾脆地道了歉，趙宸揮了揮手，趙天瑞麻溜地跑遠了，還回頭朝寶珠扮了個鬼臉。

趙天瑞離開的同時，趙宸看了一眼他身側一個二十來歲的太監，神色微動。兩人的視線撞在一起，那太監很快就移開了眼神。

榮寶珠原本還想著要揍趙天瑞一頓的，這會兒碰見蜀王真是啥心思都沒了，只想讓他趕緊走，自己也好回去。

趙宸回頭，俯身抱起了寶珠。「榮七姑娘，我送妳過去大殿那邊吧。」

「不用了。」榮寶珠這會兒終於開口。「多謝……我腿沒傷著。」會自己走路。

「那好。」趙宸把她放了下來。「快些過去吧，省得妳父母親擔心。」

榮寶珠跟著趙宸往大殿那邊走，遠遠瞧見裡面衝出一個人，仔細一看，正是岑氏。

寶珠原本是默不作聲地跟在趙宸身後，這時瞧見了親人，就顧不上他了，直接歡喜地衝上前去。「娘，娘，我在這裡。」

岑氏的眼都是紅的，一把抱住寶珠上下將她打量了個遍，瞧見並無大礙才算是鬆了口氣，心裡卻是恨得不行，若不是顧忌著那小混蛋是皇子，她早就揍人了。

趙宸上前朝岑氏溫聲道：「榮四太太，小姪頑皮，與榮七姑娘玩耍之時傷了她的手，本王替小姪跟妳說聲對不住了。」

岑氏驚怒，也顧不上趙宸在場，急急拉過寶珠的小手一看，手心被蹭破了皮，上頭有一道道的血跡，白嫩的小手襯得血跡越發鮮紅，岑氏心裡一陣發疼。「我的兒，妳沒事吧，都怪娘沒用。」

趙宸嘆氣。「榮四太太，實在是對不住。」

岑氏抱起寶珠。「怎能怪蜀王，不過是皇子欺負了小女，跟蜀王沒關係的。」聲音頓了下。「就不打擾蜀王了，臣婦先行一步。」

趙宸微微點頭，側過身子讓岑氏抱著寶珠離開。

周圍的宮女和太監們也很快都散了，只剩下趙宸和立在他身邊的黑衣男子。

黑衣男子這才道：「殿下何必過來幫忙？就算不過來，皇子也不會把榮七姑娘怎麼樣，無非就是欺負她一下。你明知太后……」

趙宸淡漠地開口。「哄哄太后高興而已，她不是想把榮七姑娘相給我嗎？既如此，就哄哄她高興。」

黑衣男子道：「殿下，就算太后真想把榮七姑娘相給您，可您才多大，榮七姑娘才多大，這日後指不定就有什麼變數，您何必如此苦熬。依奴才之見，您倒不如求了到封地上也好，眼不見為淨。」

太后哪敢放自己脫離她的眼皮子底下？趙宸扯唇，轉頭去看小皇子離開的方向，神色越發冷淡。

趙天瑞根本不願意回大殿，好不容易找了個玩伴卻被小皇叔給弄走了，他心裡惱火，開始打罵身邊的小宮女和小太監。不一會兒就把小宮女跟小太監們全部趕走了，只剩下一個自幼就跟在他身邊，約莫二十多歲的大太監畢真。

畢真笑道：「殿下這是還想找榮七姑娘玩嗎？要是殿下還想和她玩，奴才去把榮七姑娘給找來如何？」

趙天瑞挺鬱悶的。「可她好像不喜歡跟我玩，方才她都哭了。」

畢真繼續笑道：「能跟殿下玩是榮七姑娘的福分，不管如何，只要殿下願意，她就必須跟殿下玩。殿下是這天底下最尊貴的人，榮七姑娘怎麼比得上？殿下不必自責，她哭是她的事，跟殿下沒有關係的，殿下只需記著，殿下就是這天底下最尊貴、日後要繼承皇位的人。」

趙天瑞雙手扠腰，神色囂張。「可不是，我是皇子，她不過是國公府四房的小女兒，打了她，也是她活該！」

畢真笑著恭敬道：「殿下千歲千千歲。」

岑氏抱著寶珠回到殿裡的位子上，榮四老爺低聲問道：「沒事吧，寶珠如何了？」

岑氏搖頭。「有什麼事情回去再說吧。」

之後榮寶珠一直無精打采地靠在岑氏懷中，這可讓岑氏心疼壞了，榮家的人大概也知道寶珠被欺負了，都沈悶著。到了申時，宴會散了，榮家人這才坐上馬車離開皇宮。

馬車上，寶珠累了一天，這時早就睡著了。

狄氏問了今天發生了什麼事情，岑氏就把事情說了一遍，狄氏看了下寶珠的手心，有些紅腫，也心疼得厲害，轉頭瞪了高氏一眼。

「妳這禍害，今兒在宮裡妳都說了些什麼？妳以為是在宮裡，所以我不敢拿妳怎麼樣是不是！今兒是太后開恩，才帶了妳進宮，不然妳以為沒有品位的太太們哪能進宮去！誰曉得妳是如此落榮家的臉面。」

高氏這時算是知道怕了，訕訕道：「娘，我錯了，我就是……我就是想著小皇子若能看上寶珠，那也是寶珠的福氣不是？您瞧今兒太后好像挺喜歡寶珠的，說不定真打算把寶珠說給小皇子呢。」

「妳還敢說混話！」狄氏氣到不行。「太后都沒說看中了寶珠，妳怎麼知道是看中了？連太后的心思都敢猜，妳是活得不耐煩了！還有，妳難道不知道小皇子是什麼樣的人？要是真想要這個福氣，趕明兒把妳家灩珠領來給小皇子瞧瞧，他肯定能看中！」

高氏這會兒不說話了，灩珠那可是她身上掉下來的肉，是真的心疼，小皇子那樣的人，就算日後真做了皇上，她也不願意把灩珠說給他。

狄氏冷聲道：「妳既然愛挑撥是非，回去後好好在佛堂跪上三天三夜，這三天三夜妳就在佛堂好好反省著吧。」

高氏委屈道：「娘，我錯了，這般冷的天在佛堂裡跪上三天，兒媳吃不消的。」

狄氏冷笑一聲，不說話，可見是打定了主意。

岑氏也冷冷地看了高氏一眼，心裡暗暗想著，會讓妳好看的。

狄氏處罰了高氏後就不願意再說話了，怕打擾了寶珠休息，馬車一路回到了鎮國公府。岑氏先抱著寶珠回房，讓丫鬟們好好伺候著，這才又過去狄氏那邊。這會兒一屋子裡幾乎全家人都在，連榮老爺子也在。

狄氏把小皇子欺負了寶珠的事情說了一遍。「老爺，那位是皇子，身分自然尊貴，可咱們家寶珠也是國公府的么女，身分是比不上皇子，可也不該這麼讓皇子欺負著。瞧瞧寶珠的手都成什麼樣了，國公爺可要為寶珠作主。」

榮老爺子也覺得發生這種事有點丟臉，想著寶珠畢竟是他的親孫女，這麼讓皇子欺負，那豈不是在打他的臉面？明日他要去跟皇上好好說說才成。

高氏瞧著公公在這裡，一把眼淚一把鼻涕地開始說自己錯了，不該在宮裡落榮家的面子，希望榮老爺子讓狄氏原諒她這一次。

榮老爺子在這事上還是很堅持的，妳在府裡鬧也就算了，跑到宮裡還鬧什麼，萬一出了事，丟的還不是他國公爺的臉面？不成，必須罰。

當天晚上，高氏就被關進佛堂裡，這三日她要抄寫三百遍佛經，每日三頓只能用一碗稀粥。

第二天早朝的時候，榮老爺子就在朝堂上告了小皇子一狀，皇上還是很關心小皇子的教養方面的，他雖寵著小皇子，卻也不會太過偏袒他。得知事情屬實後，皇上下了早朝就去訓斥小皇子，趙天瑞表面上認了錯，背地裡卻很是不服氣。

趙天瑞被訓斥了一頓，心裡委屈，跑去了德妃那。

德妃這會兒正靠在鋪著白狐皮的貴妃榻上，懶洋洋地讓宮女捏著腿，看見趙天瑞跑了進來，忙支起身子，笑道：「皇兒來了，快過來陪母妃坐坐。」

趙天瑞窩在德妃懷中，委屈地把事情說了一遍，又道：「小皇叔已經讓我跟小胖珠道過歉了，可父皇竟還讓我登門去跟她道歉，還說日後再發現我欺負人，就要揍我。母妃，我不是父皇唯一的兒子嗎？我的身分自然比那小胖珠強多了，為何父皇還要我跟她道歉？」

德妃笑道：「我們天瑞自然是天底下最尊貴的人了，可你父皇是天子，是這天下的主人，王子犯法與庶民同罪，你父皇要做這天下人的榜樣，你是他唯一的兒子，他當然會對你有嚴格的要求。既然你父皇要你去道歉，你就去道個歉，不過你要記住了，你是皇子，她是臣女，她的身分是永遠都比不上你的。」

趙天瑞若有所思地點了點頭。「母妃說的話兒臣都記住了，兒臣去給那小胖珠道歉就是。」

翌日一早，趙天瑞在宮人的帶領下來到鎮國公府向榮寶珠道歉。

小皇子都來道歉了，榮家人當然不可能再說什麼。榮寶珠得知小皇子過來榮府的時候還心塞了一下，她是真討厭這孩子，這孩子簡直太招人嫌了。好在這次小皇子是真的來道歉的，態度誠懇。

道完了歉，小皇子竟不肯走，非要看寶珠的蛐蛐不可。榮寶珠沒法子，就領著他去看了蛐蛐，結果小皇子又要鬥蛐蛐……

一番玩下來已經晌午了，趙天瑞很無賴地說不回宮裡，要陪著小胖珠吃飯。

這次小皇子倒沒欺負榮寶珠，還跟她玩得挺開心的。榮家幾個哥哥姊姊們下課後知道小皇子跑來找寶珠，都跑來她的院子裡。

榮琤一過來就瞪著趙天瑞。「昨日在宮裡，就是你欺負我們家寶珠的？別以為你是個皇子我就不敢揍你了！」

趙天瑞平日在宮裡橫行霸道慣了，這會兒怎麼會怕榮琤，扠腰冷笑。「你倒是動我一根手指頭試試看！」

榮琤瞪大眼，不管不顧就要衝上去，榮寶珠急忙撲上來給攔住了。不管如何，小皇子今兒是來道歉的，若是在他們府中受傷，他們榮府絕對脫不了關係。皇上肯讓小皇子來榮府道歉已經是給榮府面子了，她不認為皇上是真心想讓小皇子來道歉，小皇子是皇上唯一的兒子，來道歉也不過是做做面子而已，這道理她還是懂的。

兩人到底是沒打起來，不過都生著悶氣，小皇子偏還非要在榮府用過晚膳後才肯回去。

這之後，不知為何，小皇子三天兩頭地往榮府跑，雖然沒有再欺負寶珠了，寶珠卻還是對他喜歡不起來。

榮寶珠猜測大概是小皇子在宮裡沒玩伴，只有個大他幾個月的公主，且公主還是個病秧子，所以他在宮裡沒地方玩，就經常跑來榮府了。也不知小皇子是否是因為從來沒人敢跟他吵架，所以特別熱衷於惹惱榮琤。

這三天的時間，榮琤終於沒忍住，揍了小皇子一頓，兩人年紀差不多，都沒討到什麼好處。且兩人很快就被拉開了，沒有人受傷。

榮寶珠本來還擔心小皇子回去會告狀，結果第二天小皇子照例又跑來了。

日子就這麼一天天地過去，小皇子跟寶珠和榮家的幾個哥哥姊姊們也是越來越熟稔，雖然他跟榮琤的關係還是沒改善，卻也沒再欺負過寶珠，甚至還會把宮裡自己的好玩意兒拿出來給她玩，倒是對寶珠有幾分當好夥伴的真心了。

高氏在佛堂裡沒受得住，出來就病了一場，不過更讓高氏心疼的事還在後面。

高氏貪圖便宜，買了一批染布，卻不想都是些以次充好的，不僅賣不出去，還惹來了官司，一番賠償打點下來，硬是花了一萬多兩的銀子才了結。高氏覺得這都是岑氏在背地裡害她，更加怨恨死了岑氏。

高氏去狄氏那裡告狀，想借著狄氏的手出出氣，卻不想狄氏壓根兒就不理會她，還把她訓斥了一頓。高氏自覺嚥不下這口氣，又去岑氏的院子裡面好生鬧騰了一番，但是沒有真憑實據，又說不過岑氏，最後只能憤憤地回去了。

只是高氏心裡憋著火，不甘心，又幾次三番地鬧上門來。榮老爺子知道了這事，把高氏叫去好一頓罵，才讓她徹底停歇下來。

轉眼就是過年了，這是寶珠醒來後跟著家人們一起過的第一個年，有哥哥姊姊們的陪伴，她的心裡又充實又高興，最讓人高興的是，家裡的長輩們決定讓孩子們晚上出去過大年夜，可以好好去玩啦。

榮寶珠非常興奮，不管是上輩子還是這輩子，她都還沒在大年夜出去玩過。上輩子她身子弱，沒出嫁前，爹娘不允許她出去；出嫁後，又如籠中鳥般困在蜀王的後宅裡。

晚上吃完了年夜飯，榮寶珠就有些坐不住了，屁股在小杌子上動來動去的，惹得榮老娘忍不住笑道：「咱們寶珠這是坐不住了？想出去玩了？」

「老祖宗，我這還是第一次過大年夜，外面肯定很好玩吧。」

在場的長輩們聽見這話都有點心酸，狄氏心疼地道：「我的乖寶珠，往後大年夜就讓哥哥姊姊們帶妳出去玩好不好？」

榮寶珠高興地點頭。

前幾天剛下了一場大雪，這兩天就停了，外面白雪皚皚，壓彎了樹枝，路上也有很厚的積雪。不過府中跟外面的街道上都是有人打掃的，倒不會掃了興致。

這還是大雪後榮寶珠第一次出府，瞧哪都覺得新鮮得緊，她今兒穿了一身大紅色的小襖子，上面繡著幾朵白梅，腳下是同色的繡鞋，上面還綴著兩顆大珍珠，走路的時候兩顆珍珠一顫一顫的，俏皮可愛。

大房家的榮瑀最為年長，已經快十三了，性子隨了榮大老爺，很是溫和有禮。

不過到底他們都還是孩子，榮府的大人們不放心，就派了幾個丫鬟婆子、武夫們跟著。

榮瑀看著前面蹦蹦跳跳、穿得似一團紅球的七妹，溫聲笑道：「寶珠慢些，小心別摔著了。」

榮寶珠很聽話地放慢了腳步，回頭朝大哥露出個燦爛的笑容。

榮瑀忍不住感嘆，寶珠真是乖巧聽話啊。

一行人浩浩蕩蕩地去了夜市，今兒是大年夜，夜市比以往還要鬧騰，摩肩接踵。

榮瑀吩咐幾個姊妹們牽著寶珠的手，省得人多把人給擠散開了。

榮寶珠第一次在這麼鬧熱的夜市上玩耍，不一會兒就買了一堆好玩的東西，還買了不少好吃的。

前面有猜燈謎，一行人朝著花燈而去。結果還沒走到地兒，寶珠就聽見後面傳來一個興奮的聲音。「小胖珠，小胖珠，快等等我。」

寶珠臉黑，不用猜就知道叫她的人是趙天瑞了，只有這討人嫌的孩子叫她小胖珠。

榮琤一聽見這聲音就毛了，轉頭去瞪趙天瑞。「我七妹是有名字的，叫寶珠，你再瞎叫，我就揍你！」

趙天瑞嘻嘻哈哈的不當一回事，朝著寶珠跑了過來，身後還跟著一些侍衛，不過這些侍衛都作平民打扮，分散在四周，不仔細看，完全瞧不出來。

榮寶珠也恨得不行，她是真不喜歡這個稱呼，轉頭想跟趙天瑞理論兩句。結果，一回頭就瞧見趙天瑞身邊那個俊美無雙的少年。

她一口話給硬生生地憋了回去，急得臉都紅了，使勁咳嗽了起來。

趙宸上前一笑，伸手拍了拍寶珠的後背，溫聲道：「寶珠妹妹慢些，小心別嗆著了。」

「多謝。」寶珠往哥哥姊姊們那邊走了兩步，口中還得給趙宸道謝。

榮寶珠挺鬱悶的，好不容易出來玩一回還能碰見小皇子這小魔王，小魔王身邊還跟著個大魔王，真掃興啊。

榮家人依次上前喊了人，趙宸笑道：「今天是大年夜，大家都是出來玩的，不必拘著，你們這是打算去看花燈？我跟天瑞正好也要過去，大家不如一塊兒走？」

趙天瑞聽見這話點了點頭，眼神四處瞄去，剛好瞧見了躲在榮二少爺榮珂身後的榮灩珠，頓時驚為天人，也顧不上寶珠了，往榮灩珠那邊跑去，朝她溫柔一笑。

「妳就是寶珠的六姊吧，我經常聽寶珠提起妳來，如今一瞧，真……真是個……」他原本要想個優雅的詞來形容，奈何文采有限。「真是個小美人呀。」

這怎麼聽都是調戲人的話，榮灩珠當場臉黑，她平日裡在府中都是避著四房的，深怕被小皇子給撞個正著，沒想到今兒就撞上了，她躲都躲不及。

到底是皇子，榮灩珠不好給他臉色瞧，微微福了福身子。「臣女見過殿下。」

趙天瑞伸手摸了摸榮灩珠白嫩的小手，笑眯了眼。「快起來吧，以後見著我不用行禮。」

榮灩珠的臉越發黑了，想到旁邊的蜀王，她調整好臉色，露出個溫婉得體的笑容來。「灩珠見過蜀王殿下。」

趙宸看了榮灩珠一眼，神色淡漠了些。「起來吧，都是出來玩的，不用行禮了。」

「多謝殿下。」榮灩珠知道這事急不來，先在蜀王跟前露個面就好，一切慢慢來便是。

一行人朝著花燈那邊走去，榮寶珠玩心大起，很快就把兩個魔王拋在腦後，專心地玩起了猜燈謎。若是猜出答案來這花燈就免費送人，可惜榮寶珠的學問實在有限，猜了十個愣是一個都沒猜出來。

榮寶珠挺喜歡其中一個小貓樣式的花燈，猜了好幾次都猜不出答案，就跟那店家說能不能用銀子買下來。

店家搖搖頭道：「今兒是大年夜，出來擺個花燈只不過是為了讓氣氛熱鬧些，只要能猜出答案來一律可以把花燈拿走，猜不出卻是不行的，給銀子也沒用。」

榮寶珠愁眉苦臉，轉頭去看身後的哥哥姊姊們。

趙宸的目光在寶珠臉上停留了一會兒，大概是覺得她胖乎乎祈求人的模樣實在挺可愛的，不由得給出了個答案。

店家笑道：「恭喜這位小爺，猜出了正確答案，這花燈就是小爺您的了。」

趙宸得了花燈，看著榮寶珠的目光直直落在他手中，又抬頭朝他露出個討好的笑容。

趙宸如今到底只是個半大少年，心腸還沒那麼硬，看著小丫頭討好的笑臉心裡就軟了些，朝小丫頭微微一笑。「寶珠若是肯叫我一聲宸哥哥，這花燈就給了妳如何？」

榮寶珠前世完全沒有見過趙宸這般的笑容，幾乎是立刻就被迷了眼，呆愣愣地看著他，心裡暗想著，蜀王這容貌可真是無雙啊。

榮寶珠這一愣就耽誤了叫人的工夫，反倒是榮灩珠見蜀王對寶珠青睞有加，心裡的倔脾氣就上來了，覺得自己怎麼可能不如一個小傻子，不由地朝蜀王一笑。「宸哥哥，我也很是喜歡這花燈，要不你把這花燈送給灩珠如何？」

趙宸臉上的笑容慢慢收斂，卻是看也不看榮灩珠一眼，直接把手中的花燈塞到寶珠手中。

榮寶珠得了花燈，這會兒終於回神，想著人家不過是讓她叫聲哥哥就能得這麼一個漂亮的花燈，忙狗腿地叫了聲宸哥哥。

趙宸面上露出一絲笑意，趙天瑞也反應了過來，竄到眾人前面，扠腰攔住了他們的去路。「等等，你們叫我小皇叔哥哥，那我算什麼？我豈不是比你們還矮了一輩？你們輩分算錯了吧！」

眾人哈哈大笑，小皇子氣憤不已，非讓大家改了稱呼，喊趙宸為叔叔。

這般一笑鬧，小皇子跟蜀王在大家心裡也和藹可親了些，一行人繼續朝前面逛去。

人越來越多，走路都有點擠了，榮寶珠只聽見身後的榮琅讓她抓緊身邊的榮琤，她便伸手一抓，感覺那人沒掙扎，只以為是五哥，就接著一路艱難地朝前擠去。

榮寶珠前面的人是趙宸，後面還能聽見榮家人說話的聲音，又聽著榮瑀說要在前面的麵攤上坐著休息一會兒。她聽聞那麵攤的麵味道非常好，心裡就有點急，跟身後的人說道：「五哥、五哥，快些，我們去吃麵吧。」

身後的人沈默不語。

好不容易等榮寶珠擠出了人群，來到麵攤，再轉頭一看，立刻傻眼了。她拉著的人哪裡是榮琤啊，竟是小皇子！

趙天瑞朝寶珠露齒一笑。「小胖珠，妳抓我的手做甚。」

榮寶珠立刻嫌棄地甩開，四處看了一圈，更傻眼了，哥哥姊姊們都去哪了？

趙天瑞知道自己被人嫌棄了，心裡很不爽，非要再去拉寶珠的手。「妳還嫌棄我了不成！我都沒嫌棄妳。」

趙宸回頭瞧見寶珠竟也在，輕皺了下眉頭，環視四周一圈，瞧見已經有人圍了上來，心裡忍不住輕輕地嘆了口氣。

那廂，趙天瑞還在找寶珠鬧著，異變突生，四周忽然飛快地圍上許多人來，抱起趙天瑞和榮寶珠就朝前竄去。

榮寶珠一時反應不過來，在一人懷中顛簸著，心想，這……是怎麼回事？他們莫不是被拐子拐了？

榮寶珠急忙朝後面看去，發現那些人已經跟趙宸打了起來。趙宸雖會武，可到底是年紀小了點，很快就被制伏了……再後來，寶珠只覺得脖子一痛，眼前發黑，徹底昏了過去。

第八章

等醒來的時候，外頭的天色已經微亮了，榮寶珠睜開眼一瞧，她這時被人關在一間破舊的屋子裡。屋裡除了她，還有不少穿著華麗的孩童們，扭頭往旁邊一看，趙天瑞跟趙宸竟然也在！

榮寶珠到底不是心智三、四歲的孩子了，這會兒心裡還算鎮定，因手腳都被綁著，她用身子撞了撞身邊的趙天瑞，眼看著趙天瑞醒了過來。正想再把另外一邊的趙宸也給撞醒，怎知身子剛轉過來，她就瞧見趙宸正睜眼看著她，此時身子收不回來了，她就一頭撞在趙宸懷中。

趙宸的懷裡硬邦邦的，撞得她腦門疼、腦子昏。

趙宸忍不住輕笑出聲。「寶珠沒事吧？」

榮寶珠搖了搖昏沈沈的腦袋。「無礙。」

趙天瑞已經悠悠轉醒，瞧見四周的情況，很是驚恐，正想大聲喝斥這是什麼情況，趙宸就先淡聲道：「天瑞，閉嘴，咱們這是被拐子拐了。」

「放肆！」趙天瑞到底是沒忍住。「連……」

「住口！」榮寶珠打斷了他的話，湊在小皇子耳邊小聲道：「殿下，這些人都是拐子，拐了我們無非就是求財，可您若是這樣大聲嚷嚷起來，他們知道了您是皇子，這事肯定不能就這麼算了，他們怕被皇上追究，肯定會殺人滅口的！」

趙天瑞驚恐地看著寶珠，眼裡全是不可置信。「怎……怎麼可能，他們好大的狗膽！」

這些其實也只是榮寶珠的猜測，周圍這麼多穿著精緻的孩子們，顯然是被人拐的，這些人拐了這麼多孩子們，大概是為了求財吧？

聽趙天瑞這麼說，榮寶珠繼續小聲道：「你不信就嚷出來看看，看看他們到底會不會殺人滅口。」

趙天瑞果斷地閉嘴，過了會兒顯然還是有些害怕，側頭去看另一側的趙宸。「小皇……小叔叔，父……父親會派人來救我們嗎？」

趙宸安慰他道：「你且放心，你父親一定會派人來救我們的。」說罷，側頭去看身邊的榮寶珠，神色不明。

趙天瑞不問了，悶悶不樂地縮在角落。旁邊的孩子們也醒了過來，瞧見這種情況，都忍不住大哭了起來，這都過了一夜，還沒人尋來，也不知情況到底如何。

榮寶珠卻不怎麼擔心，這兒還有一位皇子、蜀王在，蜀王是當皇帝的命，沒那麼容易掛掉。皇子前輩子活得好好的，當了太子，最後被蜀王囚禁，所以這次肯定不會有事的，她很放心。

趙天瑞畢竟只是個三、四歲的孩子，這會兒聽見旁的孩子們哭鬧，心裡越來越怕，有心想跟小皇叔說兩句話，可小皇叔不苟言笑的模樣他實在找不到安慰，就往榮寶珠身邊蹭了點，挨著她坐下。「寶珠，我害怕。」

榮寶珠瞧他髒兮兮的模樣，心軟了些。「你莫要害怕，這次肯定不會有事的，你會平平安安地回去。」

「真的嗎？」趙天瑞眼睛亮了許多。「妳怎麼知道這次一定不會有事？」

榮寶珠輕聲道：「小皇子您身分尊貴，上頭還有皇上庇護著，您是要做太子的人，自然不會有事。你不要怕，那些侍衛肯定很快就會找來的。」

趙天瑞感動到不行，還是女孩子知道體貼人呀，小寶珠真是太可愛了，他以後一定要加倍對她好。

「寶珠，以後我再也不說妳是小胖珠了，其實妳一點都不胖，比我那病秧秧的皇姊可愛多了。」

榮寶珠沒想到幾句安慰就讓小皇子改變了稱呼，很是歡喜。

兩人偷偷摸摸說了幾句話，趙天瑞也慢慢不怕了。

趙宸的目光落在寶珠身上，有點遲疑。這莫不是真傻了，為何被拐了都不知道害怕？

過沒多久，昏暗的房門忽然被人推開，幾個身材魁梧的蒙面壯漢走進來，幾人打量了四周一圈。「你們都少哭點，若哭得人心煩，我們就直接把你們做了。你們要是乖乖的，等收了銀子就放了你們，現在你們都各自說說你們都是哪家府上的！」

「哇……」到底還是小孩子居多，這會兒瞧見壞人，哪裡還受得住，又開始哇哇大哭。

「他奶奶的。」其中一人罵了句髒話，朝著那哭鬧的孩子走去。

「哇……」榮寶珠忽然大叫了起來。「我……我是鎮國公府榮家的女兒，你們不要打我呀。」

那人頓住腳步，榮寶珠縮了縮身子，看了眼旁邊的趙宸和趙天瑞，哭道：「他們一個是我四哥，一個是我五哥，你們要是欺負我，他們就會幫我揍你。」

其他孩子也都哭哭啼啼地把自家身世說了，都是京城大戶人家的孩子們，這些人瞧見他們都說了身世，這才罵罵咧咧地離開。

等人走了，榮寶珠才有些鬱悶地想著，這些人看起來真像亡命之徒，該不會這次逃不出去了吧？說起來……

榮寶珠側頭看了看身邊的趙宸，這少年實在太深沈了一些，兩輩子加起來她對這人的瞭解都不夠多，唯一知道的就是他肯定恨死了太后，不然也不會奪了皇位之後還殺了太后，囚禁了皇上跟太子等等。按理說蜀王跟皇上都是太后所出，沒道理蜀王會這麼痛恨太后跟皇上。而且小皇子小時候瞧著也沒多壞，怎麼長大了之後就壞得能流油了，莫不是……

榮寶珠打量了趙宸一眼，為自己的猜測感到心驚肉跳，莫不是小皇子會長那麼歪都是蜀王所為？難道這次被人拐了，也是蜀王所為？可他到底圖什麼，若他真心想要害死小皇子完全不用這麼麻煩啊。

榮寶珠覺得自己難得這麼聰明一回，結果想到這怎麼樣也猜不下去了。

沒時間讓寶珠多想，外面忽然傳來了打鬥聲，趙天瑞興奮了，用頭蹭了蹭她。「寶珠，是不是有人來救我們了？」

榮寶珠點頭。「聽聲音，大概是的。」

趙宸道：「是侍衛來了。」又轉頭看向趙天瑞。「天瑞，你過來我身後躲著，省得待會兒有人進來傷了你。」

趙天瑞乖乖地拱著屁股爬到趙宸的身後躲了起來。

榮寶珠越發不解了，蜀王對小皇子似乎還挺好的，難道自己猜的都是錯的？哎呀，真是費腦子，頭疼死了。

打鬥聲越來越近，房門很快被人破開，榮寶珠瞧見不少穿著盔甲的侍衛衝進來，一看就知是宮裡的侍衛。

侍衛衝進來後，又進來不少蒙著面的壯漢，繼續跟侍衛打鬥了起來。那些壯漢知道自己栽了，曉得他們拐的孩子裡定是有皇室的人，又瞧見侍衛護著趙天瑞和趙宸，猜測應該就是他們。

這些亡命之徒心裡自然不甘，想著就算死也要拖他們兩人墊背，揮著劍朝他們衝了過去。

因侍衛並未來得及給大家鬆綁，這會兒幾人的手腳都還被綁著，趙宸看著那揮過來的劍真是心有餘而力不足，趙天瑞更是嚇得直叫喊。

榮寶珠自然也發現了這些人的意圖。啊啊，她在心裡叫了兩聲，手腳都被綁著，自然要蹦著躲遠點。誰知道，真是人倒楣連喝水都會塞牙縫，這一蹦正好蹦到一塊石頭上，整個人被石塊絆住，直直朝著趙宸跟趙天瑞的方向倒了下去。

寶珠欲哭無淚地閉上了眼，等到身後傳來劇痛，她才徹底地昏迷過去。

趙天瑞有些被震撼住了，呆呆地看著倒在他和小皇叔身上的小紅團子，瞧見她的後背滲出紅色的血跡，再也忍受不住，哇的一聲大哭了起來。

趙宸也不知想到了什麼，好看的眉眼盯著身上的小團子，心裡生出些許的柔軟。

榮寶珠醒來的時候她已經在榮府裡躺著了，旁邊站著哭成淚人兒的岑氏和哥哥姊姊們，連大房、三房、祖父、祖母、老祖宗都在。

榮寶珠這會兒趴在柔軟的錦衾之上，後知後覺地感到後背處疼得厲害，這才忽然想起之前發生的事情。

想起之後她特別想哭，她怎麼這麼倒楣啊，明明是想躲開的，最後卻反而湊了上去，天底下有她這麼倒楣的人嗎？

「我的兒呀。」岑氏瞧見寶珠醒來立刻撲了上去。「妳可真是嚇死我們了，妳……妳這孩子怎麼就這麼死心眼，妳衝上去做甚？他們的身分是尊貴，可妳也是我們榮家的寶貝呀，妳要是出了事，這不是要了娘的命嗎？」

「娘，我……」榮寶珠張了張口，原本想辯解，最終還是閉上了嘴巴。

榮家人對著寶珠好一頓說，直到寶珠快哭了，老祖宗才發話說寶珠要多休息，讓大家都出去吧。

等房間只剩下岑氏和榮四老爺的時候，岑氏哼了一聲才道：「那兩小子還在外面等著，小皇子哭鬧著要見妳。」

榮寶珠無奈，只能讓岑氏請了兩人進來，趙宸還好，一進來只是立在床邊，趙天瑞則一頭撲在床上，哭道：「寶珠，妳差點嚇死我了，幸好妳沒事。寶珠妳放心，以後我會好好罩著妳的。」

榮寶珠唔了一聲，沒好意思說自己原本想逃跑的。

趙宸也溫聲道：「多謝寶珠姑娘的救命之恩，日後若有需要本王的地方，寶珠姑娘盡可開口便是。」

寶珠心想，日後咱們若真是還要做夫妻，被皇上賜婚時，你能不能直接拒絕皇上？當然，這話現在可不能說，她只好閉著嘴點了點頭。

兩人看過寶珠後就離開了，趙宸離去前還回頭打量了一眼悶頭大睡的寶珠，心底微微覺得有些歉意。

兩人回了宮，皇上都快嚇死了，抱著趙天瑞好一頓說，嚴令他以後再也不許出宮了，又下令送了許多賞賜去榮府。

德妃跟太后則是抱著趙天瑞好一番哭鬧，也是讓他日後少出宮。趙天瑞當然不幹，說還要去找寶珠玩。

德妃跟太后把他罵了一頓，又吩咐宮女跟太監把他看好了，不許他再出宮。

趙宸回了自己的寢宮，屏退所有下人，只餘下那親信的黑衣人。

趙宸嘆氣。「風華，真沒想到這次竟然會把榮府的小女兒給拖下水，幸好她沒事。」

風華道：「殿下，你這又是何苦，若真怨恨，不如直接殺了小皇子，何必要這樣一步步設計，不只麻煩，之後若是遇上了什麼變故，小皇子日後也不定會有什麼變化……」

趙宸冷笑。「我的母妃被他們生生害死，哪能這般便宜了他們？我要讓他們嘗嘗天瑞被慢慢毀掉的滋味。」

趙宸原本覺得自己的計劃極好，小皇子也朝著那個方向前進，可自從碰見了榮七姑娘，這一切似乎就變了。小皇子的品行竟然有越來越好的趨勢，不僅不打罵宮女和太監們了，還經常跑去找榮家七姑娘玩耍，每去一次，回來的性子就更好了幾分。

趙宸不願意這兩年的辛苦白費，他知道事因出在榮寶珠身上，這女娃善良純樸，有一顆赤子之心。趙天瑞正是需要人引導的時候，碰見這樣的人，被她引導著一步步變好，朝著皇上跟太后期望的模樣發展，他當然不會坐以待斃。

只要小皇子不再出宮，不再跟寶珠待在一起，只要等上個兩、三年，小皇子的性子定了，便再難改變。

知道那些亡命匪徒想要劫持富貴人家的小孩大撈一票是風華的本事，他就此設計了一番，只要小皇子出事，皇上跟太后定不會再讓他出宮去。

榮寶珠對小皇子很是不喜，當然不願意進宮來陪小皇子。而且，太后一直以為寶珠愚笨蠢鈍，自然不會願意寶貴的孫兒跟寶珠有太多接觸……

倒是沒想到事到臨頭卻出了這種事情，如今不僅害了寶珠不說，似乎也把小皇子更加推向了寶珠……

趙宸這些年來第一次在一個小丫頭身上栽了跟頭，他不曉得為何，似乎自從寶珠出現後凡事都事與願違，朝著不受控制的方向偏了去。

趙宸想到那軟軟的小紅團子撲在他身上的模樣，心頭不由得一軟，卻也萬分疲憊，他自幼便知道太后並不是他的母妃。他也覺得有些奇怪，他竟然記住了親生母妃的聲音，他的記憶中總是會響起那個柔軟好聽的聲音。「我的皇兒，母妃很愛你，卻再也不能陪伴在你的身邊，只盼日後你能好好的……」

這段記憶總是時不時出現在他的夢中，夢中說話的女子他看不清楚，卻能聽得出她很愛自己。

從很小的時候開始，他就感到太后對自己沒有對大哥那般好，他每次去請安，太后明面上笑著，說他孝順，可他看得出來，那笑容根本不達眼底。他還記得父皇在世時，總是會看著他嘆氣，有次父皇喝醉，說對不起她，希望她能原諒，說咱們的孩子自己一定會好好疼愛，讓他坐上皇位的。

他知道母妃是被太后害死的這個消息，還是在父皇去世前三年——趙天瑞剛出生的時候。

那時候他非常喜歡這個小姪兒，會去看望他，那時大皇兄還未登基，住在宮中。結果有一回，他不小心在小姪兒的房間裡睡著了，醒來的時候聽見宮裡人說賢妃跟大皇子過來了。

他不知為何躲了起來。等大皇兄與賢妃進來，屏退了小皇子的奶媽，就在房間裡說起了話。

賢妃笑道：「皇兒，你瞧這小傢伙長得跟你多像，母妃真是太喜歡這小傢伙了。」

「母妃喜歡就好。」大皇子笑道。「對了，母妃，皇弟的事情您打算如何處置，真就這麼養著他嗎？以兒臣之見，倒不如解決了他，省得日後他若是知道玉妃才是他的母妃，是您害死的，定不會善罷甘休。」

賢妃冷笑一聲。「現在還不是時候動他，我答應過你父皇會扶養他長大，待你父皇仙去後再做打算，他只不過是個孩子，翻不起什麼大風浪。」

大皇子嘆道：「母妃，倒不是兒臣容不下他，只是父皇越來越喜歡他，兒臣怕父皇將來會把皇位傳予他。」

「皇兒大可放心。」賢妃冷笑。「不管如何，母妃一定會讓你坐上這皇位的。」

等到大皇子和賢妃離開，趙宸才發現自己身上出了一身冷汗，他虛脫著步子走到趙天瑞床頭，死死地看著他，忍了又忍才沒讓自己的雙手放在天瑞的頸上，惶然無助地回到了自己的寢宮。

回去後，風華便發覺他的不對勁，問了他是怎麼回事，他那時不過是個六、七歲的孩子，便沒有一絲隱瞞地全部告訴了風華。

之後，風華幫他處理掉了趙天瑞的奶母，奶母知道當時他在天瑞房中，若是被賢妃知曉了，他只有死路一條。可自己到底是心軟，不忍心一個無辜的人為他送了性命，便只讓風華使了小手段，讓奶母犯錯，他又去父皇跟前求情，父皇這才把奶母放出了宮。

再之後靠著風華的協助，他開始慢慢在賢妃跟皇兄身邊安插人手，說起來這些都要謝謝風華，若不是有風華的幫助，他能不能活下來都還不一定。他猜測風華應該是母妃的舊友，甚至對母妃有情，他沒揭破這些，繼續跟風華相處著。

這些年下來，風華在他心中的地位不亞於他的父皇，父皇過世後，風華差不多就是他唯一的親人了。

父皇的死，趙宸曾懷疑過是太后跟皇上所為，因那時候父皇的身子很健康，太醫把出的脈象也都沒有任何問題。直到父皇過世前幾天，突然就病重了，賢妃甚至不允許他去看望父皇，說是怕把病氣過給了自己。

等到父皇過世，他才見了父皇一面，也是那時起，他決定要報復太后跟皇上。他一步步地設計，在小皇子身邊安插人，慢慢地教養他，這兩年漸漸有了成效，卻不承想竟出現了榮寶珠這個變數。

趙宸想起那小團子，又忍不住嘆息了一聲。

榮寶珠在大年初一因為受傷，只能眼睜睜地看著其他哥哥姊姊們跟著爹娘一塊兒去給各家親戚拜年，而自己只能無趣地趴在床上養傷。

出事的時候，她穿得跟個球一樣，因此那劍並沒有刺入多深，不過大夫說怕是會留下疤痕，岑氏因此大哭了一場。榮寶珠不覺得害怕，她有神奇的瓊漿，這點小傷有什麼好怕的，只是傷口真疼啊，哪怕搽了摻雜瓊漿的藥膏都還有些癢癢的。

她有時候忍不住想伸手去摳，一邊的妙玉急忙阻止了她，嚴肅地道：「姑娘，不能摳，這是傷口在長肉，表示快要好了，您若是摳了，以後留了疤可該怎麼辦？姑娘您聽奴婢的，奴婢都有經驗了。」

榮寶珠這才去瞧妙玉的臉蛋，妙玉的臉蛋上如今已是光溜溜的一片，又滑又嫩，她忍不住伸手摸了兩把。

妙玉笑道：「姑娘，要不奴婢給您讀書吧，這樣您分散一下注意力就不會覺得那麼癢了。」

榮寶珠點頭。

妙玉識字還是岑氏教的，寶珠身邊的大丫鬟識字算帳都不成問題，這也是做寶珠身邊大丫鬟最基本的要求。

聽妙玉唸著，不一會兒榮寶珠就有些昏昏欲睡，還沒睡著就聽見外面的丫鬟進來通報。「妙玉姊姊，蜀王殿下來看姑娘了。」

一聽見蜀王來了，榮寶珠的瞌睡立刻就醒了，跟妙玉道：「妙玉姊姊，妳就跟蜀王殿下說我睡了，不方便見客。」

妙玉大概能夠感覺出七姑娘有些害怕蜀王，她不希望姑娘心裡不舒服，就去外面見蜀王，說姑娘在休息。

趙宸在一旁的籐椅上坐下，笑道：「既如此，我在外面等著就是了，等寶珠姑娘醒了我再進去看她。」

妙玉有些為難，可眼前這位是蜀王，她又不能直接趕人，只能讓丫鬟上了茶水點心就回到裡面去。

榮寶珠也挺為難，在房間裡磨蹭了半個時辰，然後才讓妙玉把蜀王給請進了屋子裡。她心想，自己如今年紀小，外人倒也不會說什麼不好聽的話。

榮寶珠看見趙宸還是挺心虛的，先笑了起來。「參見殿下，殿下今兒怎麼過來了？」

趙宸瞧她心虛的模樣，也不點破，只覺好笑，心想，這小丫頭還真是什麼心事都放在臉上。

他溫聲笑道：「我帶了宮裡的玉肌膏，是太醫們改良過的，對癒合傷口有很好的效果，塗抹在上面傷口便不會發癢，也有止疼的作用。」

榮寶珠歡喜。「多謝殿下，殿下真是大好人。」

大好人？趙宸自嘲，大概也就這姑娘覺得他是大好人吧。

瞧見她歡喜地接過玉肌膏，趙宸心裡嘆氣，那劍身是直直刺進去的，傷口面或許不廣，卻有點深，就算這玉肌膏再好，只怕這姑娘身上仍是會留下傷疤。女子若是留疤，到底是不好的。

榮寶珠把玩著手中的玉肌膏，心裡卻在想，這蜀王到底打算什麼時候離開。

趙宸瞧她眼珠亂轉，心中覺得好笑，瞧見旁邊桌上的遊記，伸手拿了過來，笑道：「這樣整日趴在床上妳或許會覺得煩悶，我今日無事，正好多陪陪妳，不如我唸書來給妳聽。」

「怎敢煩勞殿下。」榮寶珠嚇呆了，手中的玉肌膏掉落在錦衾上。「我……就、就不麻煩殿下了。」

「不麻煩。」趙宸朝她燦然一笑，翻到做過記號的那一頁唸了起來。

榮寶珠瞧見實在阻止不了，就趴在那裡聽趙宸唸著。

蜀王年紀不過十一，還是少年時期的聲音，按理說這時期嗓音該有些粗糙才是，他的聲音卻極好聽，宛如泉水叮咚一樣清脆。寶珠聽著聽著不由得想起上輩子的事情，別說這麼溫柔地對她、唸書給她聽，上輩子就連行房事的時候他也是淡漠著一張俊臉，甚至從來不會親吻她。說來好笑，他們那時成親都快數十載了，他卻從未親過她。

蜀王這人有輕微潔癖，從不肯親吻女人，這還是上輩子兩人相處多年後她才發現的。上輩子，他對她是很尊重，卻也很冷淡。

榮寶珠忍不住在心底想，莫不是連老天爺都看不過眼，所以這輩子讓他來補償自己了？

在蜀王好聽的聲音中，她開始昏昏欲睡，過了一會兒，丫鬟又進來通報，說是鄭家二爺跟袁家六爺過來看寶珠了。

這兩人都是榮琤的好友，這些日子跟寶珠混熟了，都把寶珠當成妹妹看，聽聞她受傷後就過來探望。兩人大概沒想到蜀王也在，進來給蜀王行過禮後就跑到寶珠床邊，因是京城官宦人家的孩子，就算是對著皇室的人倒也不會太拘束。

鄭良峪瞧著寶珠蒼白的笑臉，心疼道：「這才養起來的一點肉，可別受次傷又全都掉了。」

榮寶珠哼哼道：「鄭二哥，長胖了別人都嫌棄我，說是要瘦點才好。」

袁秈火大。「咱們寶珠妹妹這麼可愛，誰敢嫌棄，寶珠妹妹莫生氣，哥哥替妳揍他。」

榮寶珠偷笑。「是小皇子，袁六哥也敢揍？」又想到蜀王還在這，她急忙捂住了嘴巴，可憐巴巴地看著蜀王，希望蜀王千萬別去告狀呀。

趙宸瞧她那可憐的模樣，心裡有些軟，忍不住伸手捏了捏她的臉蛋，笑道：「寶珠放心，妳宸哥哥不會告訴小皇子的，妳儘管說他的壞話就是。」

榮寶珠捂著被捏的臉蛋呆掉了。這麼親密是怎麼回事？這人到底還是不是蜀王啦，不要嚇她呀。

鄭良峪跟袁秈也有點呆住了，蜀王這是怎麼回事？莫不是喜歡上他們的寶珠妹妹了，不過寶珠妹妹還不到四歲呀，蜀王好變態！

趙宸也覺得自己有點不受控制，摸了摸鼻子，轉頭跟鄭良峪和袁秈道：「我還有事，便先行一步。」又轉頭跟寶珠溫聲道：「妳好好休息，改日我再過來看妳。」說罷，便頭也不回地走了。

榮寶珠還呆在那，過了會兒才一臉悲憤地趴在錦衾上。

鄭二少爺跟袁六少爺對著寶珠好一番安慰，陪她說了半個時辰的話才都回去了，這兩位剛走沒多久，盛名川和盛名光就過來了。

盛名光瞧著寶珠虛弱的模樣都快哭了，盛家兩個少爺跟寶珠也都很熟稔，盛二少爺很是喜歡寶珠，聽聞她受了傷非要拉著大哥到榮府來看望。

盛家兩名少爺是知道事情的來龍去脈的，盛名光在一旁喋喋不休地說：「寶珠妹妹，下次可千萬不要這麼傻了，碰見這種事情要躲得遠遠的，妳怎麼還趕著往別人身上撲？就算那人是親王跟皇子也不成，妳的命不比他們差，妳還有這麼多人疼愛著，要是出了事，大家該有多傷心呀。」

盛名光一碰見寶珠就會變成一個小話嘮，盛名川覺得自家弟弟這模樣真是丟人，急忙打斷他的話，從懷中掏出兩本書來遞給旁邊的妙玉，笑道：「這是我找到的書，讀來挺有意思的，都是講一些小故事，很是有趣。如今寶珠妹妹在養傷，不便起身，覺得無趣的話，便可讓丫鬟們唸書來聽聽解悶。」

榮寶珠讓妙玉唸了一小段，都是些很有趣的故事，知道這書是盛名川費了些心思才得到的，便高興地捧著兩本書在懷。「多謝盛大哥了。」

盛名川柔聲笑道：「妳高興便成，待這兩本看完了，我再尋新的來給妳。」

盛大哥果然是最溫柔的，榮寶珠心中感激不盡，連連道謝。

盛家的兩兄弟走了之後，榮寶珠讓妙玉唸了一會兒書就休息了。

之後一連好幾日，榮寶珠都用趙宸送來的玉肌膏，裡面她也摻了瓊漿，抹在傷口上果然不疼不癢，還冰涼涼的，舒服極了。

這幾日趙宸都會抽空來陪她半個多時辰，榮寶珠實在有些受不住，她很害怕蜀王，上輩子她已經習慣了他的冷漠對待，這會兒聽他這般溫聲細語的，太不習慣了！

榮寶珠受傷後第十日，趙宸一大早過來看她的時候，她忍不住開口。「殿下，您是親王，肯定有許多事務要忙，您就不用日日過來看我，我都好得差不多了，再過幾日就能下地行走。」

榮寶珠其實挺鬱悶的，她傷的明明是後背，岑氏卻不許她下地，非要她在床上養傷。

趙宸笑道：「既如此，下次我就不來了，這幾日也是天瑞要求我過來看妳的，他如今被拘在宮中不得出來，只能求我過來了。」

榮寶珠聞言鬆了口氣，笑道：「麻煩殿下跟小皇子說一聲，我好得差不多了，不勞小皇子操心，讓小皇子在宮中安心便是。」

趙宸點頭，從懷中掏出一枚玉珮來，那玉珮通體黑色，散著瑩潤光澤，他把玉珮遞給榮寶珠。「這是我自幼隨身佩戴的黑玉玉珮，妳救過我，如今我沒什麼謝禮能給妳，這玉珮妳就收下吧。」

說著他不等寶珠回神，直接把玉珮塞在她的手中，又道：「妳好好休息，我先回去了。」竟轉身走了。

榮寶珠愣了好半晌，摸著手中還溫熱的玉珮，腦子越發糊塗了。蜀王這是何意，那她以後豈不是不能再要求蜀王退婚？

等回神時，趙宸已經離開，榮寶珠只覺得手中的玉珮燙手得很，猶豫了一下，終究還是打開床頭的小紫檀木箱子，把玉珮跟裝著瓊漿的小玉瓶放在一起。

又過了幾日，榮寶珠後背的傷口已經結痂，她怕爹娘懷疑，藥膏裡只摻雜了少量的瓊漿，讓傷口好得慢些。

傷口結痂後，榮寶珠就能下地走動了，岑氏這些日子怕她營養不足，在吃的方面花了大量的心思，原本瘦了點的寶珠又被養得珠圓玉潤了起來。

瞧她長了點肉，幾個哥哥姊姊們都放心了些。

這些日子，鄭二少爺、袁六少爺和盛家兩位少爺都是天天過來看寶珠。

岑氏覺得女兒年紀雖小，可外男這樣進入女兒閨房也實在不妥，於是嚴令寶珠身邊的丫鬟們，日後不許男子進入女兒的閨房，哪怕她的兩個親哥哥們都不成，見客只能在客房裡。

榮寶珠倒不覺得有什麼，如今她還不到四歲呢。

當榮寶珠在榮府吃好喝好，過得開心時，宮裡頭有人不開心了。小皇子最近鬧騰得厲害，每日哭鬧著要去榮府看寶珠，太后跟皇上這才察覺出不妥，這寶珠對小皇子的影響也太大了些，自然是堅決不肯讓小皇子出宮。

小皇子受了委屈就去跟德妃哭訴，德妃心裡也不舒服，覺得皇兒被個小傻子搶去，心中便對寶珠喜歡不起來，她勸小皇子。「皇兒，你是皇子，怎能與那小傻子整日廝混在一起，還是趁早斷了跟她的往來。」

趙天瑞蹭的一下跳出德妃的懷抱，指著德妃大叫道：「母妃，妳說的這是什麼話，什麼叫小傻子，寶珠才不傻呢，寶珠最好了。不成，我要去榮府看寶珠，母妃，妳去跟父皇求求情吧。」

德妃氣得不行。「你父皇主意已定，本宮如何勸得動，我勸你還是斷了去看她的念頭，再說了，你怎麼就這麼喜歡跟她玩？宮裡漂亮的小宮女多得是，你跟她們玩不成？」

「不要，不要，就不要！」趙天瑞就差在地上打滾了。「我就是要跟寶珠玩，誰都比不上寶珠，寶珠是天底下最好的。」

德妃氣得腦袋疼，到底是有些心軟，就去求了皇上。

皇上喝斥道：「真是婦人之仁，妳若是放天瑞去看了那小傻子，天瑞自幼就跟她接觸，長大後自然會待她不一般，若生出了別的情意來，到時妳該如何？再者，妳忘了前些日子天瑞被人拐的事情？日後都不許他再出宮了！」

「這，我也知道……」德妃猶豫道。「實在不成，之後就讓她給天瑞做妾便是。」

皇上冷哼。「妳說的倒好，以他們如今的情分，天瑞若是真喜歡她，就算讓她做了妾，他也會只寵著那傻子，到時後宅不寧！」

德妃不說話了，過會兒問道：「那該如何是好？」

皇上道：「能怎麼辦？總不能因為妳皇兒喜歡人家就殺了人家，只能把他拘在宮中，到底是個孩子，妳最近多給他找些新鮮好玩的玩意兒，過些日子他肯定就會忘記了。」

德妃頭疼地離開，還在心裡想著該如何是好。

皇上去見了太后，把天瑞鬧騰的事情說了一遍，太后冷聲道：「那麼個小傻子也想給我皇孫兒做妾室？作夢！再說了，那小傻子是我留給蜀王的。哼！蜀王就該配這麼個小傻子，我瞧蜀王這些日子跟那小傻子也挺親近。我原想著等那小傻子大些就指婚給蜀王，蜀王只怕會心生不滿，與那小傻子產生間隙，那小傻子到底是榮家的寶貝，如此一來，蜀王與榮家間勢必會水火不容，如此真是一箭雙鵰，只是沒想到蜀王竟挺喜歡那小傻子。」

皇上問道：「母后，那該如何？」

太后道：「能如何，蜀王和那小傻子年紀都不大，以後的變數還說不清楚，只能看還有沒有更合適的人可以說給蜀王，若是沒有，等那小傻子再大些賜婚就是了。唉，你且好好管著天瑞，可千萬莫要再讓他出宮了。」

皇上點頭應下。

天慢慢地暖和起來，榮寶珠背後的傷也好得差不多了，只餘下淡粉色的疤痕，再過上一段日子，這疤痕就會消散。

岑氏瞧著女兒背後淡色的傷疤終於放心了幾分，替寶珠搽了藥膏後，幫她穿好衣裳，她笑咪咪地道：「好了，妳身子已經好得差不多，這幾個月老祖宗都不許妳去看她，怕風大吹著妳，又染上病便不好了。如今這天總算暖和了，妳也該去給妳祖母跟老祖宗們請安。」

「娘，我曉得，待會兒就去。」榮寶珠笑咪咪地往岑氏懷裡蹭。「娘，我身子都好得差不多了，什麼時候能跟姊姊們一塊上課呀，我都快悶死啦。」

岑氏摸了摸榮寶珠順滑的髮，笑道：「妳祖母擔心妳的身子，說要再等幾個月，若是妳覺得自己身子骨兒不錯，待會兒就去跟妳祖母說說，一塊兒跟著姊姊們去上課就是。」

榮家的姑娘跟少爺們是被分開教導的，到底姑娘和男子們不同，需要教導的東西也不同。當然，就算分開了，女孩們也不可怠慢學習，光是請來的女先生就有好幾個，教導姑娘們一般的琴棋書畫，儀態、女訓、女經之類的。

榮寶珠上輩子只堪堪認得字而已，什麼都不精，便想著這輩子要好好學習，要懂得多一些東西才好。

榮寶珠去給狄氏請安的時候就撒嬌了起來。「祖母，我身子都好得差不多了，想跟著姊姊們一塊兒學習，我本來就不如姊姊們聰明，都說笨鳥先飛，不如祖母讓我明兒就開始跟姊姊們一塊兒上課吧？」

狄氏笑道：「妳這小丫頭就這麼想跟姊姊們一塊兒玩？」她只以為是小丫頭整日在屋裡嫌悶，便想早些跟著姊姊們一塊兒上課玩耍。

「祖母亂說呢。」榮寶珠撲在狄氏懷中抱著她的手臂撒嬌。「我可不是為了玩，就是想早點上課，這樣能多學一些東西。我醒來得晚，腦子也不如姊姊們靈活，就想早點上課，能多學一些是一些，不求聰慧了得，只盼著自己日後能夠明辨是非就成了。」

這番話說得狄氏連心窩子都在痛，抱著她心疼道：「好，好，我們寶珠要去上課就去，不過也得注意身子，若是有什麼不舒服的地方，可要立刻告訴祖母。」

狄氏應承了讓她明日去上課，榮寶珠歡喜不已，又去向兩位老祖宗請安。兩位老祖宗許久未見到她，很是掛念，榮老娘抱著她好一頓親熱，連時常不露笑容的榮老爹都說了幾句話，笑容多了起來。

在老祖宗房裡陪了他們大半天，榮寶珠想幫著澆水鋤地，不過她身子才好，老祖宗哪裡捨得讓她勞動，就讓旁邊伺候的菀娘接手。

說起來榮寶珠生病的這段日子，後院的菜地都是讓菀娘打理的，菀娘是國公爺的妾室，又不得老祖宗喜歡，老祖宗自然可勁地使喚她。

菀娘這些日子吃盡了苦頭，自從跟了榮老爺子後，這些泥腿子的事情她都未做過了，心裡自然不滿，跟國公爺哭訴過幾次，還裝過病。

說起來，這菀娘也是個傻的，竟跟國公爺哭訴榮老娘待她不好，榮老娘再不好那也是他的爹娘呀，是他們拉拔國公爺長大的。國公爺再怎麼寵她也不會幫她說話。甚至還訓斥了她幾句，一連好些日子沒去她院中，她這才老實了不少，每天苦著一張臉在老祖宗這種菜。

榮老娘才不管這些呢，反正妳沒做完的事就算不吃飯、不睡覺也得做完。

在老祖宗這陪他們用了午膳，榮寶珠才回去院子裡，下午好好休息了一番，稍晚，岑氏已經把她要上課的東西都給她準備好了。

第九章

翌日一早，榮明珠、榮海珠就過來跟榮寶珠一塊兒用了早膳後才去上課，上課的處所就在東園那邊，佈置以乾淨整潔為主。

姑娘們早上辰時初就要到課堂上，上午為兩個時辰，巳時末下課，回去吃了午膳，休息一個時辰，未時初再去，下午也是兩個時辰，申時末下課。

一天也就四個時辰，上午主要學習各種功課，像《三字經》、《女誡》等各種書本上的知識，下午則是儀態規矩和琴棋書畫之類的。

榮寶珠第一次來，肯定是趕不上進度的，女先生讓她先熟讀《三字經》，為了讓她趕上進度，女先生讓其他姊妹們放慢了進度，特意給她一個人補了課。

榮寶珠認得字，學起《三字經》來當然特別快，可她怕被榮灩珠識破了身分，只能慢慢學。等到學了一個時辰休息一下的時候，姊姊們都過來噓寒問暖，榮寶珠心裡暖洋洋的。

榮灩珠也過來笑道：「寶珠妹妹學得如何了，若是有不懂的地方可以來問六姊。」

「多謝六姊關心。」寶珠抱著《三字經》道謝。「雖然學得磕磕巴巴的，可是我心裡歡喜得很，日後若是有什麼不懂的，一定會問六姊。」

榮灩珠滿意地點了點頭，在她身側坐下，忽然問道：「對了，蜀王這些日子似乎沒來看妳了？」

榮寶珠驚訝地抬頭。「蜀王為何要來看我？之前不過是因為我替蜀王和小皇子擋了刀子，小皇子不能出宮，才央求蜀王過來府中看我，如今我好了，蜀王自然就不過來了。」

「原來如此。」榮灩珠捂嘴笑了笑。「看來小皇子對七妹真是特別，竟還央求了蜀王來府中看妳。」

榮寶珠心裡有些不舒服，一時又不知該如何還嘴，五姊榮海珠忽然湊了過來，冷笑一聲。「六妹，妳說的這是什麼話，什麼叫小皇子對七妹真是特別？妳怎麼不說小皇子成日欺負七妹，這也叫特別？那妳大年夜那日還被小皇子摸了手，讚了一句小美人，小皇子怕是對妳更特別一些吧！」

榮灩珠沒有反駁，只笑道：「五姊不要怪我，是我說錯了話。」

榮海珠冷笑。「這是說錯話？這明明是在敗壞我七妹的名聲。」

榮灩珠有些受不住五姊的咄咄逼人，自重生後第一次在姊妹面前惱了。「說錯話便是說錯話，妳還想我如何，再說了，七妹都沒說什麼，妳何必揪著不放？」

「妳又不是不知我七妹性子軟。」榮海珠冷笑。「還偏偏在七妹面前敗壞她的名聲，若是再有下次，我就跟祖母說了。」

說罷，她拉著榮寶珠往外走。「學了一個時辰，出去休息一會兒，透透氣，有什麼不懂的來問我就是，沒必要理那些嘴巴跟長舌婦一樣的人！」

這話把榮灩珠氣得連心窩子都在疼，她卻硬生生地忍了下來。

榮海珠拉著榮寶珠出去後就道：「妳以後別跟她說話，她說話總是陰陽怪氣的，看著特別討人厭。」

榮寶珠忍不住抱住她的手臂。「還是五姊最好了。」

第一天上課就這麼過去了，上午的課程對寶珠來說都還好，可到了下午的琴棋書畫就慘了，這全是她上輩子不熟悉的，學得那叫一個淒慘。女先生講了半天她連琴音是什麼都沒聽懂，完全是茫然不知所措，棋藝方面更慘，聽得她一頭霧水，書畫更加不用說了，寫的字都是歪歪扭扭的，畫得那叫一個磕巴。

好在榮寶珠不放棄，四歲就能上課，可比上輩子的起點好多了。

她學東西雖然慢，態度卻很誠懇，很受女先生的喜歡，下了課也會努力地看書練字。

岑氏很心疼女兒這麼辛苦，榮四老爺卻勸道：「咱們女兒這般有志氣，妳該鼓勵她才是，若是心疼她，平日裡多給她準備些吃的喝的就行了。」

岑氏哪會不知道這個理，只能按照榮四老爺說的多關心女兒的吃喝，晚上的時候讓她少看些書，就怕傷眼。

轉眼間，榮寶珠已經上了一個多月的課，倒也漸漸適應了。再過幾日就是榮四老爺春闈的日子，榮寶珠平日裡總是用瓊漿幫著爹爹改善身子，這會兒倒不是很擔心。

春闈那日，榮四老爺離開了榮府，榮寶珠一大早就起來送他，榮四老爺帶的水壺裡也照常被她滴了幾滴瓊漿。

這春闈一連九日，九日後榮四老爺回來時瘦了許多，可見是有多辛苦。府裡的人上上下下都擔心著，榮四老爺卻很輕鬆自在，笑道：「我覺得自己考得還不錯，就算沒中也沒什麼關係，不必如此緊張。」

榮四老爺到底是個有才華有本事的，幾日後放榜錄取三百名為貢士，榮四老爺得了第一名，會元。

過些日子，便是殿試了，榮四老爺果然不負眾望，高中狀元。

皇上雖對榮府有些意見，卻不得不承認榮四老爺是個有才華的人，且榮四老爺如果有了官位，以後才有與蜀王抗衡的資本。

得知爹爹高中了狀元，榮寶珠歡喜到不行，在屋子裡嘿嘿直樂。

榮府上下一片歡喜，榮老爺子臉上也有了笑容，宴請了親朋好友。

宴會上，眾人都奉承國公爺有個好兒子，榮老爺子哈哈大笑。「老四自幼聰慧，若不是前兩次耽擱了，只怕早就高中。」

眾人點頭稱是，心裡有些為榮四老爺惋惜，究竟有多倒楣，竟然耽擱了兩次。

這次國公爺被眾人奉承著喝了許多酒，不多時就醉了，口中嚷嚷了起來。「老四，你是個有本事的，若不是耽誤了兩次只怕早就高中狀元。這次你若是入了翰林院，你可要幫襯你二哥一把，你二哥這些年都還在翰林院做個庶起士，你可要多幫幫他。」

眾人尷尬不已，心裡有些為榮四老爺可惜，這麼好的兒郎，國公爺竟還惦記著一個庶出子，真是夠糊塗的。

榮四老爺只說是，並未多說什麼。

榮四老爺心中不喜，榮二老爺也高興不起來，被國公爺這麼一說，那豈不是表示他不如四弟？到底有些怨恨國公爺。

狄氏心裡冷笑，也不攔著榮老爺子胡言亂語，就讓外人瞧瞧他這個做爹的該有多麼偏心。

過些日子，榮四老爺入了翰林院做正八品的五經博士。翰林院的工作的確清苦，可是從翰林院出來的必有不凡成就，如今朝堂三品以上的重臣有大半就是從翰林院出來的。

日子晃晃悠悠地過去，轉眼就入了夏。榮寶珠已經四歲了，跟著姊姊們一塊兒上了半年的課，她還是一樣學得很慢，《三字經》堪堪讀完，琴棋書畫還是不怎麼精通，字練得好看了些，畫還是老樣子，沒任何進步。

剛入七月就熱到不行，榮寶珠最怕入夏了，每日上完課回來都是一身的汗水。

岑氏特意讓小廚房做了冰糖蓮子湯，又用冰塊鎮得冰涼涼的，添了一小碗給榮寶珠送過去。榮寶珠一口氣吃光了，眼巴巴地看著岑氏，顯然是還想吃。

岑氏在榮寶珠的吃食方面特別在意。「好了，這東西用冰塊鎮過，太寒了，姑娘家要少吃。」

榮寶珠舔了舔嘴巴，倒也不再要了。

岑氏正想跟女兒說幾句話，柳兒忽然闖了進來，急得滿頭大汗，不等岑氏問什麼，柳兒已經道：「太太不好了，姑太太出事了！」

榮寶珠吃的東西都還沒消化，被柳兒這麼一說，心裡咯噔了一下，胃就有點不舒服。姑母眼下懷孕都快九個月了，柳兒這麼急，肯定是孩子出了什麼事情。

岑氏一下子站了起來，臉色都變了。「怎麼回事，妳慢慢說。」

柳兒抹了把額頭上的汗水。「奴婢也不大清楚是怎麼回事，國公夫人房裡的沈嬤嬤忽然過來讓奴婢告訴太太，趕緊準備一下，要去季府看望姑太太，說是姑太太動了胎氣，怕是要早產了。」

榮寶珠心裡突跳著，手都有些抖，慌忙抓住了岑氏的衣裳，紅著眼道：「娘，我也要去看姑母。」

女兒重情，岑氏自然是知道的，但她還是有些不願意帶女兒去，大姑子難產，血腥氣太重，她怕衝撞了女兒。「寶珠乖，莫要鬧，妳下午還要上課，有我跟妳祖母和伯母們去就好了。」

寶珠卻不願妥協，她有瓊漿，萬一姑母情況危險，說不定還能救姑母一命。苦苦哀求了幾句，岑氏到底心軟，答應了下來，立刻就起身出發。

到了鎮國公府門口的時候，狄氏、魏氏、駱氏都已經到了。

狄氏瞧見岑氏領著寶珠便皺眉道：「帶寶珠去做什麼？元婧難產，萬一衝撞了寶珠可怎麼辦，快些讓丫鬟把寶珠抱回去。」

榮寶珠哭道：「祖母，您就讓我去吧，我擔心姑母，求求祖母讓我去看看姑母吧。」

「妳這孩子……」狄氏嘆息，看著寶珠哭紅的眼睛還是沒忍心拒絕，便帶著她一起朝著輔國公府趕去。

馬車上，岑氏問道：「娘，到底是怎麼回事？」

狄氏攥了攥拳，忍下心中的憤恨才道：「季府傳來的消息模糊不清，只說是元婧頂撞了皇后娘娘兩句，不知怎地動了胎氣，也不知現在怎麼樣了。」狄氏就只有這麼一個女兒，平日裡對她寵愛得很，出了這種事情，在府裡的時候她壓抑著情緒，這時在幾個兒媳面前實在有些忍不住了，用帕子遮著眼無聲地哭了起來。

幾個兒媳都不知該如何勸說，岑氏在心底嘆了好幾口氣，又求老天保佑大姑子可千萬要平平安安的。

榮寶珠心裡也怕得厲害，上輩子姑母可是早早就過世了，她怕這次是應驗了上輩子的事情，忍不住埋在岑氏懷中跟著哭。

岑氏撫著女兒的背，心裡嘆息，女兒這般重情，也不知是好是壞。

狄氏哭了一會兒便止住了淚，她擦了擦眼。「讓妳們看笑話了。」

魏氏道：「娘說的什麼話，娘這是擔心元婧，只盼著元婧可千萬要好好的。」

岑氏這才從旁邊取出一個錦盒來遞給狄氏。「娘，這是我庫房裡的人蔘，想著我們應該是用不著，元婧這一回還不知道如何了，女子生產最是危險，這人蔘就帶去給元婧服用。」

「妳這孩子……」狄氏知道這是岑氏的一片心意，沒有拒絕，接過來打開一看竟有些被震住了。

錦盒裡放著一根根鬚完整、已經成了人形的人蔘，這人蔘怕是沒有千年也有幾百年了，狄氏抬頭，眼裡又有了淚。

「我替元婧謝謝妳，只盼著這蔘能救她一命。」

馬車很快到了輔國公府上，狄氏一行人下了馬車，立刻有人把她們迎進去。

幾人直奔榮姑太太的院子，過去的時候輔國公夫人已經在院子裡站著，季大老爺也在，正慌張地在原地走來走去，周圍還站著不少婆子和丫鬟們。

輔國公夫人看到狄氏時露出了一絲尷尬之色。「親家夫人，妳來了，元婧正在裡面生產，妳不用太擔心。」

季大老爺走上前，紅著眼道：「岳母，都是我的錯，沒有照顧好元婧……」

狄氏擺擺手，焦急地朝著房裡望去。「元婧到底如何了？」又看了輔國公夫人一眼。「元婧到底是怎麼回事？不是還要等上一個月才到產期嗎？怎麼這會兒就……」

「這……」輔國公夫人一時無言。「元婧與皇后爭論了兩句，元婧就動了胎氣。說起來元婧也真是沒大沒小，怎敢與皇后爭辯……」

季大老爺攥拳道：「母親！」

皇后是季大老爺的親妹子，輔國公夫人肚子裡出來的女兒，自幼就疼愛著，輔國公夫人自然是偏袒自己的女兒多一點。

狄氏是知道元婧的性子，知道她不會輕易與人相爭，有心想說兩句，可想著女兒現在是季家的媳婦兒，說了反而平白惹得輔國公夫人越發不喜女兒，只得生生忍下這口氣。「不管如何，現在元婧生產最重要，裡面到底如何了？」

季大老爺沈默不語，眼睛卻紅得厲害，狄氏心中不安，顫著聲音問：「可是難產？」

輔國公夫人沈默了一下，道：「難產，大出血，只怕……」

「母親！」季大老爺吼道。「元婧會平平安安的！」

狄氏只覺得眼前一陣發黑，旁邊的魏氏急忙扶住了她。「娘，您可一定要保重身子。」

狄氏顫抖著把岑氏給的那株人蔘拿出來給季大老爺。「把這個拿去切片給元婧送進去，人蔘補元氣，只盼著元婧可千萬要熬過這關。」

那人蔘一拿出來，輔國公夫人都有些眼紅了，這一看就是幾百年的極品人蔘，可遇不可求的東西。皇后生孩子的時候傷了身子，這幾年都未曾再懷過，若是能把這麼好的蔘給皇后用，虧空的身子肯定能補好。

季大老爺把人蔘給了旁邊的丫鬟。「趕緊拿去小廚房切片了給太太送進去。」

輔國公夫人急道：「我跟過去看看。」

榮寶珠很不喜這輔國公夫人，一直注意著她，瞧見了她臉上的貪婪，忽然道：「祖母，我也跟過去瞧瞧。」

狄氏這時心裡還難受著，只揮了揮手，沒攔著。

輔國公夫人臉上一愣。「妳這小孩子過去幹什麼？別礙事了。」

榮寶珠道：「夫人放心，我不會礙著事的。」

輔國公夫人瞧所有人都望著她，到底不好再說什麼，跟著丫鬟往小廚房走去，榮寶珠也跟了上去。小廚房就在不遠處，進了廚房裡，榮寶珠沒出聲，默默地站在角落裡。

大概是榮寶珠太沒存在感，輔國公夫人也不知是忘了她的存在，還是覺得她不過是個不懂事的小孩子，直接拉住那正要給人蔘切片的丫鬟低聲道：「快別切了，這般好的人蔘用了實在是浪費，我庫房裡有根幾十年的人蔘，拿那個出來用就成了。」

那丫鬟為難地看著輔國公夫人，心中有些看不起她，大太太娘家拿來的人蔘，夫人竟也好意思給藏下，這可是救命的東西啊，如此不是在害人性命嗎？

輔國公夫人以為自己說話的聲音極低，那小丫頭片子一定聽不著，再說這小丫頭之前還是個小傻子，自己在說什麼那小傻子恐怕也聽不懂。

怎知一回頭，卻瞧見榮寶珠正目瞪口呆地看著她，輔國公夫人老臉一紅，張了張嘴巴想說些什麼。

榮寶珠已經驚訝地道：「夫人，您要藏下我祖母給姑母的救命人蔘嗎？」說著哇哇大哭了起來，朝著外面衝去。

榮寶珠這會兒是真的傷心，姑母有這樣的婆婆真是倒楣透了，還在產房生死不知，這婆婆竟就想昧下她救命的人蔘。

輔國公夫人傻了，過一會兒才反應過來，臉色發白地指著那丫鬟道：「快……快點出去把那小丫頭給攔下來！」

榮寶珠跑到前院，岑氏聽到她的哭聲嚇了一跳，以為她出了什麼事情，忙問道：「寶珠這是怎麼了？」

榮寶珠撲到岑氏懷中哭道：「娘，夫人是壞人，她……她跟那丫鬟說，她庫房裡有根幾十年的人蔘，要拿給姑母用，這根人蔘用了實在是浪費。」

岑氏臉色發青，狄氏的臉色也好不到哪去，輔國公夫人氣喘吁吁地跑了過來，瞧見榮家人跟自家兒子都面色不善地看著她，忙訕笑道：「這……這小丫頭沒亂說話吧，我……我就是說著玩的。」

這是承認自己想昧下人蔘了吧！季大老爺都快被自己的母親給蠢哭了，實在無顏面對妻子的娘家人。

岑氏冷哼一聲，也不好說什麼，拉著榮寶珠朝小廚房走去，那丫鬟仍站在小廚房裡不知所措，人蔘還好好地放在案上。

岑氏跟那小丫鬟道：「妳去忙吧，我來弄就好了。」

小丫鬟福了福身子就退下去。

岑氏把人蔘拿來切了幾片，剩下的又放回錦盒裡，打算待會兒交給元婧身邊的丫鬟。

榮寶珠望著那人蔘道：「娘，我給姑母端過去吧。」

岑氏沒反對，榮寶珠就端著小碟朝前院走去，趁岑氏不注意的時候在人蔘上滴了幾滴瓊漿，只盼著這人蔘跟瓊漿能夠救回姑母一命。瓊漿滴在人蔘上很快就被吸收了，根本看不出有什麼異樣。

來到前院，岑氏把剩下的人蔘交給榮元婧身邊信得過的丫鬟，又讓那丫鬟將切好片的人蔘送進房裡去。

屋子裡悄無聲息的，只能聽見接生婆跟婆子們忙碌的聲音。

等人蔘送進去後沒多久，裡面傳來榮元婧微弱的哭喊聲，接生婆歡喜地道：「醒了，醒了，這人蔘真是太派上用處，連血都止住了。太太，妳用力些，很快就出來了，妳可千萬要堅持住啊，想想鳳姊兒跟秀姊兒，還有您肚子裡的這個。老婆子我接生這麼多年，可以肯定地說這次絕對是個男娃娃，太太，您可千萬不能再昏過去了。」

外面的人忐忑不安地等著，大夏天的，每個人都出了一身汗，榮寶珠也是如此，一身汗地依偎在岑氏懷中，在心裡祈求著姑母一定要平安無事地生下孩子。

季大老爺這會兒身子都有些抖了，榮寶珠的目光時不時會落在這個姑父身上。

說起來姑父跟皇后都是從輔國公夫人肚子裡出來的，怎麼就完全不一樣？聽剛才的話，皇后怕也是個不好相處的人，這輔國公夫人連兒媳的救命人蔘都敢昧下，可見她是個糊塗又不好相處的蠢人，但季大老爺對姑母如此好，完全與她們不一樣。

裡面的婆子使勁地幫著榮姑太太，榮姑太太吃了人蔘後整個人都清醒了過來，也有了力氣，按照接生婆的要求努力著，半個時辰過去，終於聽見接生婆大喜的聲音。「頭出來了，大太太，孩子的頭出來了，您再加把勁啊。」

榮元婧一個用力，只覺得有什麼東西從體內滑了出去。

接生婆歡喜地道：「生了，生了，是個帶把的呢。」

外面的人高興了起來，榮家人總算鬆了口氣，榮寶珠更是整個人都鬆懈下來，才察覺自己出了一身的汗。

裡面的接生婆把孩子抱給榮元婧看了一眼，笑咪咪地道：「太太放心，這小子雖然瘦了些，卻是個好養的，這一下地哭聲就嘹亮得很。」

瞧見那瘦瘦弱弱的孩子，榮元婧心底到底還是有些難受，孩子早產了一個月出來，自然身子骨兒沒有足月的孩子好。

接生婆勸說了幾句，外面的輔國公夫人已經焦急地道：「我的孫兒，快抱出來給我瞧瞧。」

榮元婧面上的笑容淡了幾分，朝接生婆擺了擺手，示意她把孩子抱出去。

孩子剛抱出去，輔國公夫人面上就露出了笑容，輕輕柔柔地把小嬰兒接了過去。「喲，我的乖孫子喲，祖母盼了十年可終於把你盼來了。」

「太太如何了？」季大老爺眼看著要往產房裡面衝去。

接生婆攔住他。「老爺，產房血腥味太重，老奴知道您是心疼太太，可還是不好讓您進去，太太已經沒事了，您別擔心，待會兒收拾好了，您再進去看太太如何？」

輔國公夫人也皺眉道：「女人生孩子不就是那樣，這不是好好的，你在瞎擔心什麼！」

季大老爺攥拳，氣得不行。

狄氏看了眼孩子，便進房瞧女兒去了，榮寶珠原本也要跟著榮家人一起進去，卻被阻止了。

狄氏道：「小孩子就不要進去了。」狄氏怕寶珠太小，進產房會衝撞了她。

榮寶珠拉著狄氏的手。「祖母，我想進去看看姑母。」

狄氏這會兒倒是頗堅持，總不能女兒剛沒事，孫女又病了，只讓丫鬟把寶珠給攔在外面。

榮寶珠伸長了脖子朝裡頭張望，過會兒，聽見姑母的聲音傳來後她才鬆了口氣，看來姑母應該是真的沒事。

產房裡，榮姑太太看著母親心裡委屈得厲害，輕輕地喊了一聲娘。

女兒才遭了這麼大的罪，狄氏不願意再多說女兒什麼，也不願在她面前哭，只道：「妳好好休息，有什麼事情待身子養好了再說。」
「娘，我沒多大事，感覺身子還不錯。」榮元婧覺得有些奇怪，自己明明流了那麼多的血，現在竟還覺得身上有勁兒。
狄氏見她精神還挺好的樣子，終於忍不住問起了原因。「妳這是怎麼回事，上個月還好好的，大夫把脈後也都說無礙，怎麼突然早產了？我聽妳婆婆說，是妳跟皇后爭論了幾句，可有這回事？」
榮元婧攥緊了拳頭，呸了一聲。「她倒是惡人先告狀，皇后今兒回娘家來，瞧見我挺著大肚子就忍不住諷刺了我幾句。我知道她生公主的時候傷了身子，不能再有身孕，平日裡都是避著她，今兒是我婆婆說我不懂禮數，說皇后娘娘回家一趟，我也不出來見見，這才把我叫了出去。
「她想諷刺就讓她說幾句也不要緊，我都笑著沒說什麼，可她倒好，竟把事說到了寶珠頭上，說寶珠與小皇子要好，長大了要給小皇子做妃子。我真想呸她一臉，還不是覺得寶珠清醒得晚，覺得寶珠傻，小皇子又不是從她肚子裡出來的，便想著法子給德妃添堵，可她想添堵也不該拿我們家寶珠來說嘴。寶珠是榮家的寶貝，誰稀罕給那小皇子做勞什子的妃子。」
榮元婧喘了兩口氣，旁邊的親信丫鬟端了蔘湯上來餵她喝了兩口，才繼續道：「我有些沒忍住，就說了一句皇子和寶珠年紀還小，這事要榮家人跟皇上說了才算，她便……她便說我衝撞了她，想要打我，到底是被婆婆給攔了下來。哪知道最後送她出去的時候，她竟突然朝我這邊撞了過來，我崴了腳，從門檻那摔下去……」

狄氏氣得渾身發抖。「還有沒有王法了！就憑她是皇后娘娘就能隨意害人了嗎？皇后人呢？莫不是害了妳就跑了？」

幾個榮家媳婦都替榮姑太太抱不平，這皇后娘娘也太囂張了些，真是活該她生不出孩子來，若真生出個皇子，指不定囂張成什麼樣子。

岑氏心裡也不舒服，這做什麼都拿她家寶珠作踐啊，再說，寶珠和宮裡那兩個半年沒來往過了，怎麼又扯到寶珠頭上？還說季家是百年的世家大族，這輔國公夫人和皇后可真是壞得流膿的骯髒貨色！

狄氏再也受不住了，要出去找輔國公夫人理論，岑氏一把拉住了她。「娘，您這時候出去找她有何用？皇后娘娘是她的親閨女，您還能指望著她會幫元婧說話？依我看，不如這樣……」岑氏在狄氏耳邊嘀咕了幾句話。

狄氏的愁容慢慢舒展開來，轉頭拍了拍女兒的手。「娘這次要為妳作主，妳可願意跟母親回娘家休息？其餘的莫要多想了，總不能平白無故讓妳吃下這個苦頭。」

榮元婧猶豫了下就答應了，她實在是氣不過，皇后怎能這麼作踐人！

狄氏當下讓人把榮元婧的東西都給收拾好，然後扶著她出了產房，季大老爺一驚。「岳母大人，這是如何？」

狄氏冷笑道：「姑爺難道不知是怎麼回事？元婧也是我們榮家的寶貝，豈容被這般作踐！既然如此，我就帶元婧回榮府坐月子便是！」

季大老爺沈默不語，竟是應下了。

狄氏嘆氣，他到底還是疼元婧的，希望這次之後輔國公夫人能夠收斂些，他們夫妻才能好好過日子。

狄氏又讓人去了隔壁房，把輔國公夫人手中的嬰兒給抱了過來，輔國公夫人一開始不知是怎麼回事，只以為親家夫人要看孩子，等出去瞧見丫鬟扶著榮元婧要離開，立刻瞪大了眼。

「妳們這是想做什麼！」

狄氏冷笑。「我榮家的寶貝不是讓你們這般作踐的！既然如此，我就帶元婧回去好好養身子，她這次可是元氣大傷，若是再有人故意這麼對她，我下次還能不能見到我這姑娘都不一定！」說罷，便再也不管輔國公夫人，直接抱著孩子走了。

輔國公夫人那叫一個氣呀，上前就想搶孩子，結果被季大老爺攔了下來，哭道：「母親，求您給我個臉面吧，讓元婧回去榮府好好養身子，算兒子求您了！」

輔國公夫人罵罵咧咧的。「她回去就回去，把孩子抱走是什麼意思？」

轉眼，狄氏已經抱著孩子，跟榮家人走出了院子。

馬車上，狄氏寬慰了榮姑太太幾句，又把窗沿都封好，嬰兒也仔仔細細地遮蓋好。

榮寶珠在馬車上忍不住問：「祖母，姑母要跟我們一塊兒回榮家去嗎？」

「可不是，我們帶姑母回去養身子。」狄氏出了輔國公府後心情好多了。「妳姑母沒事，妳不用瞎操心了，好好回去上課吧。我聽先生說妳最近進步了許多，已經開始看《論語》了？」

榮寶珠悶悶不樂地點頭。「先生說明日就可以開始看《論語》了，我會努力學習的。」她有些好奇姑母早產的事，瞧姑母憔悴的樣子也不敢多問，緊緊地閉上了嘴。

馬車一路朝榮府駛去，路過熱鬧的集市，馬車的速度減慢許多，又漸漸停了下來，狄氏問道：「出了什麼事？」

車夫道：「夫人，前面有幾個小孩在玩鬧，擋住了路，奴才這就下去趕人。」

榮寶珠湊在前面，掀開簾子的一角朝外頭望去，便瞧見前面的路上有幾個半大孩子們正在踢打一隻毛茸茸的黑色小狗，那小狗看起來不過剛滿月，瘦小得很。

榮寶珠有點心軟，合上簾子拉了拉狄氏的衣袖。「祖母，讓車夫把那小狗兒抱上來吧，我帶回去養。」

狄氏也瞧見方才的景象了，嘆息道：「那小狗崽怕是活不下來了，瞧著都奄奄一息的。」

榮寶珠抿了下唇。「沒事的，我就想把牠抱回去，養不活也沒關係。」

狄氏不再攔著，車夫很快就用銀子把前面的小狗崽買了下來。

馬車上，寶珠不敢隨意用瓊漿餵小黑狗，只抱著牠一路晃到了榮府。

一回去，狄氏跟幾個兒媳忙著姑太太的事情，榮寶珠幫不上什麼忙，就讓廚房的人熱了羊奶過來，往裡面滴了一滴瓊漿放在小黑狗面前，餵給小黑狗喝。小黑狗用乾乾的鼻頭聞了聞，又舔了舔就大口地喝起來，不一會兒就把一碗羊奶喝個精光。

榮寶珠摸了摸牠挺起的小肚子，笑道：「既然碰見了也是與你有緣，你可不要辜負了我的東西，要快快地好起來知道嗎？」

榮寶珠知道瓊漿對動植物都有奇效，平日裡給哥哥養著蛐蛐兒，她也沒想過要養其他的小動物，碰見這小黑狗覺得牠挺可憐，才起了養牠的心思。

岑氏跟榮四老爺都沒有說什麼，只囑咐她莫要荒廢了學業。

過了幾日，榮寶珠從岑氏口中知道了姑母早產的原因，是她趁著在爹娘房裡休息的時候聽見的，岑氏瞧她睡得香，又覺得自個兒說話聲音壓得低，卻不想還是被她聽去了。

榮四老爺問道：「那妳給娘出了什麼主意？」

岑氏低聲說了幾句，榮寶珠才恍然大悟，這法子雖然莽撞了些，可也不失為一個好法子。那人總歸是皇后，硬碰上去肯定是贏不了的，不如讓輿論去壓制，皇上自會懲罰她，如今姑母在府中養身子，就不怕會被輔國公夫人找麻煩了。

過沒幾日，京城中開始流傳起輔國公府的笑話來，說是輔國公夫人竟想把兒媳難產時用的百年人蔘給昧下來讓皇后用，差點把兒媳給害死。又聽聞輔國公家的兒媳早產，是因皇后妒忌這位嫂子能夠再次懷孕，便故意撞了這位嫂子，這才導致榮家姑太太早產，聽說榮家姑太太已經被逼到回娘家坐月子去了！

京城的人都覺得這榮姑太太可憐得很，季家明明是世家大族，竟會如此對待兒媳，也有人說皇后囂張跋扈，因為自個兒傷了身子就容不得自己的嫂子懷孕，真是過分極了。很快就有御史大夫調查了此事，發現是真的之後，立刻到皇上面前參了輔國公夫人跟皇后一本！

皇后的品位那是沒得說，正一品，輔國公夫人也是有誥命的，正三品。皇后能坐上后位只不過因為她是太后的親姪女，這位置總不能便宜了外人。倒不想這些年有太后跟輔國公夫人寵著，她越發跋扈了，要不是太后護著小皇子，皇上又只有這一個皇子，若是動了小皇子，皇上跟太后都不會善罷甘休，皇后早就對皇子下手了。

皇上才登基沒兩年，妻子跟丈母娘就幹出這種事來，皇上也是要臉面的，當下就把皇后好好訓斥一頓，因不好當面訓斥輔國公夫人，他只能在皇后面前罵道：「瞧妳娘眼皮子淺成那樣，一根人蔘也要貪，怎地……怎地就這麼丟臉！」自己的丈母娘貪兒媳的人蔘，這可不是給皇上丟臉面嗎？

皇后哭道：「我生天雪時傷了身子，那野人蔘是幾百年的好東西，就連宮裡都沒有，我娘想昧下那人蔘還不是為了我、為了皇上，若是我養好了身子，再給皇上生幾個皇子不好嗎？」

皇上沈著一張臉不說話。被皇后這麼一說他臉上有些無光，宮裡竟連一根幾百年的人蔘都拿不出來。說起來這還真不能怪皇上，如今國庫空虛，先帝打下這天下後忙著減稅，讓百姓的日子好過起來，可子民的日子好過了，朝廷的日子就不好過了。

皇后見他不語，又嗚嗚哭了起來。「再說了，我同那榮氏不過是在好好地說話，我問她如何懷了身子，她竟不肯說，說什麼是讓大夫調養的。騙誰啊，要是沒什麼秘法，她一個幾年都不能生的，如今都快三十了怎麼還能懷上！還有那鎮國公夫人也當真好笑，有了那般好的人蔘竟不獻給皇上……」

「妳蠢啊，她要是有秘法，出去賣秘法都能發大財了。」皇上惱怒得不得了。「妳還有臉說，丟人現眼的，那是人家的東西妳也敢惦記，妳怎麼不說妳還惦記著榮家四房太太的嫁妝！妳還要不要臉。」

見皇后哭得越發厲害，皇上又皺眉道：「哭哭哭，就知道哭，妳既然愛哭，就在寢宮裡好好哭著吧！這半年除了祭祀宴會，妳都不得出寢宮，每日寫一百篇佛經，壓壓妳這眼皮子淺的性子！」

皇后撇了撇嘴，她還真有惦記著榮家四太太的嫁妝，誰不知道榮家四太太那是個會孵金蛋的金窩啊。

皇上不好罵輔國公夫人，便找了太后去說，太后也是恨鐵不成鋼，指著輔國公夫人就道：「妳怎麼就這麼丟人，妳知不知道，妳已經把季府的臉面都給丟光了，兒媳救命的東西妳都敢貪，妳……妳這蠢貨！」

輔國公夫人哭道：「我還不是為了皇后，皇后是我的親生女兒，是太后您的親姪女，她若是能親自給皇上生幾個皇兒豈不是更好？何必抱著別人生的孩子親著、疼著。」

輔國公夫人也真是個蠢的，不管是誰生的那可都是太后的親孫子，太后的臉色立刻就變了。

「妳這蠢貨，如今還不知悔改，明日妳就去榮府登門道歉，去把妳兒媳接回府裡去，日後好好待她。若是再傳出這般荒唐的事情來，看我不扒了妳的皮！」

輔國公夫人最怕她這個大姑子，只好哭喪著臉回去。

回府後，她就去榮家登門道歉，可鎮國公府根本不給她開門，於是輔國公夫人就火冒三丈地回去了，不肯再上門道歉。

事已至此，就連鎮國公也罵這輔國公夫人是個蠢貨，越發不肯讓女兒回去，只說讓女兒在府裡安心地坐月子。這鎮國公也算是真心疼愛這唯一的女兒了，一般的父母哪會容得下女兒在娘家坐月子呢。

榮元婧在榮府吃好睡好，醒來兒子就在旁邊，幾個姪兒姪女又都是懂事的，榮寶珠還會日日來看她的小表弟，身子自然調養得極佳。

榮寶珠當時為了救姑母一命，將手中的瓊漿全滴在人蔘上，這些日子替姑母養身子就不敢用得太多，每日只用一滴瓊漿滴在姑母喝的湯水裡而已。姑母的臉色慢慢紅潤起來，就連小表弟也一日比一日胖。

等出了月子，輔國公夫人跟季大老爺再次親自上門來接人，這次榮姑太太沒拿喬，直接就跟著他們回去。

季大老爺看妻子被養得白白嫩嫩的，兒子一個月沒見也白胖了不少，心中歡喜不已，覺得榮家人真是不錯。只有輔國公夫人黑著一張臉。

這些日子狄氏教了榮元婧不少，告訴她。「既不能頂撞婆婆，無視她就好，如今妳有夫君護著，又有兒子傍身還怕什麼？日後只管好好過日子就是了，妳的好日子還在後頭。」

榮元婧經過這次的事後心寬了不少，完全不把輔國公夫人的黑臉看在眼裡了。

隨後的日子倒也漸漸安穩了下來，榮寶珠專心地投入到課堂之上，每天都下了苦勁去學習。

卻說當初那從路上撿回來的小黑狗最後活了下來，一個月下來長大不少，特別喜歡黏著寶珠，寶珠給牠起名為榮八，被岑氏笑話了一頓，才改取名叫小八。

第十章

時光荏苒，白駒過隙。

這日，一名身穿緋色金絲軟煙羅長裙的女子提著一只精緻食盒，繞過幾條走廊，穿過幾重月亮門，來到精緻的院落前。一進去，一邊種著一排的果樹，另外一邊是座小花園，裡面的花兒奼紫嫣紅，嬌豔欲滴，再往前走有各種嶙峋假山。

女子走過正房，來到後院，後院竟比前院還要大上一倍，再往前走便是一弘清澈的池塘，裡面種著不少蓮花，周圍是用上好的白玉石圍砌起來，最別緻的是，走過池塘上用白玉石做的橋梁，在池塘中間有一座小涼亭。

此刻小涼亭旁邊正坐著一個身穿海棠色天蠶冰絲襦裙的女孩，女孩約莫九、十歲左右的年紀，一頭黑髮柔順發亮，頭上輕綰著一個髮髻，餘下的髮辮全披在身後，隨著女孩的笑聲，一頭黑髮輕輕晃動著，如同上好的絲綢一般。

女孩正捲起襦裙，露出一截小腿划動著池塘裡的清水，仔細一瞧，竟還有紅色的錦魚在女孩雙腿周圍游動著，似一點都不怕女孩。

最讓人驚嘆的是女孩的皮膚，光是那露出的一截小腿已經膚如凝脂，散發著白潤的光澤，讓那拎著食盒的女子視線忍不住落在女孩玉骨冰肌的小腿上。

涼亭裡卻不只有女孩一個，她身旁還趴著一頭黑色的大犬，這黑犬的品相極好，頭大骨壯，一身黑得發亮。

黑犬最先發現從遠處而來的女子，抬頭看了一眼，便又趴回了原處，對著還在玩水的女孩輕輕叫了兩聲。

女孩抬頭，瞧見身穿緋色金絲軟煙羅長裙的女子不由得笑了起來。「妙玉姊姊，妳快些過來，這水可涼了，妳要不也來泡泡腳？」

這女孩不是別人，正是榮家七姑娘榮寶珠，任誰也沒想到小時候那個有點胖的傻丫頭能長成今天這副模樣。

榮寶珠的五官生得極美，小時候還察覺不出，這長大了，五官長開就漂亮了，更何況她還有一身好皮膚，光是這玉肌般的皮膚就能讓一個姑娘再加上幾十分，這模樣一出去便讓人不忍移開目光。

妙玉饒是在榮寶珠身邊伺候了這麼多年，這會兒瞧見姑娘的笑容仍忍不住心顫了下，呆了一會兒，才把手中的食盒放在涼亭裡的石桌上，笑道：「太太曉得您苦夏，讓廚房做了冰糖紅棗蓮子羹，用冰塊鎮過了，姑娘少喝點。」說著已經取出裡面的蓮子羹，放好調羹遞給寶珠。

榮寶珠歡喜地從池塘邊上過來，赤著白皙圓潤的雙腳走到石凳旁坐下開吃。

妙玉瞧她這樣忍不住念叨了起來。「姑娘，您都是大姑娘了，怎麼還赤著雙腳到處走，若是給太太看到又要被數落了。」說著，便要蹲下身子替她穿足衣和繡鞋。

榮寶珠急忙攔住了她。「妙玉姊姊，我自己來吧。」說著已經飛快蹲下身子把脫下的東西都穿回去。

她直起身子忍不住笑了起來。「妙玉姊姊，妳嫁了人就變得囉嗦了。」

這都五年過去，寶珠九歲，妙玉也十八了。

岑氏作主把妙玉許給了四房管事的兒子許湛，許家是個好人家，這些年來一直替岑氏管著庫房。許家兒子是個上進有為的青年，長得一表人才，對妙玉也好，妙玉嫁過去三年，已經生了一個白白胖胖的小子，如今都兩歲了，許家對她那叫一個好啊。

這不，今年又懷上了，寶珠原本都不讓她伺候了，妙玉非說現在月分還小，要再伺候她幾個月。

妙玉被寶珠的話給臊紅了臉，默默地轉頭去整理食盒。

榮寶珠一邊吃著東西，一邊回想這五年，她一直待在榮府裡上課，除了跟六姊有過幾次爭吵外，跟其他姊姊們倒很合得來，似乎在她長大後，六姊開始看她不順眼了。

這幾年她出府的次數少得可憐，偶爾榮家女眷們上香會帶著她，不過她容貌出眾，每次出門都會戴著帷帽。就連宮裡有宴會，榮家人也絕不敢再帶她去了，因此這些年來她都未曾見過皇子和蜀王。

蜀王給的那塊黑色玉珮她一直留著，不是不想還，而是自蜀王把玉珮給她後，她就再也沒見過他了。

這幾年，大哥榮瑀、二哥榮珂都已經成親，三哥榮珖也訂下了親事。

大房的榮瑀已經十八了，娶的是正二品禮部尚書家的嫡出長孫女杜秀妤。禮部尚書杜大人比鎮國公小了幾歲，家裡就兩位嫡出老爺，榮瑀娶的是杜大老爺家的嫡出長女。杜大老爺如今也在朝為官，從五品鴻臚寺左少卿，為人清正，杜家的家風那是完全沒話說的。

原本杜家還有些看不上榮家，不為別的，就因為鎮國公寵妾滅妻的事情全京城人都知道。後來杜家打聽過榮瑀實在是個極好的，這些年身邊連個通房都沒有，本人也是翩翩少年，學問了得，性子儒雅，杜家這一相看就看中了，這才同意把女兒嫁過來。

榮瑀跟杜秀妤成親已有一年，兩人感情極好。魏氏是個明事理的人，對兒媳很不錯，如今這兒媳懷孕三個月了，魏氏每天噓寒問暖的，也不許她去請安，讓她每天早上晚點起來，好好休息。

杜秀妤是個溫婉的女子，就算婆婆不讓她請安，每日還是會去陪魏氏吃早膳。她對寶珠也非常好，只是剛剛嫁進來第一次瞧見這個小姑子眼都差點瞪直了，實在沒想到在外人的傳聞中又胖又醜還傻乎乎的榮七姑娘會是這麼一個精緻的小人兒，關鍵是這小人兒還朝她笑得燦爛，因此第一眼她就喜歡上這小姑子了。

其實榮家人挺鬱悶的，不知為何寶珠會被外人傳成這般樣子，不過榮家人也沒打算反駁什麼，總不能在宴會的時候領著寶珠到處去給別人看，說我們家姑娘哪裡醜了，明明是個大美人。若是如此，就算替寶珠掙了名聲也會被人笑話，倒不如順其自然，待日後真相自會澄清所有謠言。

不過主要還是因為寶珠小時候，小皇子對她挺特別的，若是現在他知道寶珠長成這麼一副好容貌豈不真是要給皇子看上了？

榮家人可不想讓寶珠嫁給皇室的人，就憑皇后那不好相與的樣子，寶珠嫁過去那不就是自討苦吃？

至於二房的二哥榮珂如今也十七了，年初的時候剛娶了妻子。要說這二堂哥的親事，高氏在狄氏跟前求了許久。高氏說蠢也不是真的蠢，她對自己的兒子倒是真的上心，不會像苑娘一樣，為了拉攏兒媳就給兒子娶了個樣樣不如意的庶出女，高氏想讓兒子也娶個如杜秀好那樣的女兒家。

可你是榮家庶出的兒子，爹又不是高官，那樣人家的女兒如何肯嫁？

這事狄氏根本不願意管，妳說妳兒子那樣的人，這才十七，身邊的丫鬟都給睡了個遍，誰願意把姑娘嫁給他呀！

高氏沒法子，整日在京城上躥下跳地給兒子說親，後來倒是說了永安伯家的嫡出女兒葉姚。這葉姚也真是倒楣，親生母親死了，繼母將她嫁過來，她想拒絕都沒法子，嫁過來後才知道榮珂是什麼樣的人。

成親前幾日，榮寶珠看這二嫂的眼睛都是紅的，後來倒漸漸好了些，只是性子變得清冷，整日不搭理榮珂。

高氏氣個半死，整天折騰葉姚，立規矩都能立上半日，這成親已經快半年了，葉姚的肚子卻完全沒動靜，常被高氏罵是不會下蛋的雞。

榮寶珠覺得這姑娘真是可憐得很。

至於出身三房的三哥榮珖，定下的對象是岑氏親姊姊岑邟家的女兒——出身御史大夫家的嫡出二女，左曦文，這姑娘性子有些大大咧咧的，跟處處細心的榮珖很不一樣。

榮寶珠挺喜歡三房的人，覺得三哥能夠娶到表姊是好事。三哥是個端正的人，這些年來屋裡都沒有通房，不然岑氏也不會將自己的外甥女說給他。

大房的大姊慧珠跟三房的二姊佩珠也都把親事定下來了。大姊定下的是岑氏哥哥岑趋家的大兒子——寶珠的表哥岑安赫；至於二堂姊佩珠定下的是勇毅侯家的嫡出長子，勇毅侯家也算是百年世家，家風清明。

除此，四哥榮琅最近也在挑選姑娘了。

寶珠搖頭晃腦地想著，幾個哥哥姊姊們，娶妻的娶妻，訂親的訂親，大房、二房、三房都有喜事，就他們四房暫時還沒有，希望四哥早些給她找個嫂子來。

這幾年過去，四哥榮琅越發聰明，性子更加沈穩，打算明年去參加科舉；四姊榮明珠則越發端莊溫婉；五姊榮海珠如今不過十一、二歲，已經是京城有名的才女了。五姊的確聰明了得，學東西特別快，出口成章，榮寶珠不知道有多羡慕。

至於五哥榮琤……寶珠忍不住咬了下唇，五哥學東西比她還慢，不是不聰明，而是聰明勁都用在玩耍上。這幾年京城能玩的東西都被他玩了個遍，鬥蛐蛐、蹴鞠、投壺、圍獵、搖色子、鬥雞、鬥鳥、喝酒、射箭……他樣樣精通，最近還迷上了鬥狗。

一想到榮琤，碧玉就過來通報了。「姑娘，五少爺找您，正在前院等著，您要不要見五少爺？」

榮寶珠急忙搖頭。「就說我休息了，不見他！」

不見五哥的原因並無其他，就是因為最近他迷上了鬥狗，非要把小八借去，寶珠當然不樂意啊！你玩別的都還好，可是鬥狗不咬得血淋淋的就收不了場，她可不願意讓小八去做這種事。

碧玉立刻去回了榮琤，哪曉得他竟直闖進院裡來了。

這位到底是主子，妙玉實在不好說什麼，只道：「五少爺，七姑娘也大了，五少爺該知道姑娘喜歡在這後院玩水，您該避嫌才是。」

榮琤不耐地擺了擺手。「成了，我知道，妳成親後就越發嘮叨了，跟我娘一樣！」

妙玉又給鬧了個大紅臉。

榮琤厚著臉皮湊到正在吃蓮子羹的榮寶珠面前，諂媚道：「好七妹，妳就把小八借給我用用吧，我知道小八很厲害，肯定不會受傷。」

小八的厲害在榮府是出了名的，去年榮家女眷去上香，那寺廟在半山腰上，哪曉得上山的時候遇見一頭野豬，榮家女眷都嚇到不行。那次正好有把小八帶著，小八立刻衝了上去，那野豬根本不是小八的對手，很快就被咬死了，自此，小八就在榮府出了名。

榮琤其實也挺無奈的，他為了鬥狗買過好幾隻狗兒，哪曉得連小八的一根毛都比不上，輸得他都快脫褲子了！

榮寶珠直接拒絕他，小八若是為了救人或者是因為動物之間的物競天擇而去爭鬥、撕咬都沒問題，可若單純為了人們的享樂和刺激去撕咬同類，她便不會允許。

瞧寶珠堅決的模樣，榮琤都快哭了。「七妹，妳就把小八借我用用吧。妳都不知道，我這個月輸慘了，還在外面借了幾百兩銀子，要是給娘知道了，非打斷我的腿不可！」

榮寶珠哼道：「那是你活該，誰叫你不幹正經事，非要玩這種東西。你瞧瞧你去圍獵、蹴鞠、射箭的時候娘可有說過你？你至少玩點有益的東西。」

榮琤覺得這妹子跟著妙玉都變得有點囉嗦了，忍不住掏了掏耳朵。「曉得，我都曉得，可我總該把銀子賺回來還債吧。」

榮寶珠想了想。「那我待會兒讓丫鬟從我房裡給你拿些銀票，你去把債還了，記得以後不許再玩這個！」

「這哪成，我怎麼能讓妳幫我收拾爛攤子，妳就把小八借我一天吧。」榮琤有些不好意思要妹妹的銀子，又覺得這小八真是討厭極了，平日裡他也經常給牠投食，牠竟一點都不感恩，每次都不搭理自己，全府上下，牠就只聽寶珠的。

「不要就算了。」榮寶珠翻臉了。「我不會把小八借給你的！」說著放下手中的調羹，朝趴在旁邊的小八道：「小八，走，咱們回去，不要搭理他了。」

瞧見寶珠翻臉的樣子，榮琤有些呆住，只覺得七妹連生氣的樣子都漂亮得閃人眼。

最後榮琤仍是沒借到小八，只從寶珠這裡拿了幾百兩銀子還給別人。

榮寶珠回房午睡，下午還要上課，如今她已經把三字經、四書五經都學得差不多了，接下來該學女四書、女誡、內訓、女論語、女範捷錄。

女子到底還是該學習三從四德，榮寶珠忍不住嘆氣。

如今兩個姊姊要成親了，榮寶珠就沒和她們一塊兒上課，狄氏請來宮裡的嬤嬤特意給兩位姊姊教導禮儀、規矩、儀表方面的事宜。

一過去課堂上，榮海珠就湊在她身邊，笑嘻嘻地道：「聽說五弟跑去找妳借小八，又從妳那借了幾百兩銀子？七妹，我跟妳說，這事已經被娘知道了，娘把五弟揍了個半死，這會兒正罰他跪佛堂呢。」

榮寶珠這時完全不覺得心疼，只覺得這真是五哥自找的。

榮灩珠此時正坐在榮寶珠身後，沒往她身邊湊。這幾年她看著當年那個胖乎乎、不起眼的七妹長成比她還要出色的姑娘，心裡的想法不知不覺變得有些扭曲，總覺得榮家最出色的姑娘應該是她才對。攥了攥拳，她才壓下心中那些憤恨的思緒，默默在心底背了一遍清心咒。

這會兒女先生還沒來，榮海珠繼續跟榮寶珠嘮叨著。「七妹，妳曉不曉得，明兒就是初一，祖母要帶我們去上香，到時把小八給帶上，順便讓牠獵幾隻野味回來吃。」

榮府的姑娘們都大了，兒媳也有了兩個，平日裡每隔幾個月的初一或十五，狄氏就會帶著榮家女眷去寺廟上香。

榮寶珠點頭，自去年遇上野豬的那件事以後，每次去寺廟她肯定都要帶上小八。去了也不用管牠，讓牠自由活動，還能獵到不少野味，小八在榮府人眼中都快成半個家人了。

鎮國公原先並不喜寶珠養著一隻畜牲，後來竟也越來越喜歡小八，平日裡還會過來看看牠，有時去打獵還會帶上小八。

過了一會兒，女先生來了，先檢查了功課。榮寶珠是所有人裡面學得最慢的，別人用一個時辰就能完成的作業，她需要用兩個時辰，她或許不聰明，卻是幾個姊妹當中最努力的一個，女先生也最喜歡她。

順利通過女先生的檢查後，大家繼續上課，榮寶珠聽得很認真，凡是不懂的地方全都有做標註，準備下課後去問姊姊們。

中午休息的時候，岑氏過來榮寶珠的院子裡，一來就開始數落她。「妳這丫頭也真是的，娘給妳的東西妳要好好收著，怎麼又被妳五哥騙去了？妳五哥那是活該，從來不幹正經事，快把我給氣死了！」岑氏為了這個兒子真是操碎了心，其他幾個孩子明明又聰明又乖巧，偏他這個聰明勁全用在了歪門邪道上。

榮寶珠挽著岑氏的手臂親熱地道：「娘，那些錢是我給五哥，不是五哥從我這裡騙去的。您放心，五哥現在還不懂事，之後總會長大的。」

說這話時，寶珠心裡不由得一縮，忍不住想到了上輩子幾年後的五哥。她抓緊了岑氏的手臂，想著五哥現在還小，她真希望這幾年五哥千萬要學好，莫要如此混蛋了，幾年後那件事情她也一定要提防著，絕不能讓那女人毀了五哥！

岑氏摸了摸寶珠光滑的臉蛋，感嘆她這般嬌憨的女兒又有這樣一顆心，以後也不知到底是誰能娶到她的掌上明珠。

母女倆說了一會兒話，岑氏又往寶珠的小金庫裡添置了一千兩銀子，寶珠不要。「娘，這些年我存的銀子已經夠多了，實在用不了，妳不要再給我銀子了。」這幾年她存下來的銀票少說都有幾萬兩，更不用提那些還沒算進去的珠寶首飾。

岑氏卻很堅持。「女孩家就要嬌生慣養著，明兒去寺廟，若是路上碰見什麼喜歡的妳只管買下來就是，這點銀子，娘還給得起。」

岑氏是真的十分會賺銀子，這幾年她的身家至少又翻了幾番，京城不知多少人眼紅榮四老爺娶了這麼一個金鳳凰。

翌日一早，榮寶珠起床後讓丫鬟們幫她梳洗妥當，因是大夏天，她實在不願意戴帷帽，只取了一條金蠶絲面紗遮住了口鼻。

如今京城的姑娘們都流行這樣，說到底還是女兒家，在外拋頭露臉總不能給別人瞧見面容，便流行起這樣的面紗和帷帽來了，幾乎一出門就能瞧見街上全是這樣戴著面紗的姑娘們。不過這也只是在街上，一般內宅宴請女眷是不會如此的。

榮寶珠皮膚白，平日裡丫鬟們愛給她穿各種紅色衣裳，總能襯得她皮膚越發嬌嫩。不過今日去寺廟總不好穿這般鮮豔的顏色，妙玉就給她穿了秋香色描花長裙，頭上也只插著一根碧綠的翡翠簪子。

由於要帶上小八，除了狄氏和各房太太，再加上七個姑娘，三輛馬車就顯得稍微擠了些。此次出府就派了四輛馬車。小八、榮寶珠、榮海珠和榮明珠同乘一輛馬車，三姊妹的感情自然是好得沒話說，一路說說笑笑地出了城，來到山腳下。

這平安寺的香火極旺，當初岑氏替寶珠求的玉簡正是這寺廟的得道高僧贈送的，只不過自那年後，岑氏再也沒見過那高僧，據寺廟裡的小和尚說他是雲遊四海去了。

岑氏這些年每隔一段時日就會來這寺廟上香，捐出大筆的香油錢，因此寺廟裡的人都認得榮家人。

想要去寺廟上香，山上的路因馬車上不去，只能步行。路兩邊都是密林，好在今兒是初一，人多，上山的人不會那麼害怕。

倒是一路上有人瞧見小八就離得遠遠的，實在是因為小八的塊頭大了些，竟有一個成年女子腰身那麼高，骨架又大，看起來有點嚇人。

小八對一路上異樣的眼光一點也不在意，慢悠悠地跟在榮寶珠身後。

一行人好不容易爬上山，來到了寺廟，狄氏帶著所有的榮家女眷上了香，又添了香油錢。

岑氏瞧見門口有擺籤的攤子，便拉著三個女兒上前想要求籤。榮明珠、榮海珠求到的都是上上籤，因岑氏沒打算那麼早給她們訂下親事，問的不是姻緣，而是這兩年的運勢。

兩個女兒都是好的，岑氏再讓榮寶珠抱著籤筒搖了一支籤出來，那解籤的老和尚看了一眼，又抬頭去看寶珠，忍不住道：「不如小施主把手伸出來，老僧再給妳瞧瞧手相？」

榮寶珠看了岑氏一眼，岑氏點頭，她這才把手伸出去。老僧瞧了幾眼，又請寶珠揭了面紗觀察過面相後，隨後沈默不語。

岑氏有些急了。

「大師，我家小女兒到底如何？籤子上寫的是什麼？」

老僧道：「施主不用擔心，這是上上籤中的好籤，至於其他的，老衲不便相告。觀小施主面相，是十足的富貴相，施主不必擔憂。」

這話說得模稜兩可，岑氏怎能不擔心。女兒是富貴命那自然不用說，她賺的銀子，女兒用十輩子都吃喝不完，當然是富貴了，可其他的呢？以後的命運如何？

老僧不願再說，岑氏只好帶著三個孩子過去狄氏那邊。因狄氏要帶著幾個兒媳去佛堂唸經，便讓幾個姑娘家在寺廟後院歇息。

寺廟人多口雜，姑娘們聽話地在屋裡休息，等待狄氏那邊忙完。

姊妹們正說著話，外面就響起了小八的叫聲，榮寶珠出去一看，發現院子裡躺著幾隻野味，小八瞧見她出來就用嘴去叼她的衣裳朝外走去。

榮寶珠驚道：「小八，怎麼了？」

小八回頭又叫了兩聲，繼續叼著寶珠的裙角往前走。榮寶珠知道牠可能是發現了什麼，要讓自己過去看看。

身後的榮明珠道：「七妹，小八這是怎麼了？」

榮寶珠回頭道：「小八大概是瞧見什麼了，讓我過去看看，我去去就回。」說著已經跟著小八走出了院子，一路朝著後山走去。

榮寶珠膽大，不怕遇見豺狼虎豹，就這樣跟著小八在後山轉了小半個時辰，眼看樹林越來越茂密，她才道：「小八，到了嗎？」

小八哼哼兩聲，繞過一棵參天古樹便停了下來，還未走過去，榮寶珠就聞到了濃重的血腥味。她心裡咯噔一聲快步往前走，瞧見古樹後躺著一個人，身上的衣衫已經被鮮血浸透了，完全看不出原本的顏色。

這傷患是個約莫十五、六歲的少年，臉色發白、嘴唇發青，卻依舊不影響這少年好看的容貌。榮寶珠仔細一瞧，心裡忍不住七上八下了起來。

這人她認識，竟是蜀王！

遲疑了下，榮寶珠上前蹲下查看了一番，蜀王受的是刀傷，傷口自左胸膛貫穿腰側，傷口處一片血肉模糊，看樣子應該是不久前受的傷。榮寶珠忍不住有些心軟，想著到底是誰這麼狠心，竟對一個十幾歲的少年下這麼重的手。

小八帶寶珠過來後，用鼻子四下聞了聞，竟然蹓躂走了。

察覺蜀王的呼吸越來越薄弱，榮寶珠到底是不忍心，取出帕子來，替他擦拭胸口的血跡。心念轉動之間，她的手心中已經溢出乳白色的液體，瞧著比小時候多了些，約莫二十來滴的樣子，一股腦兒地全部塗抹在他的傷口上，見效倒是很快，傷口已經止住了血。

榮寶珠鬆了口氣，忽然想起上輩子蜀王胸口好像是有這麼一道疤痕。這麼說來，不用她救蜀王其實他也死不了，這一想，她就有點心疼方才那些瓊漿了，說起來這幾年過去，她才存了大概小半個巴掌大的那麼一瓶瓊漿。

看蜀王的呼吸越來越順暢，榮寶珠就打算離開了，結果轉頭一瞧，卻發現不見小八的蹤影！

榮寶珠有點傻了，高聲喊了幾句，驚起一片飛鳥，又怕把追殺蜀王的人給喊來，只好閉上嘴巴，坐在蜀王身邊等著小八回來。她對小八還是很瞭解的，小八不會無緣無故丟下她一個人在這種地方，怕是牠有別的事情才暫時離開。

說起來小八太聰明了，有時候聰明到讓寶珠覺得牠像個人。榮寶珠知道這是因為小八每日都服用一滴瓊漿，才讓牠與普通的狗不大一樣。

等了約莫小半個時辰，蜀王還沒醒來，遠處卻傳來枯葉響動的聲音，榮寶珠抬頭一看，就瞧見小八嘴裡叼著一個東西跑了過來。

榮寶珠仔細看了看，瞪大了眼睛。小八的嘴裡竟然叼著一株人蔘！品相不比前幾年岑氏送給姑母的那根差。

榮寶珠有些結巴了。「小……小八，你從哪裡弄來這東西的？」

她知道這東西可遇不可求，用銀錢都不一定買得到。岑氏那株人蔘也是因為機緣巧合，用了十萬兩銀子買下來的，給姑母救命後就沒了。

榮寶珠記得前些日子她似乎給小八聞過人蔘的味道，不過那只是一株幾十年的蔘，當時她還調侃小八說要把這個味兒給記住，這可是好東西。該不會牠真給記住了？

小八哼哼叫了兩聲，朝左邊揚了揚頭，又伸了伸爪子。

榮寶珠低頭一看小八的爪子上全是泥土，顯然這人蔘是牠自己挖出來的。她沈默了片刻，感嘆小八平日裡會獵幾隻野味已經很不錯了，這次竟然給她弄了這麼一株好人蔘來！

小八蹭了蹭寶珠，求摸頭。

這次救人一趟還得了株這樣的極品人蔘，榮寶珠心情大好，摸了摸小八的頭笑咪咪地道：「待會兒回去就給你加餐。」

正打算跟小八離開，冷不丁小腿被人抓住，榮寶珠嚇了一跳，低頭一瞧，一隻白淨修長的手正抓著她的小腿。順著手掌往前看，竟是方才還昏迷不醒的蜀王。

少年的臉色還是白得嚇人，一雙眼睛卻清亮得很，他死死地看著寶珠手中的人蔘。「姑娘，能否把妳手中的人蔘賣給我，我是用來救人的。」

一想到風華差點被太后毒死，趙宸就恨不得拿劍刺死那老太婆，如今她竟然開始對自己身邊的人動手了，第一個就是風華。他得知這附近有百年的極品人蔘，因為怕被太后發現，他就一人進山來尋蔘，未料卻被太后派的人給堵上。

目光再次落在人蔘上，蜀王臉上的神色暗了暗，若是沒了這極品人蔘做藥引，只怕風華就熬不過這關，不管如何，這人蔘他一定要得到。

榮寶珠猶豫了下，最後還是把手中的人蔘給了他，這人蔘雖好，可她已經有了瓊漿，倒不如把這人蔘給他，讓他去救人。

「既然你需要就給你吧，反正我也無用。」

寶珠小時候的聲音和現在不同，面上又戴了面紗，不怕會暴露自己的身分。

蜀王大概是沒想到這姑娘會如此大方，一時倒有些怔住了。

「給你吧。」榮寶珠直接把人蔘塞在蜀王懷中。「我還要趕回去，就先走一步了。」

榮寶珠帶著小八匆忙離開，這都過去一個多時辰了，也不知娘跟祖母她們會擔心成什麼樣子。

看著那姑娘離開的背影，又瞧了眼她身邊的黑狗，趙宸神色一動，察覺身上似乎有些不對勁，低頭看了看，胸口的衣裳竟然敞開的，露出血肉模糊的傷口來。他遲疑了下，便覺有些奇怪，這傷口有多深他是知道的，根本不可能這麼輕易就止住了血，可瞧著上頭根本沒有止血的藥草，那姑娘到底是怎麼辦到的？

握著手中的人蔘，趙宸總覺得自己對這姑娘有種似曾相識的感覺。他到底還是不敢繼續耽誤時間，強撐著身子朝京城趕去。

榮寶珠趕回寺廟時天色都快暗了，狄氏跟岑氏在院子裡急得團團轉，岑氏正在訓斥榮明珠跟榮海珠。

「妳們兩個是怎麼做姊姊的，寶珠要出去也不知道攔著，好歹妳們跟著去也好啊，怎麼敢讓她單獨一個人出去。若是……若是她有個好歹可怎麼辦啊！」

魏氏勸道：「弟妹，妳別擔心，寶珠是個乖巧有分寸的女孩，她不會有事的。」

榮寶珠慌忙提著裙角跑了過去。「娘，娘，我回來了，妳別怪姊姊們，都是我不好，是我不該亂跑的。」

岑氏這次是真的被嚇著了，如今瞧見寶珠回來終於還是忍不住動手拍了她一下，紅著眼道：「妳這孩子是不是想嚇死娘啊。」

榮寶珠也快哭了。「娘，對不起，我想著有小八在不要緊，對不起，下次不會了。」

「妳這孩子……」岑氏又開始心疼了。「這寺廟周圍都是大山，裡面什麼豺狼虎豹都有，妳要是碰上一群狼，光小八一個也不頂用呀！」

狄氏道：「好了，孩子平安回來就好，天色不早了，咱們該回去了。」

一行人這才下了山，坐上馬車朝京城趕去，趕在關城門前進了城。

馬車上，榮海珠忍不住道：「七妹，小八找妳幹什麼去了？」

榮寶珠自然不敢說是救了個人，可是她不大會說話，支支吾吾地說不出話來。

榮海珠哼了一聲。「妳這傻子，連個慌話都不會說，以後可怎麼辦？」倒也不再問寶珠到底去幹了什麼。

榮寶珠嘻嘻哈哈地撲在榮海珠身上。「五姊最好了。」

榮海珠又哼了一聲，跟她鬧成一團。

榮家女孩們都大了，自然要帶出去相看找婆家。如今只剩下三房的三姑娘平珠，二房的六姑娘瀡珠，四房的四姑娘明珠、五姑娘海珠、七姑娘寶珠尚未訂親。

過幾日，狄氏帶著幾位姑娘去參加宴會，只有寶珠不能去。

榮琤有些可憐寶珠，跟岑氏道：「娘，為何每次出去都不帶七妹？七妹真是可憐，整日悶在家中。」

不等岑氏說話，榮海珠已經斜了榮琤一眼。

「你可真夠笨的，不曉得幾年前寶珠救過蜀王和皇子一命，那皇子又好色，喜歡美人，若是知道寶珠的長相豈不是會纏著她不放？好不容易擺脫了他，總不能又把寶珠送到他跟前去吧。」

榮琤終於閉上了嘴。

幾日後，幾個姑娘跟著狄氏出門，榮寶珠一個人待在房裡看書，到晌午的時候盛名川過來找她。

說起來榮寶珠其實真是挺可憐的，這些年來，除了小時候那幾個朋友，她就再也沒有別的朋友了。

盛名川長成了十三歲的少年郎，身姿頎長，也有一副好容貌，性子更是沒話說，真正的謙謙君子，溫和有禮。

榮寶珠到底是大了，不可能在閨房接待外男，聽了丫鬟的通報後，就讓丫鬟把盛名川帶去偏廳，稍微整理了下儀容就過去。

盛名川瞧見寶珠過來，溫和一笑，從身後掏出幾本書跟一塊墨錠來，笑道：「這是我剛得的幾本書，多是一些文集和遊記，這塊是沉香墨錠，寫出的字都帶著一股清香，到底不適合我用，想著妳或許會喜歡，就給妳帶來了。」

這沉香墨錠是江南才有的，每年產量都不多，十分難得。

榮寶珠歡喜地接過。「盛大哥，謝謝你了。」

盛名川清亮的目光落在她的臉上，溫聲道：「傻丫頭，只要是妳喜歡的，想要什麼我都會替妳找來。」

榮寶珠只嘿嘿地傻樂著，忽然又想起什麼來，笑咪咪地道：「盛大哥，我知你喜愛野味，前幾日小八又獵了幾隻野味，我讓廚房準備一下，晌午你就在府中用飯如何？」

盛家兩兄弟經常在榮府用飯，如此的邀請倒也不會顯得唐突，盛名川自然是應了，又笑道：「功課可有不懂的地方，需不需要我教妳？」

榮寶珠昨天學的功課還真有不懂的地方，今天姊姊們又都出去了，她早上還有點急，這會兒就送來一個救星，自然忙不迭地點頭。「要的，要的。」

吩咐了丫鬟讓廚房把野味弄上後，寶珠跟著盛名川一起過去書房，一個時辰後，寶珠的功課完成了，廚房的菜也做好了。

兩人用了膳，盛名川陪著榮寶珠繼續在書房裡看書，過了一會兒，丫鬟忽然過來道：「姑娘，不好了，二少爺跟二少奶奶去老祖宗跟前鬧了起來。」

榮寶珠連忙起身。「怎麼回事？老祖宗年紀大了，二哥又不是不知，怎麼還跑去老祖宗跟前鬧！」

榮寶珠常用瓊漿替兩位老祖宗調養身子，如今快八十的他們身子還是健健康康的，每天腿腳都十分有勁，繞著榮府轉上一圈都沒有問題。可身子沒問題，不代表他們能受氣，老人家最受不得氣了。

如今祖母跟伯母們都不在家，榮寶珠只好匆匆地對盛名川道：「盛大哥，我就不招呼你了。」

盛名川也跟著起身。「妳去忙吧，不過面對妳二哥，妳記得要把小八帶上，省得吃虧，我就先走了。」

榮寶珠點頭，飛快地奔了出去，喊上小八後就直朝著老祖宗的院子去。

盛名川的目光追隨著她離去的身影，直到看不見了才離開榮府。

榮寶珠來到老祖宗的院子裡，正好遇到榮珂在纏著老祖宗要求休妻。

榮老娘雖然也寵榮珂，但還是被榮珂說要納妾的混話給氣到，教訓了榮珂一頓。就連榮寶珠都覺得二嫂實在委屈，為她說了幾句話。

榮珂又求又鬧了一番，老祖宗到底是沒有應下來，榮珂只能灰溜溜地離開了。

榮老娘心疼葉姚，跟她保證，絕不會讓榮珂的通房先把孩子生下來。

榮珂身邊的丫鬟紅竹有了身孕一事很快就被狄氏知道了，當機立斷地讓婆子給紅竹灌了藥，饒是菀娘哭鬧著抬出鎮國公來，也沒有改變她的決定。

狄氏不捨葉姚，勸她生個孩子，守著孩子過下半輩子，不然怕是日後都沒得安生。

榮寶珠得知這事後沈默了下來，問岑氏。「娘，二嫂真要給二哥生個孩子嗎？我倒覺得不如和離了乾淨。」

岑氏撫著寶珠的頭嘆氣。「妳這孩子想得太簡單了，她娘家有了後娘，若是和離了，永安伯府根本容不下她，她一個女子和離後要如何生活？倒不如生下一子半女，守著一雙孩子過日子，總有個盼頭不是？我想著她也是過得苦，剛好有間鋪子正要開張，便讓她隨意出些銀子入鋪，每年給她分紅她就能多點銀子傍身了。」

榮寶珠笑咪咪地道：「娘最好了。」

寶珠這邊悠哉悠哉的，卻不知自個兒早就被人認了出來。

趙宸站在一座三進宅子的院落裡，不一會兒便有個鬍子花白的老頭走進院子。

趙宸上前問道：「薛神醫，風華的傷勢如何了?毒可都已經清除了？」

薛神醫捋了捋鬍子。

「蜀王且放心吧，說來還是那人蔘的藥性太好，不然他也不可能恢復得這麼快，這才半個月毒素就完全清除乾淨了。既然他已無大礙，老夫就先離開了。」

送薛神醫離開後，趙宸進去看風華，他的臉色比前些日子好上許多，瞧見蜀王就笑了起來。「讓你擔心了，只怕以後我不能在宮裡陪你，你要日日小心著，我在外面也是能替你辦事的。」

趙宸淡漠著一張臉點了點頭，微顫的手卻洩漏了他的擔心。「只要你沒事就好，不在宮裡就不在宮裡，那麼一個吃人的地方，離開了是好事。」

風華問道：「你的傷勢如何了？」

趙宸忍不住摸了摸胸口。「說也奇怪，這次的傷勢好得特別快，如今傷口已經結痂，不妨礙什麼事了。」連他都有些納悶，這才不過半個月，傷口恢復得實在太好了。

想到這裡，趙宸面無表情的臉上終於露出個笑容來。「倒也巧了，幾年前她救過我一命，沒想到幾年後又幫了我這麼一個大忙。原本不好找到她，只是她當初帶著一隻很特別的黑狗在身邊，那黑狗我瞧著竟不比一般的狼王差，幾年沒見，想不到她會有如此愛好。」說著，趙宸覺得她與一般的姑娘不同，面上的神情柔和了幾分。

「是榮家七姑娘吧？」風華顯然也還記得那姑娘，笑道：「想不到幾年不見，榮七姑娘的性子還是如此的……嬌憨天真。」能把價值萬金的極品人蔘就這麼白白送給別人，可不就是嬌憨天真？

趙宸笑道：「只盼著她以後仍能如此，莫要被後院那些骯髒事情給變了心性。」

風華卻不大贊同。「聽聞她如今容貌並不十分得意，只怕太后是有心思想把她許配給你，若真是許給了你，再是如此嬌憨天真的性子，她如何能活得下去？我覺得她的心性再怎麼樣都不會變壞，但性子上再更凌厲一些卻是好的。」

「容貌不得意？」趙宸嗤笑道。「也不知從什麼地方傳出來的話，雖然沒怎麼瞧見她的容貌，可她那一雙眼睛卻很是靈動，身姿也是無雙，怎會是無鹽女？不過是以訛傳訛罷了。」

風華挑眉。「竟是如此？若太后真把她許配給你，知道了她的容貌後，肯定是要狠狠氣上一回，怕是太后的算盤都要落空了。」

趙宸沈默半晌，神色漸沈，好半會兒才道：「是我配不上她，我如今已到了該娶妻的年紀，她年紀太小，太后另找了人，我與她……是不可能的。」

風華沒說話，神色間竟流露出幾分遺憾。他是看著蜀王長大的，如今蜀王已經迷失在仇恨中，性子都有些偏激乖戾了，若是寶珠能嫁給他，那樣性子的姑娘說不定能漸漸改變他，到底是可惜了。

轉眼就到了八月，榮寶珠在後院種了不少桂花樹，一到這個時節，整個院裡都能聞見濃濃的桂花香味。她趁著自己上課的時候讓丫鬟們去摘桂花，之後再用這些桂花來做些桂花糕、桂花頭油、桂花胭脂和水粉。

榮府的姑娘們都知道寶珠喜歡這些，每到這個時候就惦記上了，剛下課，三姊榮平珠就紅著臉過來。「七妹，叨擾妳了，聽說妳院裡又要開始做桂花頭油和胭脂水粉，我厚著臉皮想跟妳討要一些，去年的都已經差不多用完了。」

榮寶珠知道三姊是個害羞的女孩，跟三伯母有些相似，都是溫溫柔柔的女子。她不由得笑道：「還用三姊說，哪年我做了沒給妳們，三姊放心，待做好了我就讓人給三姊送去。還有佩珠姊姊，如今不在一塊兒學習，到時候佩珠姊姊的分就交給妳了，妳替我給二姊。」

榮佩珠要成親了，忙著學規矩，平日裡寶珠見不著她，佩珠與平珠都是三房的人，經常碰見，自然是讓她幫忙帶過去。

榮平珠吐了吐舌。「七妹最好了。」

不怪她們做姊姊的跟妹妹討要東西，實在是不知道什麼原因，妹妹房裡做出的糕點總是比廚房做的還要好吃，桂花頭油跟胭脂水粉更不用說了。用了頭油後，頭髮會漸漸生多，變得又黑又亮。胭脂水粉用起來也又香又細，塗抹在臉上竟是一點都看不出有敷粉，一般的胭脂水粉用了後再洗去，臉色會顯得暗沈，七妹做出來的卻不一樣，洗去之後，臉蛋竟越發白嫩了。

每到這個時節，整個榮府的女眷都惦記著寶珠的這幾樣東西。

榮寶珠自然知道自己的東西不一樣，由於裡頭都添加了瓊漿，外面的東西當然比不上。兩姊妹正說著話，一旁的榮灩珠卻笑道：「容貌若是天生麗質，又何須那種東西？」

這話瞬間冷了場，榮寶珠呆了下才道：「六姊容貌天生麗質，確實不需要這種東西。」

榮灩珠看了她的臉蛋一眼，神色漸漸沈了下來，在心底嘆了口氣。這個妹妹的性子和小時沒什麼區別，在她眼中還是傻的，可為何一張臉卻能長成這等模樣，日後她拿什麼跟寶珠爭？男人最看中的不還是女子的容貌嗎？真要這樣放棄了？可那樣的前程，放棄了該有多可惜啊。

榮寶珠怕說錯話惹六姊生氣，不敢在這繼續待著，便跟著三姊榮平珠出去。

又過了半個月，榮寶珠的桂花頭油和胭脂水粉做好了，全送去給榮家女眷，連二房的高氏她也送了幾份，她雖不喜二伯母，卻仍要注意規矩，總不能讓人挑出錯來。

卻不想去給二伯母送東西的丫鬟春蘭回來後就氣呼呼的。

榮寶珠笑道：「這是怎麼了？難不成二伯母給妳氣受了？」

春蘭氣憤道：「姑娘，可不是嗎！這二太太也不知是怎麼想的，奴婢給她送了頭油和胭脂水粉後，她竟然還要奴婢再回來給她弄一些，說也不要太多，頭油和胭脂水粉各給個一百來份就好，姑娘您說可氣不可氣？」

榮寶珠被氣笑了，這些東西總共都還沒有一百份，榮家女眷也不過一人分了幾份，這都夠用到明年了，二伯母竟還獅子大開口。

榮寶珠哼道：「別理她就是了。」

讓寶珠沒料到的還在後頭，高氏竟去找了岑氏，還神神秘秘地說：「弟妹，我跟妳說，這次我想了個賺錢的好法子，肯定能賺大錢，我與妳說，不過到時候賺了銀子咱們要一人一半。」

岑氏懶得理她。「既如此，二嫂還是一個人去賺吧，我的銀子夠多了，花到下輩子都花不完。」

這人就是個不靠譜的，岑氏心裡很清楚，她要真有賺錢的法子還會告訴自己不成，這事肯定是跟他們四房有關。

還真給岑氏猜對，高氏急了。「弟妹，這次是真的能賺錢，聽我的不會錯，妳若是同意，我就跟妳說，不過妳得答應我，賺了銀子咱們一人一半！」

岑氏冷淡地道：「我不同意，妳走吧。」

高氏不敢置信。「妳……妳怎麼這麼傻，能賺銀子都不要，弟妹，我跟妳說，這次是真的能賺銀子……」

奈何她怎麼說，岑氏就是油鹽不進，說到最後岑氏乾脆直接走人，將高氏氣得在原地直跺腳。「不賺拉倒，不同意我就找妳閨女去！」

榮寶珠得知二伯母來找，怕她是來要頭油和胭脂的，只讓丫鬟回說自己休息了。哪曉得高氏竟硬闖了進來，把寶珠堵在房裡。

榮寶珠無奈地道：「二伯母，您這是怎麼了？我跟您說實話，我這裡真沒有頭油和胭脂水粉了，這半個月總共才得了那麼幾十份，全分給了府裡的人。」

高氏興奮地擺手。「傻姪女，伯母過來不是要跟妳說這個的。」她想多要點東西也不過是打算拿到外面去賣，可想來想去只要這麼一些能賺多少，倒不如把方子給要過來。她試過這傻姪女給的那些東西，效果比外面賣的不知好了多少倍，若真有了方子，保管能賺個盆滿缽盈。

「丫頭，伯母跟妳說，妳那些頭油跟胭脂水粉可真是不錯，比外面賣的好多了。外面最出名的聞香齋，鋪子裡面一瓶頭油就要幾百文錢，妳這一瓶賣個幾兩銀子都不成問題，不對，就算賣十兩銀子也不成問題，妳這頭油跟胭脂水粉的效果太好了。」

算一算，一天肯定至少能賣出去一百份，按照最低價格十兩銀子來算，那就是一千兩銀子，一個月就是三萬兩銀子，一年就是三十多萬兩銀子啊。高氏覺得自己都要被銀子給砸昏了。

榮寶珠腦袋生疼，根本沒想到二伯母的胃口這麼大。方子？別逗了，她用的就是普通的方子，只不過裡面多加了瓊漿而已。且府中送的這些東西就用了好幾天的瓊漿，要真是開店鋪，瓊漿根本供不應求，再說，瓊漿有大用，做這些東西是照顧府裡的親人們，若是給外人用那就太浪費了。

榮寶珠道：「二伯母，我用的方子就是普通的方子，妳確定真的要拿去開鋪子？」

「啥？」高氏傻眼了。「普通的方子？妳騙誰啊，怎麼可能是普通的方子。寶珠，妳不要騙伯母，伯母曉得妳是不想告訴我，可伯母得了這方子不是一個人白得的，賺了銀子咱倆平分不成嗎？」

榮寶珠頭疼。「伯母，我用的真的是普通的方子，妳不信我也沒法子。」

高氏氣得不行，還想說些什麼，岑氏已經走了進來，冷著一張臉。「好啊，我說妳打的什麼主意，原來是想要方子去賺銀子。想賺銀子就自己想法子去，主意打到寶珠頭上來算什麼？一句話，要方子沒有！」岑氏雖喜愛賺銀子，可從來沒想過要從女兒身上賺，再者，她捨不得女兒受累，做這些頭油和胭脂水粉不過是讓她玩玩，真要做生意，她肯定是不會同意的。

高氏都急死了。「弟妹妳是不是傻了？這般的好機會妳看不出來？妳該是知道寶珠房裡出去的頭油、胭脂水粉有多好，這般東西出去就會被人搶光的，根本不愁銷路。妳若是嫌我要一半太多了，要不妳六我四好了？不管如何，這法子總是我想出來的。」榮寶珠的身子忍不住縮了縮，可憐地看向岑氏。娘可千萬不要找她要方子呀，她真給不出來。

岑氏不耐煩了，這二嫂當真是討厭得很，完全不長記性的，既知道她以前害她損失了那麼多銀子，竟還敢來找她，懶得再和她糾纏下去。「這事我不會同意，二嫂還是死了這條心吧。」

高氏尖叫。「我看妳是想一人獨佔吧，哪有這樣的道理！這主意是我出的，妳要是敢一人獨佔，我就告訴娘去！」

岑氏的神色更冷了。「二嫂，我且再說一遍，這方子我是不會讓寶珠給妳的，因為我沒打算用寶珠的方子來賺錢，妳就死了這條心吧，就算妳告到官府去也不會有人理妳。再說，妳要告我？告我不把方子給妳讓妳賺銀子？妳若是再胡攪蠻纏，就莫怪我不顧念妯娌之間的情分了！」

高氏到底還是猶豫了，看了寶珠一眼，暗想著這傻姪女是個好哄騙的，大不了她日後偷偷把方子哄過來就是，沒必要跟這母老虎正面衝突。

高氏甩袖離開，只餘下榮寶珠和岑氏在房裡。榮寶珠越發感到不安，覺得自己有些莽撞了，早知就不該弄這些頭油、胭脂水粉什麼的。

哪曉得岑氏卻摸了摸她的臉蛋，笑道：「我兒別怕，有娘給妳撐腰，誰也不敢找妳要方子。那方子妳就留著自個兒做些東西玩，娘不需要妳賺錢，將來娘給的嫁妝足夠妳十輩子不愁錢財，咱們沒必要累著。」

這小女兒是她最心疼的一個，女兒的將來她都打算得好好的，要找一個比國公府低一些的門戶。當然，男方的人品要好，成親之前絕對不能有通房妾室，女兒的嫁妝她會給得足足的，還會陪嫁過去信得過的掌櫃，到時候女兒的田產鋪子都會由掌櫃打理，女兒一輩子只管衣食無憂地過日子就好。

「娘，妳真好。」榮寶珠有些心酸，娘對她是全心全意地信任，她卻把瓊漿的事情死死地瞞著。如今她還是不敢把瓊漿的事情告訴家人，不是因為她不信任家人，而是這東西太過神奇，若真洩漏出去，榮府的所有人怕都會有難，直到她把這東西帶進棺材裡，她都不會洩漏半分出去。

「傻女兒，娘不對妳好，該對誰好？」岑氏笑咪咪地摟過寶珠。「對了，再過半個月是妳外祖父的壽辰，雖不是大壽，可到底也是要宴請親朋好友過去聚一聚，妳前兩年因有事耽誤了，今年肯定是要過去的。」前兩年女兒的容貌長開了，越發漂亮，她便不好帶著女兒四處走動。今年爹說，這五十五歲的壽辰，他只宴請一些重要的親戚就好，讓寶珠也過去。

岑氏有些想開了，女兒離出嫁還有五、六年的時間，總不能這幾年都不出去見人吧！就算小皇子真對寶珠有意，太后也不見得會同意，何必把寶珠這樣藏著掖著？

榮寶珠很是歡喜，這幾年她很少出府，其實心裡是很嚮往跟姊姊們一塊兒出去玩的，因此得知過些日子能去外祖父家，她自然是高興得很，不由問道：「母親，那我給外祖父送什麼禮好？還有姨母跟舅舅們要送些什麼？姨母家的曦文表姊我想把頭油跟胭脂水粉送一些給她，舅舅家的兩位表哥又該送些什麼？」

三哥榮詵訂親的對象是表姊左曦文，大姊榮慧珠則是與表哥岑安赫訂親，到時大概榮家幾房的人都會過去給外祖父賀壽。

岑氏笑道：「女眷倒是好說，妳那些頭油、胭脂水粉什麼的送過去就極好，至於妳舅舅表哥他們，妳不用管，我都備著，至於妳外祖父，妳再花心思想想？」終歸是自己的親爹，希望女兒能夠慎重對待。

榮寶珠點頭。「娘放心，我曉得了。」頭油、胭脂水粉很好做，這半個月她能趕出來一些，至於舅舅、表哥的就讓娘準備，唯獨外祖父的賀禮她要好好想想。

這份賀禮，榮寶珠打算把自己珍藏的一塊羊脂白玉拿去讓人雕刻成玉珮送給外祖父，那日再親手替外祖父做碗羹湯，畢竟她不能經常跟外祖父在一起，趁著這次機會給外祖父用幾滴瓊漿也是好的。

由於還有半個月，她一點都不急，榮寶珠除了每日讓丫鬟們收集桂花，該上課還是上課，下課就開始忙著做頭油、胭脂水粉。

就是有件事讓人煩透了，高氏總愛堵她，無論是上下課的路上，還是給祖父和老祖宗請安的路上，高氏總提方子的事，惹得她都頭疼死了。

這日她終於有些受不住，榮寶珠瞧著眼前雙眼發亮的高氏道：「二伯母，我真沒有什麼特別的方子，就是很普通的做法。妳若實在不信，我這幾日還要做一些出來，到時候您一塊兒來看看如何？」

這是打算把方子告訴她了？

高氏驚喜。「好好，乖姪女，那妳快些去跟老祖宗請安吧，伯母就不打擾妳了。」

這幾日，寶珠院裡的丫鬟已經把桂花都摘好，清洗乾淨了，只等著寶珠開始製作頭油、胭脂水粉。高氏當天就興沖沖地去等寶珠，一看到寶珠下課回來，便迎上前。「哎喲，乖姪女回來了？快快，喝點茶水，這上了一天課，可是累壞了吧？」

榮寶珠笑道：「我不累，二伯母，我這就開始做，妳可看清楚了，真只是普通的方子。」

高氏半天看下來，笑道：「我都瞧清楚了。」

不過她還是留了個心眼，怕寶珠哄騙她，當她的面用的是普通方子，背著她又用另外一張方子重做，所以之後幾日高氏都過來監督著，直到頭油、胭脂水粉都做成後才算是相信了。再一聞，一用，這味道跟效果都與之前的一樣，看來寶珠的確沒有欺騙她。

這幾年高氏的布疋鋪子到底是受了那次劣質布料事件的影響，每月賺的銀兩少了好幾成。高氏立刻回去準備把布疋鋪子改成胭脂水粉的鋪子，榮二老爺瞧她高興地念叨著，不由得多嘴問了一句。

高氏沒瞞著他，興奮地把事情說了一遍，把自己的打算也一併說了。

榮二老爺抱著懷疑的態度。「妳確定是親眼看見的？」

高氏點頭。「自然是親眼看見，我看了好幾天，從開始製作到最後，一天沒都落下，看得清清楚楚，絕對不會錯的。老爺，您說要真能做出和那傻丫頭院裡一模一樣的東西來，我打算一瓶頭油賣十兩銀子，這般好的東西，一天賣出去上百份完全不是問題，那一個月就是三萬兩銀子啊。」

榮二老爺也有些動容，他知道那些東西的效果如何，榮府女眷們的頭髮明顯多了、黑了，連高氏都比以前好看了些，這些東西的效果那自是不必說。如今他在外頭的花費實在有些大，二房只靠著月例跟高氏那些嫁妝維持著，漸漸有些捉襟見肘，若真能賺這些銀子，也是好事。

不過他還是多留了心，跟高氏道：「妳先別急著幫鋪子換招牌，先在府中試一試，等成品出來、試過效果之後再說。」

高氏笑道：「老爺說的對，總要見了成品才好，我待會兒就去準備。」

榮二老爺道：「明天就是景恒侯的壽辰，賀禮可都準備好了？景恒侯如今在朝中頗得皇上看中，不過據說景恒侯打算在這次壽辰後就把爵位讓給他家老大岑趋。岑趋家那兩個小子，老大定了大房的慧珠，老二也十二了，長灩珠兩歲，年紀正好合適，岑家那兩個孩子的人品沒話說，灩珠若能說給岑二少爺那是極好的，妳看看能不能讓灩珠跟岑二少爺把這親事定下來。」

高氏眼睛一亮，也覺得這門親事極好，若是嫁過去還能跟慧珠做妯娌，岑家二少爺雖不能承爵，但聽說也是個極聰明的人，以後的仕途大概很是穩當，灩珠如果可以嫁他定是天作之合。再者，要是灩珠嫁給了岑二少爺，岑氏可就沒有理由不帶著她賺銀子，到時候灩珠可是岑氏的姪媳婦，她們也算是親家了啊。

高氏不急著忙鋪子的事情了，趕緊去籌備著要送什麼賀禮。

第十一章

翌日一早，狄氏跟榮老爺子就帶著榮家四房的人過去景恒侯府。

景恒侯只宴請了一些親戚，大女兒岑邟的夫家御史大夫左家，大兒子岑趋媳婦的娘家光祿寺卿衛家。

景恒侯的續弦張氏也給他育了一雙兒女，小兒子岑柏不過二十，娶太醫院院使王大人家的嫡出小女兒王氏，育有一子岑安康，如今不過三歲，是寶珠最小的表弟。還有一女岑芷，如今也不過十五，比寶珠大五、六歲而已，輩分卻是寶珠的小姨母。

過去景恒侯府後，御史大夫左家、光祿寺衛家和太醫院院使王家已經到了，由管家帶他們到了地方。雖都是親戚，可女兒們到底都大了，於是安排女眷跟男客各自分開在前、後院。

女眷們的後院由張氏招呼著，鎮國公爺就帶著幾位老爺和少爺們過去前院。

榮家的幾位姑娘，左家、衛家和王家都見過，只有榮寶珠這兩、三年沒怎麼在這些親戚面前露過臉，張氏看見寶珠時都有些呆住了。

「這……這是誰家的姑娘？漂亮得簡直跟天上的仙女一樣。」忽然又想到了什麼，瞪大眼看向岑氏。「這莫不就是七丫頭寶珠？這……」幾年前還是個胖丫頭一點兒也不出彩，竟出落得如此漂亮了。

岑氏覺得驕傲，笑道：「可不就是寶珠，這丫頭如今抽高了，倒不見小時候的胖模樣。」

張氏這會兒真是心驚，寶珠的模樣也太招搖了些，和以前的模樣完全不同，心裡到底還是有些泛酸，想著今日是景恒侯的壽辰，張氏不敢說什麼酸話，只笑咪咪地道：「這出落得如此動人，以後也不知便宜了哪家小子。」

岑氏笑道：「母親快別打趣她了，她這才幾歲呀，那都是以後的事，不急。」

張氏不好再說什麼，只笑著把榮家女眷都引了進去。院子裡已經有不少人了，再加上榮家女眷，熙熙攘攘或站或坐了一院子。瞧見寶珠的時候她們也有些呆了，上前來搭話，曉得她竟是榮家七姑娘後更是瞪大了眼，這就是外面傳聞中又胖又醜又傻的七姑娘？到底從哪傳出這種謠言的啊？

早知道榮七姑娘是這等模樣，家裡有兒子的早就上門求親了。長得如此模樣，夫君自然喜歡，夫君喜歡，後宅就能安順，她們當然希望自家兒郎的後宅能夠安安順順的。其母又會賺銀子，嫁妝肯定不少，這就是娶回去一個金鳳凰啊。

在場的幾家女眷都有些心動，衛家夫人有心給家裡的嫡出小孫子說親，她的小孫子今年十四了，若是能說上榮七姑娘，等她幾年當然無妨，不由得笑道：「這榮七姑娘模樣可真是出挑，也不知說親了沒？這麼俊俏的姑娘，怕是說媒的都要踏破門檻了吧。」

狄氏笑道：「衛夫人說笑了，寶珠才多大，不等到十四，我家老四跟四媳婦可是捨不得讓她說親的。」

這話的意思很明顯，寶珠不到十四不會說親，妳們都歇歇吧。

大家都聽懂了，也不強求，大不了日後再上門說親就是，只要自家兒郎出色，不怕說不到。

榮寶珠乖巧地上前叫了人，這裡的女眷太多了，她做的東西不夠分，打算待會兒偷偷地遞給兩個姨母、兩個舅母、外祖母和左曦文表姊。

左曦文是個性子大大咧咧的姑娘，正拉著榮家幾位姑娘過去玩，張氏讓兒媳王氏跟小女兒岑芷招呼這些年輕的姑娘們，她們年紀相當，比較有話說。除了榮家姑娘們、左曦文，另還有兩個跟她們年歲相當的衛家姑娘和王家姑娘，一個是大舅母衛氏的親姪女衛含笑，也就十二、三歲的模樣。王家姑娘是小舅母王氏的親妹妹王慧嫣，十四歲了，暫時還未訂下親事。

榮寶珠把親手做的頭油、胭脂水粉拿出來給衛含笑、王慧嫣、表姊左曦文跟小姨母岑芷。

左曦文笑道：「表妹，妳這禮物給得可真巧，還給咱們帶這東西來，叫咱們怎麼還禮呀。」

三房的榮平珠紅著臉道：「表姊，妳可不要小看了這幾樣東西，妳瞧瞧我們姊妹們的頭髮和臉色如何？」

左曦文打量了一番，笑道：「可真是不錯，頭髮又黑又亮，皮膚也又白又嫩的。」

衛含笑比較開朗一些，插話道：「莫非是這頭油和胭脂水粉的功勞？」

榮平珠笑道：「左表姊瞧過我以往的頭髮，髮量不多，還有些發黃，如今卻是又黑又厚，可都是七妹這頭油的功勞。正因為是親人，七妹才會送妳們這些她親手做出來的東西，效果絕對比外面頭油鋪子裡和胭脂鋪子裡的東西好。」

王慧嫣把東西收好，笑道：「那就多謝寶珠妹妹了。」

她雖然是寶珠小舅母的親妹妹，雖年紀跟這些姑娘們差不多，輩分卻高了一輩，顯得拘束了些，便姊姊妹妹地叫了起來。

岑芷瞧見，忍不住冷笑一聲。

「她一個十指不沾陽春水的大小姐親手做的東西妳們也敢用？誰知這裡頭都摻了些什麼，可別弄壞了頭髮、傷了皮膚，到時候哭都沒地兒哭！」

岑芷是在張氏的抱怨聲中長大的。張氏當年以為嫁了一個如意郎君，哪曉得嫁過來後，景恒侯對她不冷不熱的，好幾年都不曾有孕，在她快要絕望的時候才懷上了，之後生下岑柏和岑芷。

岑柏一直被景恒侯親自教養著，張氏接觸得不多，不敢跟兒子抱怨什麼，可這些年來的委屈憋在心裡很是難受，就忍不住跟女兒抱怨了幾句，岑芷也就慢慢地不喜景恒侯原配生下的哥哥姊姊們，連帶著那幾個姪子、外甥女她也不喜歡。

今兒她第一眼見著寶珠，除了驚豔外心中只有濃濃的嫉妒和恨意，嫉妒寶珠的容貌，嫉妒寶珠有個如此疼愛她且會賺銀子的娘親，再看到那些東西的時候，她怎麼肯要，自然而然就出口嘲諷了。

榮寶珠笑道：「小姨母多慮了，這東西榮府的姊姊們都用過，並無不妥。小姨母若是不喜歡，待會兒這些就留給大姨母和大舅母吧。」

左曦文冷哼。「小姨母，妳可別鬧事，今兒是外祖父的壽辰，小心鬧起來外祖父揍妳！」

岑芷氣惱不已，她跟這個外甥女同歲，平日裡聚在一起就是吵架，可偏偏每次父親都是偏袒她，真是可恨。不過她也知道左曦文說的很對，若真給父親知道她為難寶珠，只怕父親又要罰自己了。她不是沒腦的人，沒必要現在跟她們對著吵，只哼了一聲就轉身離開。

王氏也不喜這個小姑子，平日裡被婆婆給寵壞了，代替她跟寶珠道歉。「寶珠，妳莫要生氣，我代阿芷跟妳說聲對不住了。」

榮寶珠忙擺手，笑咪咪地道：「小舅母，沒事。」

眾人感慨，真是個嬌憨的姑娘，被人為難也不生氣。不是寶珠不生氣，她只是覺得跟人鬥嘴皮子沒啥用，自己氣得不行不說，對手還會很開心，倒不如和和氣氣，對方沒得吵了，反而憋了一肚子氣。

榮寶珠這麼想，真是想對了，岑芷完全沒有感受到吵架的快感，心裡憋了一肚子氣，怒氣沖沖地跑出去，剛好碰見要去小廚房的張氏。

張氏瞧女兒怒氣沖沖的樣子，忍不住道：「這是怎麼了？誰又給妳氣受了？」

岑芷紅著眼不忿地抱怨了一番，覺得父親不公平。張氏其實很怕自己的冷面夫君，慌忙勸著，好不容易才哄得岑芷轉怒為喜。

岑芷最後還是被張氏勸了回去，又陪著姑娘們坐在那聊天吃茶，卻是一副不愛搭理人的模樣。

今兒畢竟是要給景恒侯賀壽的，張氏說待會兒景恒侯就會過來，榮寶珠便去了小廚房，親手給景恒侯做了一碗長壽麵，不管如何，這都是她的心意。

岑芷有些看不下去，小聲嘀咕。

「哼，可真是會討好人。」

過了會兒，景恒侯就過來了，見到寶珠也是一愣，隨即就笑了起來。「這是寶珠吧，瞧著就有小時候的模樣，如今更加漂亮了，不錯。」

榮寶珠親手端了碗長壽麵給景恒侯，笑咪咪道：「外祖父，祝您福如東海，壽比南山，這是外孫女親手做的長壽麵，外祖父嚐嚐？」

「好，真是好孩子。」

景恒侯心裡欣慰，老天到底是對這孩子不薄，終於醒了，還給了她一副好容貌，只盼著這小外孫女日後的日子會更好，能嫁個好兒郎，一輩子衣食無憂。

端起長壽麵嚐了一口，景恒侯一怔，看向寶珠。「妳真是有心了，這麵很好吃。」竟比他府裡廚房弄出來的麵還要好吃。

景恒侯很給面子地把一碗長壽麵吃乾淨。

張氏這些年學聰明了，看得出來景恒侯很疼愛這個外孫女，便笑咪咪地把手腕上的一只赤金石榴鐲子摘下來，戴在寶珠的手腕上。

「說起來，這還是寶珠長大後第一次來咱們家，外祖母也沒什麼好給妳，這鐲子妳就戴著，算是外祖母對妳的一點心意。」

寶珠笑咪咪地道：「多謝外祖母。」

景恒侯臉色緩和多了，轉頭跟張氏溫聲道：「妳好好招呼客人，我先過去前院，妳別累著了，無須事事親為，讓丫鬟婆子們多操心就好。」

張氏受寵若驚。

「老爺，我曉得了。」

景恒侯離去後，女眷這邊的活動還是如常進行，由於都是親戚，閒聊起來有很多話可以說，況且景恒侯給兒女挑的親家都非常出挑，家風肯定是不錯的，就算回到家裡去，也不會亂說什麼。

到了該用膳的時間，長輩們一桌，姑娘、小媳婦們一桌。

張氏笑道：「今天是大喜日子，前兒府中釀製了些果酒出來，味道酸甜，很是不錯，大家來嚐嚐看。」

一人倒一杯，榮寶珠喝了一口，味道酸酸甜甜的，很是不錯。她心中忽然一動，想到瓊漿外用能夠使皮膚光滑，頭髮柔亮，消除疤痕，內用則能夠調養身子。她喜歡的親人，外祖父、舅舅、大姨母、表哥、表姊、姑母他們畢竟不能住在一起，自己也希望他們能夠身體健康。前幾年瞧見外祖父的時候，他的身姿還十分挺拔，如今卻蒼老了許多，她不如親手釀製一些果酒，可以送給這些她愛的親人們調養身子，瓊漿也不會暴露。

果酒雖好，終究還是酒，榮寶珠貪嘴多喝了幾杯，頭便覺得有些昏沈，被長輩們一番笑話。

到了下午，其他人已經先行離開，只有榮家的人留下來跟景恒侯多敘敘舊，都是一家人，就不分男客女眷了。景恒侯讓人把院子收拾了一下，眾人便各自入坐，榮寶珠挨著岑氏坐著，臉蛋紅撲撲的。

景恒侯忍不住笑道：「這小丫頭莫不是貪嘴喝多了果酒，這會兒頭暈了？」

岑氏笑道：「可不是，這丫頭對好吃、好喝的東西完全沒抵抗力。」

榮寶珠的酒品倒是挺好，不會亂說話，只安靜乖巧地坐在那。

張氏讓人上了茶水和點心來，招呼大家喝茶吃點心。

眾人說著話，小兒媳王氏取出寶珠給的頭油和胭脂水粉給張氏，笑道：「娘，這是寶珠的一片心意，都是她自己親手做出來的，用著效果很是不錯，特意給母親留了些。」

岑芷露出個冷笑，到底不敢當著景恒侯的面說什麼。

張氏心裡泛酸得厲害，又想起女兒跟她的抱怨，終究沒忍住，猶豫了下。「這孩子真是破費了，不過寶珠畢竟是個孩子，這東西……」

榮寶珠只是頭暈，腦子卻還很清醒，想著這外祖母跟小姨母可真是親母女，說出來的話都差不多，懷疑她的東西有問題。哼，若是果酒釀了出來，她可不會給這兩母女。她心疼親人，但不會心疼這兩人。

景恒侯神色不變，只朝張氏伸出了手。

「既然如此，這東西給我吧。」

張氏心中忐忑，不知景恒侯到底打算做什麼，把手中的東西遞給了景恒侯，卻未承想景恒侯拿到了東西，竟直接遞給岑氏的姊姊。

「既然妳母親不喜歡用，妳便帶回去用吧，終歸是寶珠的一片心意，我瞧著這東西應該是很好的。」

岑邟歡喜道：「真是多謝母親了，我可是聽妹妹說，寶珠這東西做得極好，用著也是很有效果。」

這次連高氏都忍不住幫起了寶珠。「可不是，這東西效果是真不錯，不然寶珠也不會送給你們，親家夫人不用真是太可惜了。」

張氏被鬧了個滿臉通紅，後面就再不敢隨意搭腔了。因為張氏的出醜，導致岑芷越發恨榮家人了，心裡盤算著到底怎麼樣才能壓榮家人一頭。

等到天色暗下，榮家人才坐上馬車回鎮國公府。

接下來的日子，寶珠下了課就研究怎麼釀製果酒，果子的採摘和清洗都是丫鬟們幫忙的，釀製的時候卻是由她一個人完成，跟瓊漿有關的事情她總是特別小心，就算是最親信的丫鬟也不會讓她待在身邊。

過了幾日，高氏做了幾瓶頭油、胭脂水粉出來，就知道不對了，無論是味道還是手感摸起來都和寶珠做的那些不一樣，高氏氣得當場就把東西砸了。

「好啊，那個小傻子竟敢玩花樣，連我都敢騙！」

榮灩珠瞧不得母親市儈的樣子，勸了高氏幾句。

可高氏根本不聽勸，急匆匆地離開。榮灩珠嘆了口氣，算算日子，祖父大概明年初就要出事了，再之後出事的就是他們二房的人。她記得狄氏給二房安的罪名是陷害兄弟，如今她該多為自己著想。

高氏去了榮寶珠的院子，岑氏也在，高氏上去就罵道：「弟妹，妳好狠的心腸，不願給我方子就是了，何苦要寶珠拿假方子來誆我，是不是想把我鋪子裡最後一點財路也給斷了？妳怎麼這麼狠，我們可是妯娌啊。」

岑氏冷笑。

「正因為是妯娌，我才給妳一條生路，若是再不知好歹，妳且看著！」

高氏心驚了一下，終究有些不甘心。

「弟妹，妳又何必，那白花花的銀子妳不眼饞？這次就算了，妳只要讓寶珠給了方子，我們還是一塊兒賺銀子如何？」

岑氏不想跟她囉嗦，直接喊了婆子把高氏架出去，放了句狠話。「妳若繼續胡攪蠻纏，我就把妳做的好事去跟妳嫡母說說！」

高氏雖是姨娘生的，可也在嫡母手下過了幾年日子，那嫡母才是個真狠的，要真知道她做出了這種事情，連累了高家嫡出姑娘們的名聲，指不定會怎麼對她。高氏到底還是不敢再多說什麼。

等高氏離開後，榮寶珠一臉歉意地道：「娘，都是我不好，是我不該心軟的。」

岑氏笑道：「我兒還小，慢慢學就是，娘今日就告訴妳了，對妳二伯母這種人，妳萬萬不可心軟，就算是以後自己的親人對妳提了什麼為難的要求，妳也要拒絕，可懂？」

「娘，我懂了。」榮寶珠心裡有些難受，都是自己笨，當初若是強硬地拒絕，娘就不會被二伯母如此糾纏。日後她做事一定會在心裡仔細想想，必不能再連累家人。

岑氏摸了摸她的頭。「好了，別多想，妳只管記著，妳是我們家的寶貝，有我們護著妳，誰都不能欺負妳。」岑氏說著忽然想起了什麼。「聽丫鬟們說妳在釀製果酒？」

榮寶珠不好意思地笑道：「我覺得外祖父家的果酒味道很好，想釀製來給爹娘嚐嚐。」

岑氏欣慰地道：「妳這丫頭有心了。」

母女倆說了一會兒話，岑氏突然道：「過些日子有宮宴，太后叫各家女眷都帶了姑娘們進宮去。寶珠，娘想著妳不如就留在家裡，到時候娘說妳身體不適，太后不會怪罪的。」她不想讓女兒跟太子碰面。

去年，皇子趙天瑞被冊封了太子。

榮寶珠願意出府玩，卻不願意進宮，就怕碰見太子和蜀王，忙不迭地點頭。「娘，沒事，我本來就不想進宮，去那裡太拘束了。」

「如今妳也大了，娘不能事事都瞞著妳。」岑氏嘆氣。「這次既不是太后的壽宴，也不是什麼大日子，不過是普通的宮宴，卻要重臣攜女眷進宮，無非就是想給蜀王挑選妃子、替太子相看妃子。我不願榮家的姑娘們進宮，這後宮的日子哪是好過的？娘更加不願意妳被他們看中，所以才不讓妳進宮。」

聽母親說起此次宮宴是替蜀王和太子相看妃子，榮寶珠忽然想起前世的一件事情來，心裡咯噔了一下，身子就有些冒冷汗了。

上輩子她是明年才醒來，醒來的時候就聽見府裡的丫鬟說了一件大喜事，便是小姨母進宮給皇上做妃子去了。她當時只聽丫鬟們這麼說，還以為真是件喜事，哪曉得後來聽娘提起來都是一臉的憤恨和無奈。

她還記得娘跟爹說的話。「不想她心竟如此大，太后不過是給蜀王和太子挑選妃子，她倒好，跑去勾引皇上，如今到了選秀就進宮給皇上做妃子，真是給岑家丟臉，爹爹都被她氣病了。」

這麼一想的話，上輩子小姨母是趁著這次進宮跟皇上眉來眼去，明年就是三年一次選秀的日子，小姨母豈不是明年就會進宮給皇上做妃子？

進宮做妃子是沒什麼，可小姨母卻連累了不少人。

榮寶珠記得很清楚，外祖父因為這件事氣到大病一場，最後落下病根，不說外祖父，後來連整個岑家都受到了牽連。宮中有皇后、生下太子的德妃，還有受寵的淑妃跟昭儀，這幾位的娘家勢力都不小。

岑芷入宮做妃子後，不知用了什麼法子，惹得皇上非常寵愛她，一個月至少有一大半日子都是歇在她的寢宮裡。這般招搖的聖寵，如何不招人妒忌？宮中幾大寵妃的娘家在外極力壓制岑家，致使岑家那幾年過得十分淒慘。其實不只是岑家，連榮家也遭受了不少打壓，上輩子爹一直在翰林院裡，等到她嫁給蜀王，爹爹還是在翰林院，三叔、大哥他們的仕途全都受到了影響。

榮家不僅受其他寵妃娘家勢力的打壓，岑芷的耳邊風更是可怕。因岑芷不喜榮家，成為皇上的寵妃後她當然是不斷地在找榮家麻煩。

榮寶珠想到這裡就有些心慌，暗暗責怪自己為何到娘提起宮宴時才想起這件事。小姨母會如何，她一點都不關心，但她連累了所有人，甚至連大姨母嫁的御史大夫左家也受到了一些牽連，無論如何，她這次一定要阻止小姨母入宮。

她知道自己的腦子沒有別人聰明，這會兒根本找不到藉口跟岑氏說這件事，總不能說她夢見小姨母這次進宮會勾引皇上，明年會入宮做妃子，之後還連累了岑家、榮家和左家吧？別人要是這麼跟自己說，她的第一反應肯定是對方在說笑，或者是腦子不正常了。

榮寶珠一時想不到法子，又不敢跟岑氏透露太多，透露多了，她圓不過來，倒不如自己想法子，實在不成再告訴娘親。

岑氏見寶珠皺眉苦思的樣子，只以為她是擔心榮家姑娘會被太后瞧中，不由得笑道：「寶珠不用擔心榮家姑娘會被太后看中，太后看不上我們榮家，絕不會選榮家的姑娘們。」

榮寶珠欲言又止，過了會兒終於還是道：「那萬一被皇上給看中了怎麼辦？」

岑氏愣了會兒，突然笑了起來。

「妳這孩子真是瞎操心，明年才是選秀的日子，且妳大姊、二姊都訂了親事，其他姊姊們的年紀還不到，肯定不會進宮選秀的。」

榮寶珠又道：「娘，小姨母的年紀差不多了，明年豈不是要進宮選秀？」

岑氏笑道：「妳怎麼還擔心起妳小姨母來了？她明年若是沒訂親，自然是要進宮選秀。」

「那祖父為何不早些替小姨母把親事定下來呀？」寶珠繼續問。

岑氏笑著向她解釋。「妳以為親事這麼容易定下來？妳挑選別人，別人也在挑選妳。妳小姨母被妳外祖母養得有些不知天高地厚，曾經為難過妳小舅母，妳小舅母的娘家人不是好惹的，立刻把這事在京城的女眷中傳開了，一般人家哪還敢娶妳小姨母？好了，妳別操心妳小姨母了，這不是妳該操心的事。」

榮寶珠遲疑了下，終究是不敢把小姨母在上輩子做的事情說出來，等岑氏走後，寶珠連功課都有些做不下去了，距離宮宴還有八、九日的時間，到底該怎麼阻止這件事情？要不在外祖父家中住幾日，到時給小姨母下點藥，耽誤她進宮她就不能勾引皇上了？不過六姊對上輩子的事情也是瞭若指掌，自己若真這麼做了，這事就太湊巧了些，只怕六姊會懷疑自己。

苦思了一晚上還是無果，榮寶珠第二日上課都還有些無精打采的，瞧見榮灩珠倒是神采奕奕，寶珠就忍不住想，六姊要不是重生之人，這次就算給小姨母下點巴豆讓她拉肚子也無人會懷疑她。

讓寶珠沒想到的是，到了晌午，張氏竟然帶著岑芷登門拜訪了，說是想讓岑芷跟著要出嫁的榮大姑娘和榮二姑娘學規矩禮儀。畢竟教導兩位姑娘的是宮裡出了名的教養嬤嬤，平日裡是很難請到的。

榮寶珠有點心驚，心想著，這不是送上門來讓她做手腳嗎？不過她還是要慎重一些，不能露了馬腳。

榮家人都清楚張氏是怎麼想的，知道她是想讓女兒嫁入皇室，太子年紀還小，肯定不成，大概是想嫁給蜀王吧。岑氏自然不願意娘家人跟皇室扯上關係，可繼母都親自上門送人來了，總不能拒絕，只好把人留下來，又派人給景恒侯送了信，哪曉得景恒侯去拜訪好友，怕是要好幾日後才會回來。

岑氏無語，心想著張氏還真是會挑時候。

把人留下來，岑氏沒怎麼擔心過之後的事，太后怎麼會看中岑芷？實在不必擔心。

岑芷第一次來榮家，不管如何都是要聚一聚的，晚上就在老祖宗的院子裡擺了宴席，榮家人全都到了。

吃飯的時候，榮灩珠看了岑芷兩眼，心裡忍不住冷笑。上輩子這姑娘也是此時跑到榮府學規矩，無非就是想進宮被太后看中，可這姑娘真是個傻的，沒被太后看中，竟跑去勾引皇上，來年選秀就被選為妃子，之後是風光幾年，可那又如何？一輩子沒有孩子傍身，天下最後還是蜀王的，那些妃子的命運可想而知。

終歸是個愚笨的人，好在她得了天機，這次進宮一定要想法子被太后看中，指給蜀王做妃子才是。

岑芷在榮灩珠眼中沒什麼威脅，便不再管她，只想著自己進宮後到底該如何。

用了晚膳後，岑氏領著孩子們跟岑芷過去了四房那邊，岑氏笑道：「小妹，妳難得來榮家一趟，我想著妳和明珠、海珠她們年歲相當，就把妳安排在她們院子隔壁可好？院子都收拾妥當了，妳身邊帶了兩個丫鬟，若是不夠用便跟我說，我來幫妳安排。」

岑芷極不喜這個二姊，卻還是要做表面功夫，笑道：「二姊安排得很好，就是怕打擾了二姊。」

「哪裡的話。」岑氏笑道。「妳是我妹子，何來打擾一說，只管好好在這裡住著。對了，妳雖然是跟著慧珠和佩珠學規矩，不過她們是回大房跟三房那吃飯，妳下課後就直接過來跟明珠她們一塊兒吃。平日裡都是她們姊妹三個一起吃，如今妳來了，妳們幾個女孩一起吃正好有話說，若是不願意，我讓丫鬟把飯菜端去妳院裡也是可以的。」

岑芷笑道：「我跟著她們一塊吃就好。」

榮明珠、榮海珠跟榮寶珠先回去休息，岑氏領著岑芷將一切都安排好後才離開。

第十二章

翌日一早，四位姑娘在一起用早飯，畢竟多了個不熟悉的人，平日裡三個姊妹們有說有笑的，今兒只有榮海珠一個人說得開心，榮明珠到底還是顧著岑芷的面子，時不時問她一些話。

在壓抑的氣氛中吃完了早飯，三姊妹一起去上課，岑芷前段路跟她們順路就一塊兒走了。

寶珠一路都有些心不在焉，榮海珠早就發現了她的異常，忍不住問道：「寶珠，妳這是怎麼了？可有心事，瞧妳早上吃的不多。」

榮寶珠搖頭。「沒有，就是最近有些功課不大懂。」其實是還在想法子該怎麼不讓小姨母去宮裡，卻又不會被六姊給懷疑上。

榮海珠笑嘻嘻地道：「真是笨，不是有我在嗎？待會兒我幫妳看看吧。」

榮寶珠點頭。「謝謝五姊。」

岑芷冷笑，心想，這般笨也不知為什麼大家都喜歡她。

轉頭看了寶珠一眼，岑芷心裡有些不甘。她這麼笨，老天爺卻如此厚待她，給了她一副這樣的容貌，真是不甘心啊！

她很清楚容貌對一個男人的吸引力，總覺得這次進宮去，寶珠的美貌會是個很大的威脅，若是她不能進宮就好了……

岑芷心生一計，忍不住露出笑容來，默默地看向寶珠。

可不要怪我，我只是不想讓妳進宮而已。

榮寶珠還不知道自己被人給算計上了。一連幾天都沒想到法子，榮寶珠急得都有點上火，眼看著距離宮宴的日子越來越近，她覺得不管如何，還是親娘可信一點，若實在不行，她是不會冒險給小姨母下藥的，這樣肯定會被六姊懷疑，倒不如跟娘編個理由，讓娘在宮裡的時候看著小姨母，也好過被六姊懷疑。

還有兩日就要進宮了。

這天晚上榮寶珠想了個藉口，就說那日在景恒侯府，她聽見小姨母身邊的兩個丫鬟在嚼舌根，說小姨母有意進宮享榮華富貴。她正打算去告訴岑氏的時候，岑芷院裡的小丫鬟金兒就過來將她請了過去。

岑芷殷勤地讓人給寶珠上了茉莉花茶，與她一人一杯喝下。

當榮寶珠問起找她來的事由，岑芷只說是想要一些頭油脂粉。榮寶珠心上生疑，坐了一會兒便走了。

岑芷瞧見空了的茶杯，忍不住冷笑一聲。「長得再好又如何，這次不能進宮，我看妳如何跟我爭！」

榮寶珠回去後，碧玉瞧著自家姑娘並無大礙總算鬆了口氣。

榮寶珠讓小ㄚ鬟把岑芷要的東西送去，正打算找岑氏說小姨母進宮的事情時，榮明珠跟榮海珠過來了，她只能先同兩個姊姊一起做功課。

院子裡三姊妹笑聲不斷，岑芷的院子裡卻一片混亂。

岑芷根本不曉得是怎麼回事，明明該是寶珠喝了下藥的茶水才對，為何她身上會奇癢無比，忍不住在身上使勁撓了起來。

岑芷狠聲道：「快，快去把銀兒那賤ㄚ頭給我找來！」

銀兒不一會兒就跑了進來，瞧見自家姑娘身上迅速起了大片大片的紅疙瘩，嚇得臉都白了。

金兒喝斥道：「到底怎麼回事！不是讓妳給寶珠下藥嗎，為何姑娘會中了藥？」

銀兒撲通一聲跪在地上，哭道：「姑娘饒命，奴婢方才被姑娘一吼便手忙腳亂了起來，等端出茶水的時候有……有些忘記到底是哪杯被下了藥，求姑娘饒命啊！」

岑芷尖叫一聲，拿起身邊的茶杯就砸在銀兒的頭上。「妳這蠢貨，妳害死我了！」又轉頭罵金兒。「還有妳這蠢貨，站在這裡做甚，還不趕緊去請大夫過來！」

金兒出去請大夫，銀兒一頭血縮在邊上瑟瑟發抖。

岑芷扭曲著一張臉。「不成，不能就這麼便宜地放過她，我這就去找國公夫人讓她為我作主，說寶珠暗害我，這事不能就這麼完了！」

銀兒驚恐地看著她，不敢上前勸說。

岑芷實在不放心讓這蠢貨辦事了，自己捂著臉朝狄氏的院子跑去。

榮海珠正跟榮寶珠講解她不懂的地方，狄氏身邊的沈嬤嬤突然過來，一臉焦急。

「七姑娘，老夫人找您，您過去一趟吧。」

榮明珠上前道：「嬤嬤，祖母找寶珠做甚？」

沈嬤嬤嘆氣。「岑姑娘方才忽然跑到老夫人的院子裡，一張臉上全是疙瘩，嚇死人了，一進來就說是七姑娘害了她，給她下藥。」

看見榮寶珠目瞪口呆的樣子，沈嬤嬤又道：「老奴知曉姑娘肯定是清白的，榮家誰不知姑娘的性子是如何，姑娘莫怕，老夫人一定會還妳一個公道。」

榮海珠氣憤地拉著寶珠的手臂。「寶珠，到底是怎麼回事？」

榮寶珠把事情說了一遍。「四姊跟五姊來之前，小姨母派丫鬟找我過去，我就過去了。她只說是想找我要頭油、胭脂水粉，之後讓丫鬟上了兩杯茶。我瞧著那丫鬟神色有些怪，但沒在意，不過那丫鬟有點魯莽，做事不大利索，那杯茶水我喝了，並無不妥的地方。」

榮寶珠心想著，莫不是那丫鬟把下藥的茶弄混了，給了小姨母吧？若是如此，那可真是報應啊！

榮海珠忍不住扠腰哈哈大笑了起來。「這麼說肯定是那蠢丫鬟把茶給弄錯了，原本是要給七妹下藥，結果竟然是給了她家姑娘。」

榮明珠道：「好了，別樂了，還是趕緊先過去看看，總不能讓她這麼隨意誣衊七妹。」

三人跟著沈嬤嬤到了狄氏的院子，過了會兒岑氏也到了。

岑氏顯然已經知道這事了，轉身看向岑芷，面無表情道：「妳說，身上會生出東西是因為寶珠下了藥？」

岑芷這會兒哭得厲害，手還是忍不住在身上撓著。「可不就是寶珠！二姊，我知道寶珠是妳最疼愛的女兒，這次妳可不能包庇她，妳瞧瞧她幹的事情，心腸這麼狠，後天我怎麼去參加宮宴！」

狄氏沈著臉。「岑姑娘，妳說這話可有證據？我家寶珠不是妳能隨意誣陷的，妳倒說說寶珠是何時給妳下的藥？據我所知，妳們平日接觸的時候只有三餐時，這會兒還沒用晚飯，也就是說中午妳們才接觸過，莫不是中午給下了藥現在才發作？」

「自然不是。」岑芷心裡都快恨死寶珠了，也不知身上會不會留下疤痕。「方才，是……是寶珠的丫鬟過來說寶珠要送東西給我，許是那時候讓丫鬟給我下了藥。」

碧玉瞪大了眼。「岑姑娘，您這不是信口雌黃嗎？明明是妳遣了妳院裡的金兒來找我們姑娘，說是有事要跟我們姑娘說。我們姑娘過去後妳就扯了一通有的沒有的，說想要一些頭油和胭脂水粉。之後妳家丫鬟上了兩杯茶水來……是了，明明是妳想給我們姑娘下藥，卻不想丫鬟是個愚笨的，把下了藥的茶給弄混了。」

狄氏冷笑一聲。「到底是誰家的丫鬟先去找誰，相信府中還是有人看見的，找人來問問就是了。」

岑芷的臉上閃過一抹驚慌，隨即卻咬唇道：「她們是你們榮府的丫鬟，想怎麼說還不是妳們說了算，不過是欺負我一個外人罷了。」

「是，妳是個外人！」岑氏冷笑。「妳若是外人為什麼會在我們榮府住下來？妳要是外人又為什麼會跟著姑娘們一塊兒學規矩？好一個外人，就這麼把自己撇得乾乾淨淨的，想不到我竟招了個白眼狼進府，我真心實意地待妳，妳卻如此狠心想給我家寶珠下藥。」

岑芷臉上的神色變換不斷，最後終於咬牙道：「明明是寶珠想害我，二姊說這話是認為我一個人在榮府無依無靠，就隨意誣衊我嗎？」

岑氏氣急了，揮手就給了岑芷一巴掌。「岑家怎麼就出了妳這麼個心狠的東西！」

狄氏瞧見她動手，才淡聲勸道：「事情到底如何，不如把兩位姑娘的院子都搜一搜吧，也讓人問問到底是哪家的丫鬟先上門找人的，看看到底是誰心思歹毒！」

岑芷一怔，面上慌亂不已，狄氏已經道：「岑姑娘身子不舒服，妳們上前好好扶著她，現在我們先過去寶珠的院子裡瞧瞧吧。」

岑芷慌到不行，她給寶珠下藥的小藥包還沒丟，甚至床頭下還壓著兩個沒用過的小藥包，現在想要過去銷毀掉根本不可能，只盼著銀兒這會兒聰明點，把東西都給燒了！

一行人很快就把寶珠的院子搜了一番，並未發現什麼異常。榮寶珠鬆了口氣，那小紫檀木箱子她藏得隱秘，幸好未被搜出來，這也給她提了個醒，以後玉瓶裡的瓊漿要藏得更隱秘才行，實在不行就只能放棄儲存瓊漿了，不然碰上這種事情被搜了出去，別人問是什麼東西，可真是無從解釋。

一行人又去到岑芷的院子，婆子找到了證人，說是先看見金兒去七姑娘院子，隨後七姑娘才跟著金兒過去岑姑娘的院子。

岑芷心中忐忑，狄氏又讓人在岑芷院裡搜了一番，很快就把一個用掉的藥包和兩個未用過的藥包以及頭破血流、瑟瑟發抖的銀兒給搜了出來。

狄氏指著地上的東西問：「岑姑娘，妳還有何話要說？妳雖是侯府的姑娘，可寶珠也是我們國公府的寶貝，不容妳這般誣衊。妳若還不肯承認，那就去官府報官，請承天府的官老爺來定奪到底是誰想害誰！」

岑芷怎會承認，轉頭四下看了一眼，發現榮家人都鄙夷地看著她，她何曾受過這種羞辱，不由得尖叫一聲。「明明就是寶珠想害我，這裡是榮家，妳們自然顛倒黑白誣衊我了！」又轉頭惡狠狠地看著寶珠。「妳這丫頭，心思歹毒，小心以後會遭報應的。」

榮寶珠是真沒見過如此歹毒、顛倒是非黑白且胡攪蠻纏的人，她家二伯母只是胡攪蠻纏，還不敢纏得太過分。這岑芷簡直顛覆了寶珠認知中無恥的程度，一個十幾歲的姑娘家，怎麼就這般心狠？兩人又沒多大的仇恨，無非是有些不和，她卻想給自己下藥，這種程度的疙瘩，只怕好了以後，身上仍會留下少許的疤痕。做出毀人容貌這種事，簡直太惡毒了。

榮寶珠心裡氣不過，直直地看著岑芷。「小姨母，到底是誰想害誰，妳心裡清楚，若不是因為您是長輩，我何必讓丫鬟一叫便過去您院裡，您一開口我就把東西送給您？如今倒好，妳自食其果卻把髒水往我頭上潑。這事若是誰做的誰就遭天打雷劈，不得好死，身上長瘡，一輩子待在家中做姑子！」接著又發誓道：「若是我榮寶珠所為，必遭天打雷劈……」

把後面說的詞重複了一遍，指著岑芷道：「小姨母，妳敢發誓嗎？」

這天打雷劈，不得好死，身上長瘡，嫁不出去，都是女孩子最怕的事情，且大多數人對這種誓言還是很相信的。

岑芷就這麼看著寶珠，哆嗦著嘴唇，沒有開口。

榮寶珠又逼問道：「小姨母，妳可敢發誓？」

岑芷這會兒真是什麼都說不出來了，哇哇大哭起來。

周圍人越發鄙視她。

狄氏指著那頭破血流的小丫鬟道：「妳來說說到底是怎麼回事，若是敢說謊，直接送去官府亂棒打死！不過妳若是肯說出事情真相，這次我便保妳一命！」

銀兒知道就算自己不肯說出真相，也不可能在姑娘身邊待下去，到時候姑娘一定會賣了她，以她對姑娘的瞭解程度，多半是會把她賣到那種煙花之地。終究還是求生慾望大於背主的羞恥感，銀兒很快就把事情經過說了一遍，還說出這藥包是金兒去買的，藥堂的大夫肯定認識她，若不信便可帶著金兒去藥堂問問。

岑芷狠狠地瞪著銀兒，目光似要將她吞入腹中。「妳這背主的賤婢，小心不得好死！」

金兒去請了大夫回來，這時瞧見院裡的情況一愣，再看榮家的幾個主子都在，臉色就變了，知曉事情已經敗露。也暗暗覺得姑娘真是愚笨，這事明明是她做的，馬腳太多，竟還敢把事情推到寶珠頭上，大不了自吞這口惡果，日後再報仇就是，只怕這次侯爺不會輕饒了姑娘的。

狄氏不多說什麼了。「去把景恒侯請來，景恒侯今日應該已經回了侯府。」

很快就有下人把景恒侯和張氏請來，景恒侯今日一回來得知張氏竟把岑芷送去鎮國公府，大為震怒，下令讓張氏明兒一早就去把岑芷給接回來，哪曉得還沒去接人，就先被國公府的人請去。

這一折騰天色暗了下來，榮寶珠她們都還沒吃晚膳，大夫替岑芷開過藥方就離開了，她身上的疙瘩塗上了藥膏，癢似乎好了點，身上的疙瘩卻越發嚴重，幾乎遍佈全身。

景恒侯和張氏很快就來了，景恒侯一直沈著臉，知道小女兒這次肯定是闖了大禍。

一屋子人，張氏最先注意到的就是自己的女兒，瞧見岑芷竟然一臉的紅疙瘩，尖叫一聲就衝了過去，手腳都抖了起來，摟著她哭道：「兒啊，妳這是怎麼回事？誰把妳害成了這樣啊。」

岑芷見了親人，自然也哭得淒慘。張氏抬頭把在場的榮家人打量了一圈，目光落在岑氏的身上，再瞧著景恒侯冰冷的臉色，到底是不敢當著他的面亂說什麼，只委屈地說了句。

「請老爺給阿芷作主。」

岑氏也垂眼道：「請爹給寶珠作主。」隨後就把今兒發生的事情說了一遍。

到最後景恒侯的臉色已經不只是冰冷，甚至有了一絲殺意，張氏和岑芷完全不敢動彈，身子有些發抖，兩人何曾見過景恒侯如此可怕的一面。

過了好半晌，岑氏終於道：「不管如何，她始終是我妹妹，就算想陷害寶珠，我也不可能真的把她送去官府，只能請爹把她帶回去了。」

「委屈妳了。」景恒侯說著又看向寶珠，神色柔和了許多，伸手碰了碰她的頭。「委屈咱們寶珠了。」

畢竟是自己的女兒，總不能打殺了她，景恒侯心中做好了打算，只等這次宮宴結束就讓她嫁人。

跟狄氏道了歉，景恒侯沒有多說什麼，帶著岑芷和張氏離開，金兒也被帶走了，只把銀兒留下來。

狄氏看著銀兒道：「我說話算數，妳的賣身契景恒侯明日就會送來，明日一早，妳就離開吧。」

榮寶珠回去後，跟著姊姊們和娘一塊兒用飯。

岑氏心有餘悸地道：「想不到她會如此狠心。」說著瞪向寶珠。「妳也真是的，既知道她不喜妳，少接觸她就是，竟連她那裡的茶水都敢喝，若這茶水沒弄錯，如今……」岑氏十分後怕。

「娘，我不過見她是長輩，這才順著她，若不如此被傳了出去，豈不是連累了姊姊們的名聲？卻不想她會這樣害我。」榮寶珠不敢說自個兒能聞得出那茶水裡沒有東西，所以才敢放心喝下去，要真是有什麼問題，她自然不會喝。又想著她上輩子是被下毒害死的，心中不由得有些想笑，難道這是老天爺對她的補償？

岑芷的身上長了疙瘩，當然是不可能再進宮了，榮寶珠其實還是有些擔心她明年選秀會被選上，只盼著出了這種事情，外祖父會早些給她說門親事。

這事翌日就在府中傳開了，榮灩珠聽聞後忍不住皺了皺眉頭。「這藥真是岑姑娘下的？有沒有可能是寶珠？」

上輩子明明沒有這件事，莫不是寶珠給下的藥，為了阻止岑芷進宮？難道寶珠和她一樣也是重生之人？

丫鬟道：「姑娘，真是岑姑娘做的。沒想到一個秀秀氣氣的姑娘竟做出這麼狠毒的事情來，她讓丫鬟找了七姑娘過去，藉口要東西乘機給咱們七姑娘下藥，不過身邊的丫頭太蠢，把茶水給弄錯了，反而是自己中招。聽說那丫鬟全招了，還在岑姑娘房裡搜出了藥包，就連藥包都是岑姑娘身邊的丫鬟去買的，已經證實了，的確是岑姑娘想要陷害七姑娘。大概是因為她嫉妒七姑娘的容貌，誰都知道這次宮宴是怎麼回事，岑姑娘是怕七姑娘模樣太出眾了。」

榮灩珠依舊皺著眉，她對岑芷還算瞭解，這應該是她會做出來的事，還真可能是由於她嫉妒寶珠的容貌，她還記得當年岑芷得寵那時毀過幾個漂亮妃子的臉。既是岑芷所為，那寶珠定不會是重生的，上輩子她魂斷王府後宅，要真是重生還這麼沒腦子，還敢隨便喝外人的茶水，那可真夠嗆。

在心中認定寶珠很愚笨且不是重生之人，榮灩珠放鬆了下來，沒人與她搶蜀王便好。這次進宮她倒是要好好盯著寶珠，切莫讓她搶了風頭。

哪曉得翌日一早要進宮的時候，狄氏說道：「寶珠這兩日受了點驚嚇，今日就不跟著一塊兒進宮。好了，咱們這就走吧。」

榮灩珠莫名鬆了口氣，面對著寶珠那張臉，她壓力其實也挺大的。

榮寶珠今日不用上課，早上把昨日的功課溫習了一遍，又看了一會兒別的書，搗了一下果酒，接著去陪老祖宗用過午飯，種了會兒菜地，晌午小歇了一會兒，盛名川就過來找她了。

她有好些日子沒瞧見盛大哥了，寶珠挺歡喜的。

盛名川笑道：「今兒是宮宴，妳怎麼沒去？」

榮寶珠笑著回道：「不喜歡那種地方，還不如在家中輕鬆自在，便裝病在家。盛大哥可莫要揭穿我。」

盛名川似鬆了口氣，溫聲道：「自是不會，那種地方只會讓人覺得被拘在其中，妳不適合。」

他像是意有所指，榮寶珠卻沒聽懂，只笑道：「盛二哥呢？好些日子沒瞧見他了。」

盛名川忍著笑。「他功課不好，這些日子被我爹拘在府中，快要憋瘋了，整日念叨著要來看妳。」

想到盛二哥著急的樣子，榮寶珠捂嘴偷笑。

盛名川在心中嘆氣，小丫頭到底是太小了，只盼著她快些長大。

瞧著時辰差不多，盛名川去見了小八後才起身告辭，剛走，榮家的女眷就從宮裡回來了。

由於岑氏去陪榮四老爺用飯，只有幾個姑娘在一塊兒吃飯，榮寶珠不免有些好奇宮裡的事情，忍不住在飯桌上問了兩個姊姊。「四姊、五姊，妳們去宮中好玩嗎？我聽娘說太后是打算給蜀王和太子相看媳婦了，可有看中的？」

「妳別提這事。」榮海珠嘴快，嗤笑了一聲。「今兒六妹在宮裡可是丟臉死了。」

榮寶珠問道：「出了什麼事？」

六姊一直很有主意，應該不會做出特別丟臉的事情來吧。

榮明珠拍了榮海珠一下，柔聲道：「六姊是榮家的姑娘，她丟臉咱們不也跟著沒臉？少笑些。」又轉頭與榮寶珠道：「六姊怕是看中了蜀王，今日在宮裡的時候頻頻看向蜀王，最後還做了一首詩，詩倒是不錯，奈何太后一眼都沒看她，最後給蜀王定了別門親事。」

榮海珠在旁邊搖頭晃腦地把榮灩珠在宮裡的詩作唸誦了一遍，又道：「詩是好詩，可場合不對，這詩句明明是表達對心上人的喜愛，她怎敢說出口，弄得榮家人臉上無光。」

榮寶珠的臉色有些怪異，這不是十年後有名的才女做出來的詩嗎？這才女還是五姊啊，五姊要是知道自己幾年後的詩被人盜用了不知是何感想？榮寶珠心中真覺得有點哭笑不得。

榮海珠接著嘲諷道：「寫出這麼好的詩又如何，還不是入不了太后的眼，她竟還妄想蜀王，蜀王是聖上的親兄弟，她不過是國公府庶出一脈……不過，這事有點奇怪，太后給蜀王找的這門親事也太……」

榮寶珠心中一緊。「太后給蜀王找的是哪家姑娘？」

榮明珠顯然也有些不解，皺著眉道：「是清遠侯張家的大姑娘，不過這大姑娘容貌實屬一般，雖貴為清遠侯的嫡出長女，卻不受清遠侯夫人喜愛。據說是自幼就不在清遠侯夫人身邊長大，清遠侯夫人與婆婆不和，這大姑娘是在老太太那邊長大的，前兩年才從老太太那邊接到京城來，性格太過唯唯諾諾了些。」這樣一個姑娘實在配不上蜀王，不知太后是如何想的。

榮明珠繼續道：「太后當時就下懿旨把親事定下來，只說蜀王俊美無雙，找個媳婦自然不必在乎容貌，只要是蜀王中意的就好了。莫不是蜀王中意張姑娘不成？」

榮寶珠腦子有些嗡嗡響，拳也攥得死緊。到底還是跟上輩子一樣了，蜀王娶了清遠侯家的嫡出長女，若不出意外，明年開春就要大婚，不過三年後那張家女便會在蜀王的後院落了個病重身亡的下場。

榮寶珠這些年大概能猜到一些事，太后恐怕不是蜀王的親生母妃，哪個母親會給自己的兒子找張家女和她這樣十歲才清醒、反應慢半拍的女子做兒媳？或許兩人之間還有很深的仇恨，不然蜀王也不可能在事成之後親手要了太后的命。

上一世，蜀王殺了太后之事並無其他人知道，只有她撞見而已。說來可笑，上一世她連自己到底是死在誰手中都不知道，只曉得有人給她下了慢性毒藥，等到蜀王凱旋歸來，帶回了太后和皇上，她無意中撞見蜀王一劍刺死太后，最後她因為過度驚嚇沒熬過那一天就去了。

如今一想，蜀王跟太后可能早就不和了，蜀王這些年只是一直隱忍著。她也推測出太后當年為何要將她賜婚給蜀王，肯定是覺得自己是個傻子，長得又不如意，這樣進入後宅不得蜀王的寵愛，蜀王必會與榮家人產生間隙，太后這手棋可真是不錯。

可太后大概沒料到，蜀王從未打算倚仗岳丈家，奪取江山全是靠他自己的本事。

榮寶珠忽然又想起什麼來，面色不大好看。上輩子蜀王後宅中的所有女子都未曾懷孕過，只怕這事也是太后所為，也不知太后是給她們下了毒，還是給蜀王下了毒？

她想著，既然猜出了太后的一些心思，那麼以後只要不讓太后覺得自己太過蠢笨貌醜，說不定還有機會改變自己會嫁給蜀王的命運。

瞧著寶珠臉色不大好，榮海珠笑道：「臉色怎麼這麼難看？可是擔心六姊連累了妳？」

榮寶珠搖頭。「我是怕六姊連累了姊姊們，大姊、二姊就要嫁人了，大姊夫是表哥，我知表哥品行如何，但二姊畢竟是要嫁到勇毅侯家去的，若是被婆家看不起，二姊的日子會不好過。」

上輩子二姊夫不錯，若這輩子二姊被六姊連累了名聲，說不定……

榮明珠柔聲道：「寶珠莫怕，祖母給二姊挑的人家不是那般眼皮子淺的，不會因為這事就怪到二姊頭上去。且當時在宮裡有祖母壓著，知道這事的人不多，不會有事的，六妹再如何也不可能做得太過分，她還是有分寸。」

榮海珠哼了哼沒說話，顯然還是在責怪榮灩珠。

榮寶珠在心裡默哀，覺得五姊真是可憐，還未出世的詩竟被人盜去用。

榮海珠又哼了兩聲忍不住笑了起來。「蜀王雖沒看上六妹，太子似乎對她中意得很，奈何太后似乎沒打算給太子相看姑娘，即便想只怕也看不上六妹。」

榮寶珠心中一動。「五姊，太子如何？」她有些好奇，當年那個囂張的小皇子變成什麼模樣了，難道真的長成了如前世那樣的紈袴子弟？

榮海珠撇嘴道：「能如何，長得倒是不錯，不過眼睛看見漂亮點的就動不了了，我還聽說太子心腸狠得很，稍有不順，就拿宮女和太監們出氣，這樣的太子日後繼承皇位，只怕會弄得民不聊生！」

「五妹！」榮明珠低聲喝斥。「慎言，皇家的事豈是我們能議論的，還是這種招惹禍事的話，若是被人聽去，是不是連累了榮家，妳就開心了？」

榮海珠委屈。「連丫鬟都趕出去了，只有咱們姊妹三人我才敢說說嘛，去了外頭，我自然不會說這種事。」

榮明珠柔聲道：「我是為了妳好，就算在家裡這種話也不能說出口。妳自幼聰慧，該知曉事理的，這後宅才是最可怕的地方，往往很多事情都是從後宅裡傳出去，下次可記住了？就算在自家人面前，這種話也不能說。」

榮海珠神色端正了幾分。「四姊說的是，我記住了，定不會有下次。」

榮明珠轉頭看向寶珠，柔聲道：「不僅五妹要記得，七妹也要記得，在後宅之中莫要論人是非，禍從口出。七妹更要記得，在後宅之中不能隨意相信別人。」

榮寶珠知道四姊說的是小姨母的事情，提點她以後不要隨意相信人。她紅著臉道：「四姊說的是，我也記住了。」

等兩位姊姊離開後，榮寶珠在心底嘆息一聲，太子品行不好，大概之後的事情都會按照原定軌跡發展，只是這次，她希望自己的命運不要再順著上一世的軌跡發展下去。

過了幾日，榮寶珠對外宣稱的不舒服好了，能上課也能出門了。

因大姊榮慧珠十一月就要成親，大約剩餘一個月左右。姑娘家的嫁妝自幼就一件件地開始準備著，嫁衣已經縫製好了。今日狄氏給了銀子，讓府內姑娘們一起出去看看，瞧瞧首飾鋪子裡有什麼好的首飾，讓榮慧珠買一些，說是女兒家的，首飾要多些才好。

榮家七名姑娘、兩位小媳婦一道出府，坐了兩輛馬車，其中榮明珠、榮海珠、榮灩珠、榮寶珠跟榮二奶奶葉姚坐在一輛馬車上。

女眷們出門要戴面紗，這會兒在馬車上，為了說話方便她們就沒戴著。

榮寶珠出府的次數不多，每次出去總覺得有趣極了，透過車簾的縫隙朝外看去，一路上各種小商販都讓她感到趣味橫生，還有各種小吃食的香味也令她垂涎。

榮灩珠自宮裡出來後一直憋著氣，這時瞧見榮寶珠的樣子，冷聲道：「若是被外人瞧見妳的樣子，只怕要把榮家的臉面給丟光了。」

榮寶珠經過小姨母事件後，人沒那麼老實了，朝榮灩珠笑眯了眼。「在外人面前我自然不會如此，我是知道丟臉的。」

「七妹是何意！」榮灩珠大怒，這是在嘲笑她在宮裡出了醜嗎？

榮寶珠笑道：「六姊氣惱什麼，我是覺得妳們都是我最親的親人，偶爾不用坐得太端正，不用事事拘著，不用守著那些規矩禮儀也沒什麼，六姊覺得我說的可有錯？」

「哼，牙尖嘴利！」榮灩珠哼了一聲後沒多說什麼。

榮海珠咧嘴露出了個大笑。榮明珠也笑咪咪地拍了拍榮寶珠的手背。

葉姚只好跳出來做和事佬。「聽說前頭傅記首飾鋪子裡的東西不錯，有時連宮裡的貴人們也會來這裡挑首飾，待會兒大家可要去看看？」

榮寶珠笑道：「都聽嫂嫂的。」

榮灩珠聽著姊妹們的歡笑聲，心中越發煩悶，難道她與蜀王真不可能嗎？姊妹們說著話，葉姚總覺得肚子有些不舒服，喝了兩口茶水都沒壓下去，胃裡有什麼在翻滾的感覺，最後沒忍住，乾嘔了一聲。

「唔，失禮了。」

榮明珠伸手拍了拍葉姚的背，擔心地道：「嫂子這是怎麼了？哪裡不舒服，咱們順道去大夫那裡瞧瞧吧。」

「沒事。」葉姚擺手。「許是早上用的有些油膩了，這會兒有點反胃。不礙事的，待會兒就好……唔……」又是兩聲乾嘔。

連榮寶珠跟榮海珠都擔心了起來。

榮灩珠坐在旁邊幽幽地道：「嫂子，妳莫不是懷上了吧？我瞧著咱們府中有的嬤嬤懷了身子就像妳這樣。」她上輩子生過兩個女兒，當然看得出來她這嫂子是懷上了。

葉姚一愣，面上的情緒有些低落，甚至閃過一抹厭惡，半晌後，攥緊的拳頭才放開，雙手輕輕撫在腹上。「孩子嗎？真好。」

榮明珠在心底嘆了口氣，笑道：「若真是懷上了，那可要恭喜嫂子了。」

榮海珠咬唇沒說話，寶珠想了想，也道了一聲恭喜。

一時之間，馬車裡安靜了下來。

過了會兒，馬車忽然一顛，停住了。

榮明珠朝前問道：「出了什麼事情？」

趕車的車夫道：「姑娘，前面姑娘們的馬車停了，似乎有輛馬車迎面過來，路面有些窄，過不去，許是要讓車。」

榮灩珠憋著的氣終於能對外撒，哼笑一聲。「誰家的女眷出府，還能讓咱們國公府的姑娘們讓路，我倒是要去瞧瞧！」說著面紗一戴，蹭蹭地跑下了馬車。

榮明珠知道她這兩天憋著氣，心裡不順，怕她鬧出事又讓榮家人臉上無光，只能戴上面紗跟著下去。

榮海珠性子有些跳脫，這時也要跟著下車去瞧熱鬧。

榮寶珠自然跟著了，轉頭跟葉姚道：「嫂子，妳身子重要，待在馬車上，我們去去就回。」

葉姚笑道：「不礙事。」到底還是跟著一起下了馬車。

榮明珠上前拉著榮灩珠，低聲道：「大街上的，鬧起來成何體統？妳個姑娘家，就這麼衝上去做甚，不是還有丫鬟婆子嗎？」

榮灩珠甩開她的手。「姑娘家的有何不能露面，四姊瞧瞧這路上有多少姑娘家，還不是好好的，我倒是要看看是誰敢讓咱們鎮國公府的女眷讓路！」說罷，頭也不回地往前衝。

榮明珠一瞧後面的幾個跟屁蟲，認命地一塊兒上前。

到了前頭的馬車處，榮慧珠、榮佩珠、榮平珠和大嫂杜秀妤也出來了，杜秀妤懷孕五個多月了，穿著寬鬆些，不怎麼顯懷。

榮灩珠衝上前去，正打算開口喝斥兩句，一看見對面馬車上面的標誌，卻硬生生地住口了，臉色沈沈地站在那。一般平民百姓或許不知，但榮家女眷顯然都認得馬車上的標誌，這是皇室馬車特有的標記。

杜秀妤年歲最大，上前問道：「不知是哪位貴人？我們是榮府的女眷，若有冒犯還請見諒，這就讓車夫把馬車退開，讓貴人先行一步。」

對面的馬車裡沈默了會兒，一隻有些圓潤的手掀開車簾，先下來一個身穿綠色衣裙的姑娘，她從馬車上拿出小杌子放在馬車下，這才又掀開簾子，從裡面扶出個穿著藕荷色緋羅蹙金刺五鳳襦裙的姑娘來，姑娘約莫十多歲的模樣，鵝蛋臉、皮膚白皙、五官柔美，樣貌當真出色。

除了榮寶珠，其他幾個榮家女眷立刻認出這位姑娘的身分。榮寶珠也猜出個一二來，宮中目前符合條件的只有當今的長安公主了。

這幾年過去，皇上還是子嗣單薄，只有一位太子趙天瑞，一位公主趙天雪，趙天雪於去年被冊封為長安公主。

榮家女眷福了福身子。「參見公主殿下。」

長安公主柔和一笑。「在外面不必多禮，既然碰見了也是緣分，這裡說話實在不便，不如一起到旁邊的酒樓去敘敘舊可好？」

公主邀請，如何敢拒？一行人便去旁邊的酒樓裡要了個包廂。

等人依次坐下，長安公主笑道：「今兒出來只不過是瞎逛逛，沒想到竟碰見了妳們。」眼神在榮家女眷身上轉了一圈，由於才進酒樓，榮家女眷都還沒拿掉面紗。

長安公主接著又笑道：「說起來，妳們榮家的七姑娘還真神秘得很，這些年本宮似乎一直沒瞧見過她，還想著前幾日宮宴能遇上，誰知仍是錯過了。不知今兒榮七姑娘是否有出來？」

這公主明晃晃的意圖，榮家人豈會不知，不就是知道她家七妹在傳聞中又胖又醜，好奇唄。

榮家女眷一一取掉面紗，榮寶珠走上前，朝長安行了禮。「臣女便是榮寶珠，臣女前些日子身子不舒服，沒能去宮中，還望公主見諒。」

「這……」長安一呆，顯然是沒料到榮七姑娘會是這麼一個美人兒，一時不知該說些什麼，好半晌才反應了過來，笑道：「看來那傳聞是以訛傳訛了，明明有這般容貌，卻被外人傳得如此不堪，榮七姑娘真是好定力，竟也不去辯解。」

榮寶珠笑道：「不過是傳聞罷了，何必放在心上。」

長安的笑容終究還是淡了幾分，她自認容貌已是不俗，沒想到……

碰見榮家女眷原本就是巧遇，她便想瞧一瞧傳聞中的榮家七姑娘到底有多醜，卻給了自己一個「大驚喜」。

長安笑道：「以後多去宮中走動，本宮與妳年紀相當，比妳長了一歲，有許多話能說。」

「多謝公主抬愛。」

長安解了心中的疑團，不想繼續對著寶珠那張臉自虐，客套了幾句後就離開，榮家人自然也不會久留，各自回到了馬車上。

榮明珠道：「只怕公主回去就會同皇后說起寶珠來，盼著莫要引起太子的注意才是。」

太子自幼喜愛美人，從小還對寶珠有特殊的情誼，真不知這次究竟會如何。

榮寶珠倒是不怎麼擔心，一是她年紀還小，二是太后對她不喜，怎麼樣也不會讓她給太子做媳婦。做妾的話……妳說一個太后下懿旨能給人說正妻，總不能還下個懿旨給太子說個妾吧，不被人用唾沫淹死才怪。

榮寶珠道：「若是太子還顧念著我救過他一命的情分，便不會為難我。」就怕太子真長成了一個大渣渣，啥情分都不顧了。

「罷了，不說這個，妳年紀還小，要說親也是五、六年後的事。」

經過藥房時，榮明珠想讓葉姚下去把把脈，看看到底是如何。葉姚知道自己肯定是懷孕了，興致不高，直說回去後再請大夫把脈就行。

榮明珠也不多勸，她們很快就到了傳記首飾鋪子，裡面的首飾十分別緻，不比宮裡的司珍房差。

姑娘們哪有不愛首飾的，自然一個勁兒地挑選，每人挑了好幾套。因榮慧珠要出嫁，買的首飾要更精緻些，便選了款式讓人打造，約莫半月才能做好，到時候再過來拿。

好不容易出府一趟，姑娘們逛得開心，每人都挑選了不少東西給慧珠做添妝。

這一逛就忘了時間，她們在外面的酒樓中用了午膳後才準備回去，沒想到回去的時候又碰見了事。

馬車再度被堵在了路上，榮灩珠簡直煩透了。「今兒出門是不是沒看黃曆？什麼日子，連著兩次被堵著。」說著掀開簾子朝外望去，神色一怔，飛快地把簾子放了下來。

榮家女眷也都看了一眼，全都默默地把簾子放下，沒人喊車夫過去催人。

榮寶珠心裡奇怪，偷偷地挑起小塊簾角朝外看去，竟瞧見一約莫十來歲的少年正使勁毆打著一名年歲相當的少年。打人的少年顯然是富貴人家的孩子，穿著一身錦衣；被打的少年身穿麻衣，用手護著腦袋。

榮寶珠嘆氣。「那被打的少年好生可憐，打人的真真是可惡。」她放下簾子轉頭看榮明珠。「四姊，讓車夫下去勸勸吧，憑著國公府的名頭應該能讓那少年住手的。」

榮明珠輕聲道：「七妹且好好看看那打人的少年是誰。」

榮寶珠疑惑，再挑開簾子看了一眼，這一看她就傻了，那打人的少年長得真不錯，很是俊俏，可那模樣隱隱和小時候的皇子有幾分相似……

榮寶珠喃喃細語。「那少年莫非是太子殿下？」

榮灩珠冷哼。「正是太子，妳敢上去阻攔就去吧。」

榮寶珠沈默不語，心裡嘆息一聲，兩人再見竟是這幅情景，看來太子還真長成了個大渣渣，連打人都要親自動手。她正打算放下簾子，待瞧清楚那挨打少年的容貌時，心裡猛地咯噔一聲，手都有些抖了，死死地捏住馬車窗沿。

榮明珠瞧見寶珠的異樣，握住她的手道：「妳自幼心腸就好，可這事是萬萬不可插手的，太子是什麼性子妳最清楚不過。」

榮寶珠的喉嚨有些乾澀，心中更是難受得厲害。

這挨打的少年她的確認識，卻不是這輩子認識的，而是上輩子。

上輩子，她十六歲嫁給蜀王，那時才是真的天真、不諳世事，剛嫁過去沒幾個月，帶著後宅的妾室們去寺廟祈福時，有人看她不順眼，使喚了個小丫鬟把她騙去山裡的一處空房，等她進去就立刻落鎖。

就算她再不懂事，也曉得是有人想損她名聲，那時候她怕得不行，躲在房裡哭著，卻不想外面窗戶傳來叩叩的聲音，竟是個少年問她怎麼了。

她向那少年求救，少年破窗救下了她。

那少年正是眼前在挨打的少年，只不過她記得那時少年的左手垂著，似乎已經殘廢。

少年名叫舒潞，是附近獵戶家的孩子，和她同歲。舒潞後來跟在蜀王身邊做侍衛，之後他們有見過幾面，都是擦肩而過，並無任何交集。

榮寶珠再次看向外頭的舒漓，他正用左手臂護著腦袋，太子一腳一腳地踹在他的左手臂上。此時舒漓的左手臂能抬起，顯然還是好的，莫非是因為這次……

榮寶珠實在受不住這種煎熬，若舒漓真是被太子毀去了手臂，她會寢食難安的。

「四姊，救救他吧，再被打下去，他的手臂就殘廢了。讓車夫下去勸說兩句，不管成不成，我們先試試如何？」榮寶珠拉住榮明珠的衣袖求道。

不管如何，這次她肯定不會袖手旁觀。

「寶珠……」榮明珠嘆息。「妳可想清楚了？」

榮寶珠點頭。「那人……實在可憐得很，救救他吧，只要說出鎮國公府的名字，太子應當是會忌憚一、兩分的。」

榮灩珠道：「七妹，太子是何人！妳小心惹禍上身，妳真以為太子會顧念著妳救過他的情分？別癡心妄想了！」

榮明珠到底是拒絕不了榮寶珠，跟車夫小聲說了幾句，讓他下去報上國公府的名號。

車夫下了馬車，過去太子和舒漓身邊，跟太子說了幾句話。

榮寶珠其實並不大抱希望，哪曉得車夫剛說了兩句，太子就猛地直起了身子，一把揪住車夫的衣領飛快地問了句什麼。車夫嚇了一跳，猶豫著不肯說，太子二話不說，一腳踹飛了車夫，怒氣騰騰地朝著榮家女眷這邊走來。

前頭馬車裡的榮慧珠怕出事，躊躇了下，戴著面紗走下馬車，給太子福了福身。「榮家慧珠見過太子殿下。」

太子怒道：「榮寶珠呢？她在不在馬車上？」

榮慧珠遲疑地回答。「我七妹身子不舒……」

太子冷笑。「妳要是敢騙我，我讓妳吃不完兜著走！別以為妳是女的，我就不會揍人。」

榮慧珠沈默不語，心想著，要真讓寶珠見了這麼暴躁的人，待會兒太子指不定會怎麼對寶珠。

後面馬車上的寶珠聽見了兩人的對話，想著太子再紈袴，自己也救過他一命，應該不會對自己怎樣。大姊要再這樣同他僵持下去，他可能連大姊都要揍了，最後還是下了馬車。

太子心裡真是懊惱得很，想起小時候那個對他好的小胖珠這幾年竟從不去宮裡看他，心裡就想殺人。他在宮裡被關了幾年，太后跟皇上完全不許他出宮，還是近兩年他才能在外蹓躂一圈，自始至終他都沒忘記那個小胖珠，可出來後，聽人議論榮家七姑娘又胖又醜，心中的一腔熱血瞬間被澆滅了。

又胖又醜，明明小時候還挺可愛的一個丫頭，怎麼長大就變得又胖又醜了？明明榮家姑娘出落得都還不錯，他不求那個小胖珠長成個大美人，但至少別見不了人啊。

太子承認自己對寶珠有份特殊的感情，他偶爾也會想，當年那個小胖珠只要長得清清秀秀，他就好好待她，哪想到……所以這兩年他一直沒敢去榮府找寶珠，這會兒在路上碰見，他就覺得，自己總要見上她一面，問問她這些年來，為何從不去宮裡看他。
等瞧見一約莫十歲左右的姑娘戴著面紗出現在他面前時，他先入為主地以為這又是榮家的哪位姑娘，口氣不善地道：「妳又是誰？」瞧見這姑娘有雙漂亮的眼睛，想來容貌不會太差，口氣倒好了些。「不管妳是誰，只要告訴我榮寶珠在馬車上嗎？」
榮慧珠走過來，神色焦急。「妳出來做什麼？」
太子不笨，曉得有什麼異常，忽然想起什麼來，指著榮寶珠瞪大了眼。「妳……妳就是寶珠？」
「臣女參見太子殿下，我就是榮寶珠。」榮寶珠行了禮，看了一眼那邊根本起不了身的舒濴。「殿下，臣女有個不情之請，還請殿下饒了那人。」
太子這會兒腦子亂得很，本能地說了句。「他衝撞了本殿下，打死也是活該。」
榮寶珠的腦子嗡嗡作響，兩人小時候好歹還有點情誼，如今看著太子不顧人命，心底有些悲涼，只道：「臣女求殿下饒他一命。」
太子回了神，愣愣地看著寶珠戴著的面紗。「妳……妳真是寶珠？」
榮寶珠點頭。「殿下……」
太子似知道她要說什麼，不耐煩地擺了擺手。「放心，既然妳都開口了，我肯定會饒他一命。」猶疑了下，又問：「妳真是寶珠？」
寶珠不是又胖又醜嗎？這丫頭哪裡胖了？哪裡醜了？長了一雙這樣漂亮眼睛的姑娘，如何會醜？

榮慧珠上前道：「殿下，此地人多，到底不是說話的地方，且臣女們出來太久，該回府去了。」

太子煩躁地道：「妳怕什麼！這麼多人看著，難道還怕我壞了妳們的名聲不成？」看了榮寶珠一眼，終究還是心軟了，手一揮，不知從哪竄出不少侍衛將巷子隔絕起來，阻了外人的目光。

那邊的舒瀉已經慢慢爬起身，捂著手臂走到榮寶珠面前。「多謝姑娘相救。」

太子看這人還敢跟寶珠說話，心裡不舒服。「你還不走，再不走我就殺了你！」

舒瀉神色不變。

榮寶珠道：「太子息怒。」又同舒瀉道：「你的手臂沒事吧？要不去看看大夫吧。」

「多謝姑娘關心，並無大礙。」舒瀉淡聲道，說罷，頭也不回地轉身走了，臨走時又多看了寶珠一眼。

太子這時覺得不爽，手又癢了，顯然是想打人，可瞧見榮寶珠在這，他不敢做什麼，只很是歡喜地道：「寶珠，我聽他們說妳又胖又醜，也不知是誰瞎傳的，要是被我知道了，一定把他的腦袋砍下來！」

榮寶珠猶豫了下。「殿下，這般打打殺殺始終不好，您貴為太子，一言一行世人都看著，您這樣會壞了名聲的。」

「寶珠，還是妳最好，知道關心我。」太子很高興。「只要以後妳肯見我，妳讓我做甚我就做甚。」

旁邊的榮家女眷都有些無語了，這究竟是什麼情況，傳聞中不把人當人看的太子竟然這麼聽她們七妹的話。

終歸是在外面，這樣與外男聊天不好，榮寶珠想離開，可瞧著太子興奮的樣子有點不知該怎麼開口。

突然，救星出現了，蜀王從巷子另一邊走了過來，看著攔在巷子口的侍衛。

蜀王道：「你們這是做甚，都讓開！」

侍衛很聽話地散了，太子開心地道：「皇叔，你過來了，方才你去哪裡了？」

榮家女眷一一給蜀王行禮，榮寶珠福了福身子沒吭聲。現在只有榮慧珠、榮寶珠、榮明珠和榮海珠在外面，蜀王的視線在幾人戴著面紗的臉上掠過，唯停留在寶珠面上的目光多了些深意，卻也是一眼掃過。

蜀王這才看向太子，溫聲道：「方才瞧見有你喜歡的短匕，知道你喜歡這些東西，我挑選了兩把，待會兒送給你。」

「多謝皇叔。」太子歡喜地指著榮寶珠。「皇叔，還記得寶珠嗎？就是小時候那個胖乎乎的丫頭，救過咱們一命的，沒想到這丫頭長大了還挺漂亮。」

蜀王又掃了一眼戴著面紗的榮寶珠，眼底閃過笑意，到底是不好說女眷什麼話，只道：

「時辰不早，我們該回宮去了。」

太子道：「皇叔，再待一會兒吧，我好久沒見到寶珠了，想跟她說說話。」

正說著，馬車上的榮灩珠忽然下來了，沒戴著面紗，朝蜀王盈盈地一福身子。「榮家灩珠見過蜀王殿下，見過太子殿下。」

榮家女眷都知道榮灩珠對蜀王的心意，瞧她這會兒沒戴面紗，便知她的小心思。

榮慧珠是長姊，有心訓斥，但太子和蜀王在此，她不好落了榮灩珠的面子，只悄聲道：「莫要胡鬧！」

太子瞄了瞄榮灩珠，沒說話，眼中卻有些不耐煩，心想著，以前還覺得這丫頭挺好看的，現在跟寶珠一比，連寶珠的一根頭髮都比不上。

蜀王站在太子身側，比太子高了許多，並未開口，甚至連眼神也沒給榮灩珠一個。

榮灩珠攥了攥拳，上前道：「不知蜀王可還記得臣女，臣女對殿下……」

不等她話說完，蜀王已經冷聲道：「不記得了，姑娘自重。」

榮灩珠面色一白，榮家幾位姑娘都跟著沒臉，榮慧珠上前福了福身子。「殿下，臣女們就不打擾了，時辰不早，便先行一步。」

蜀王點頭，太子卻急了。「皇叔，讓我跟寶珠再說一會兒話吧。」

榮慧珠怕榮灩珠鬧事，就跟榮明珠一人一邊架著她的手臂，把灩珠扯回馬車裡。

榮海珠也道：「寶珠，快些上車，我們該回去了。」說罷，也上了馬車。

榮寶珠點頭，跟太子道：「殿下，臣女要回去了。」
太子有些委屈。「這些年妳為何不肯進宮去看我？是不是討厭我了？」
榮寶珠只好撒謊。「太子誤會了，這幾年我身體不大好，所以很少出府，家人也很少帶我進宮，怕把病氣過給宮裡的貴人們。」
蜀王揚了揚嘴角，沒有揭穿她。
太子道：「那我瞧著妳如今身子好了很多，日後經常去宮裡找我玩可好？」
榮寶珠遲疑了下。「若是太子以後能夠不亂傷人性命，待有宮宴，臣女會進宮拜見殿下的。」
蜀王的神色冷淡兩分，沈默不語，視線落在榮寶珠身上。
太子想了想，覺得自己能辦到，不由笑道：「那好，聽妳的，我以後不隨意傷人性命就是。」
榮寶珠鬆了口氣，兩人又說了幾句話，她才上了馬車，太子也依依不捨地跟著蜀王離開了。
蜀王面無表情地回到寢宮，立刻有兩名美貌侍女迎了上來，含羞帶笑道：「奴婢采蓮，奴婢采荷，奉太后之命特來服侍蜀王。」
蜀王溫聲道：「本王已知曉，讓如嬤嬤帶妳們下去安排住處吧！若有需要，本王自會找人傳妳們過來。」
「奴婢們遵命。」兩名美貌侍女走到如嬤嬤身後。
如嬤嬤看了蜀王一眼，眼中全是擔憂，最後還是沒說什麼，帶著兩人下去。
蜀王屏退了身邊所有的宮女和太監們，找來了身邊的侍衛長子騫，遞了一小包東西給他，冷聲道：「把這東西給畢真，讓他下在太子的膳食中，每日只需少量便可。」
子騫擔心道：「殿下，現在不是下手殺了太子的好時機……」
「放心吧。」蜀王垂眼，臉上仍然沒有半分表情。「不會殺了他的，不過是些讓人性情暴躁的藥，每天使用一些對身體不會有太大的影響。」
子騫點頭，這才轉身出去了。
蜀王站在原地好一會兒後，慢慢地走到一旁的榻上坐下，疲憊地閉上雙眼。

——未完，待續，請看文創風297《么女的逆襲》2

2015年5月出版

么女的逆襲

文創風 296～299

前世自小癡傻了十年，
不懂得利用老天爺賜給她的「金手指」，
難怪會糊裡糊塗地賠了自身小命，
如今重來一回，看她還不逆襲為人生勝利組？

卿容傾城，君心情切／昭華

身為備受寵愛的鎮國公府么女，又有個財力富厚的娘親，
想她榮寶珠過起日子來理應是眾人欣羨，
殊不知前世做了十年小傻子導致腦子不靈光，
之後嫁作王妃遭人算計，最終枉送小命。
好在老天疼憨人，讓她重生一回，
懂得利用這富含神力的「瓊漿」作為扭轉人生的利器——
既可救人性命於危難，也能治疑難雜症，還讓自己擁有天仙美貌……
綜觀這一世，若是別牽扯上前世夫君——蜀王就更完美了。
這蜀王何許人也？可是未來奪位的一國之君啊！
世間女子多受他的皮相吸引而趨之若鶩，她卻是想方設法想逃離嫁他的命運，
奈何繞了一大圈，陰錯陽差成了會剋夫的無鹽女，還奉旨成婚做了他的妻，
本想著既來之則安之，怎料到這夫君不按前世的牌理出牌，
他眼底的柔情和憐惜，總讓她迷惘，把持不住自己的心啊……

為流浪貓狗加油 和貓寶貝 狗寶貝

廝守終生(一定要終生喔！)的幸福機會

對人來說，貓寶貝狗寶貝只是生活的一部分，但妳(你)對牠們來說，卻是生活的全部，領養前請一定要考慮清楚——

▲ 尋覓幸福田園的缺缺

性　　別：女
品　　種：米克斯
年　　紀：大約1歲半
個　　性：隨和好親近，吹毛較敏感
健康狀況：已結紮，定期施打預防針
目前住所：新北市中和區

本期資料來源：古代同盟會

『缺缺』的故事：

過年前最後一天上班，許多事情需要處理，特別忙，狀況也特別多。中和區動物之家幼犬室裡一隻約1、2個月大的小狗的右後腳被發現卡在籠子底盤鐵條中，纖弱的腳被磨到幾乎見骨。幼犬室的負責人一向認真照護，籠底也是每日刷洗，不知為何竟發生這種憾事。

或許因是幼犬，以致小狗的腳一時不慎滑下籠子縫隙，卻突然難以拔出，掙扎一晚的結果。由於腳掌腫脹，後腳卡住處皮膚也脱落，不得已只能截肢，術後再將牠交由志工照顧，希望牠平安長大，更希望牠可以找到一個永遠的家。

小狗後來名為缺缺，雖然缺一條腿，但行動一切正常，速度慢了一點，反而讓人陪著散步時不用擔心牠飛奔亂跑。而且缺缺溫和得不可思議，親狗、親貓，也親人。牠可以和諧地和貓咪躺在同一個小窩，也能靜靜地被抱在腿上休息，乖巧的模樣讓人心都融化了。

志工們偶爾會喊缺缺公主，這麼叫便是希望牠能找到不計較牠的小缺陷，真心寵牠如小公主的家人。你願意帶缺缺回家嗎？假如你願意給牠不渝的愛，歡迎來信o2kiwi387@gmail.com，主旨請註明：我要認養狗-缺缺。缺缺還在這裡，眨動水汪汪的眼睛，撲閃精靈般的大耳等著你。

認養資格：

1. 認養者須年滿20歲，有獨立經濟能力，並獲得家人與同住室友的同意。
2. 須確認同居人裡沒有體質對狗毛過敏者。
3. 須能提出絕不棄養的保證，須同意送養人日後之追蹤探訪。
4. 定期施打預防針、定期除蚤，能有足夠時間陪伴狗狗，
   領養者需有自信對缺缺不離不棄，愛護牠一輩子。

來信請說明：

a. 個人基本資料：姓名、性別、年齡、職業、居住地、聯絡方式及臉書或部落格網址等。
b. 想認養「缺缺」的理由。
c. 簡述養狗經驗、所知養狗知識，及簡介一下您目前的飼養環境，
   包括是否有其他動物成員（名字/來源/幾隻/年齡/性別/絕育與否）？
d. 準備如何照顧缺缺，及能給牠的環境、承諾。
   （如餵食主要以何種食物為主、是否關籠、養在哪裡？）
e. 如果狗搗亂破壞家具或隨地大小便，您會怎麼處理？
f. 為什麼選擇狗而不是其他種動物作為您的同伴？您理想中的同伴動物是什麼樣子？
   希望牠的個性或特質如何？
g. 若未來有當兵、結婚、懷孕、畢業、出國或搬家等計劃，將如何安置「缺缺」？

文創風 296

么女的逆襲 1

國家圖書館出版品預行編目資料

么女的逆襲 / 昭華著. --
初版. -- 臺北市 : 狗屋, 2015.05
冊 ; 公分. --(文創風)
ISBN 978-986-328-453-6(第1冊:平裝). --

857.7　　104004817

著作者　昭華
編輯　黃鈺菁
校對　馮佳美　周貝桂
發行所　狗屋出版社有限公司
地址　台北市104中山區龍江路71巷15號1樓
電話　02-2776-5889～0
發行字號　局版台業字845號
法律顧問　蕭雄淋律師
總經銷　知遠文化事業有限公司
電話　02-2664-8800
初版　2015年5月
國際書碼　ISBN-13　978-986-328-453-6
原著書名　《古代幺女日常》，由北京晉江原創網絡科技有限公司授權出版

定價250元
狗屋劃撥帳號：19001626
網址：love.doghouse.com.tw　E-mail：love@doghouse.com.tw